Beautiful Hope

*Er will nicht in seine Vergangenheit blicken.
Sie nicht in ihre Zukunft.
Es bleibt ihnen nur die Gegenwart ...*

Lloyd Lawson besitzt alles, was man mit Geld kaufen und sich mit genügend Ehrgeiz erarbeiten kann. Als Sprössling einer Familie des New Yorker Geldadels konnte er sich sein Leben lang nicht nur die Frauen, sondern auch seinen Lifestyle aussuchen. Unannehmlichkeiten ließen sich immer mit Anwälten und Schecks aus der Welt räumen. Doch dann wird er in einen schweren Autounfall verwickelt und alles, was er vorher für erstrebenswert hielt, zerbröselt förmlich in seinen Händen.
Zumindest, bis er Maisie begegnet.

Maisie ist seit Jahren vor einem Mann auf der Flucht, dem sie nie hätte vertrauen dürfen. Der Verrat und die Angst, von ihm gefunden zu werden, sitzen so tief in ihr, dass sie fast allen menschlichen Kontakten aus dem Weg geht.
Ihre Vorsätze kann sie einhalten, bis sie Lloyd begegnet, der ihr erst die kalte Schulter zeigt, ehe er ihr viel näher kommt, als sie je zulassen wollte.
Doch sie muss schnell feststellen, dass man vor der eigenen Vergangenheit nicht fliehen kann ...

BEAUTIFUL HOPE

Auf immer und ewig

Ein Roman von Cassidy Davis

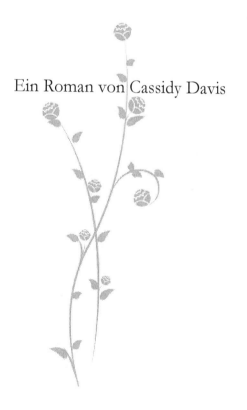

Impressum

All rights reserved by © Cassidy Davis Februar 2018

cassidydavis.novelist@gmail.com

Korrektorat: Ruth Rademacher, www.rr-text.de

Coverdesign von Sabrina Dahlenburg unter Verwendung von:
http://art-for-your-book.weebly.com

Layout von Cassidy Davis unter Verwendung von:
© Vasilchenko Nikita, bigstockphoto.com

ISBN-13:978-1985267060
ISBN-10:1985267063

Herausgeber

V.i.S.d.P.
Autorencentrum.de
Ein Projekt der BlueCat Publishing GbR
Peter Maassen
Gneisenaustr. 64
10961 Berlin
E-Mail: bluecatmedia@web.de
Tel.: 030 / 61671496

Handlung und handelnde Personen sind frei erfunden, jede Ähnlichkeit zu lebenden Personen und Organisationen ist unbeabsichtigt und rein zufällig.
Markennamen sowie Warenzeichen, die in diesem Buch verwendet werden, sind Eigentum ihrer rechtmäßigen Eigentümer.

Alle Rechte vorbehalten. Nachdruck, auch auszugsweise, nur mit vorheriger schriftlicher Genehmigung des Autors. Dies schließt die Verwendung oder Vervielfältigung durch elektronische, digitale und fotografische Methoden sowie die digitale Speicherung und Verbreitung ausschließlich mit ein.

Prolog

Lloyd

Es fühlt sich so verdammt gut an.

Dieser Moment, wenn man sich den Koks reinzieht und die Befreiung fühlt. Das eigene Leben wird zu einem High. Man feiert sich selbst. Alle negativen Gefühle und Gedanken verschwinden. Es ist ein Rausch, der Freiheit bedeutet. Im tiefsten, wahrhaftigsten Sinne. Man spürt jede Emotion mit dem gesamten Körper. Eine Unterscheidung zwischen Kopf, Bauch und Füßen ist nicht mehr möglich. Man ist eins mit sich und all den Dingen, die um einen herum passieren.

»Beeil dich, Mann«, drängelt mich David und klopft mir ungeduldig auf den Rücken.

Es ist meine erste Line an diesem Abend. Bis vor einer halben Stunde saß ich noch an meinem Schreibtisch und führte Telefonate um die halbe Welt. Die Zeitverschiebung ist ein Arschloch. Mein direkter Vorgesetzter ein noch größeres. Damit er vor seiner Frau noch eine Escort-Dame vögeln kann, muss ich für ihn die Drecksarbeit übernehmen. Das wird aber nicht mehr lange der Fall sein. Meine Beförderung steht bevor, und da kein Platz in der unteren Vorstandsebene frei ist, muss einer geschaffen werden. Ich weiß auch genau, auf wen ich den Finger zeigen werde. Mein Ziel ist es, das jüngste Vorstandsmitglied der *Eastern Westfield* zu werden. Der größten Bank an der Ostküste der USA. Meine Familie hat Verbindungen in Politik und Wirtschaft, die mir den roten Teppich ausrollen werden. Es ist immer so gewesen und wird immer so sein. Ich bin privilegiert und nutze das aus. Es wäre selten dämlich, das nicht zu tun.

Mark hat mir bereits die Line gezogen. Die schwarze AmEx seines Daddys liegt noch auf dem Glastisch. Er reicht mir einen frischen Benjamin aus der Druckerei. Es ist Tradition, seitdem wir an der Uni zusammen angefangen haben zu koksen. Wir ziehen die Line nur mit einem druckfrischen 100-Dollar-Schein. Während der Zeit an der Uni haben wir uns die Scheine von unseren Vätern besorgt. Jetzt arbeiten wir selbst für die großen Geldhäuser und können uns frei bedienen.

Ich rolle den Schein, setze an der Line an und atme tief ein. Mark und David halten sich das zweite Nasenloch immer zu, ich fühle mich so freier. Ich lasse den Schein neben die Kreditkarte auf den Tisch fallen und lehne mich zwischen den ganzen Kissen zurück.

Verdammt, ist das gut.

Am Rande nehme ich wahr, wie erst Mark sich seine zweite oder dritte Line zieht und danach David. Sie beginnen sich über Autos zu unterhalten. Mark hat letzte Woche einen nagelneuen Porsche Cayenne von seinem Dad geschenkt bekommen. Er hat einfach nur Glück gehabt, seinen Alten dabei erwischt zu haben, wie eine Straßennutte ihm einen blies. Das, was die Putzfrauen für unsere Mütter sind, sind Nutten für unsere Väter. Einige Männer haben Klasse und lassen ihr Geld bei einem diskreten Escort-Service, andere gabeln die erstbeste Frau an einer Straßenecke auf. Es ist eben Einstellungssache, wie viel der Blowjob, Arschfick oder die nette kleine Erleichterung einem wert ist.

Ich brauche so etwas nicht. Es gibt genug Frauen, die mich dafür bezahlen würden, ihnen zwei Minuten meiner ungeteilten Aufmerksamkeit zu schenken. Und eine davon wackelt gerade äußerst verdächtig mit ihrem Knackarsch vor meinen Augen, weil sie weiß, dass ich hinsehe.

Sie hat endlos lange Beine, hübsche Titten und einen perfekten Mund. Ich spüre, wie mein Schwanz bereits hart wird. Der beste Effekt am Koks – Sex wird zu einem Trip der Extraklasse. Beim Abspritzen glaubt man, der Superheld aller Weiber zu sein.

»Gleich wieder da«, sage ich und stehe auf. David hat guten Koks besorgt. Das letzte Mal hat er sich irgendeinen Scheiß andrehen lassen. Koks, der mit Levamisol geschnitten war. Aus dem Hoch wurde ganz schnell ein Tief.

»Hi«, begrüßt mich das Mädchen, das ich gleich hemmungslos auf der Damentoilette ficken werde.

»Hey.« Ich fasse sie direkt an den Hüften, ziehe sie zu mir und küsse sie hart. Sie soll keinen Zweifel daran haben, dass sie genau das bekommt, wonach sie eben gebettelt hat. Im ersten Moment ist sie überrascht, passt sich meinem Tempo aber schnell an. Die Lernfähigen sind immer die Besten. Ungeniert fasse ich an ihren Arsch. Er fühlt sich genauso gut an, wie er aussieht. Ich hoffe, sie hat dort bereits einen Schwanz gehabt, auf großartige Überzeugungsarbeit habe ich heute keine Lust.

Sie ist betrunken, hat vielleicht auch etwas anderes genommen. Das sehe ich in ihren Pupillen. Aber es ist mir egal. Jeder ist Herr über seinen eigenen Körper und weiß am besten, was er damit machen soll. Wenn sie das hier nicht wollen würde, hätte sie mir längst eine scheuern und abhauen können. Stattdessen leckt sie sich die Lippen und knabbert anschließend an meinen.

Fuck, die Frau weiß, was sie tut. Ihre Hand streicht über meinen harten Schwanz. Für die Tanzfläche wird unser Spiel zu gefährlich. Der Besitzer lässt uns koksen und auch die Frauen knallen, solange es den Betrieb nicht stört. Immerhin lassen wir ihm die 100-Dollar-Scheine da, mit denen wir uns den Stoff gezogen haben. Jede Line ein Schein. Wenn wir zu dritt hier sind, sind das neben den Getränken schnell 900 Dollar an einem Abend. Der Kerl weiß, wie er Geschäfte macht.

»Komm mit«, sage ich zu ihr, fasse sie an der Hand und ziehe sie auf direktem Wege zu den Waschräumen. Ich stoße die Tür zu den Damentoiletten auf. Zwei der Kabinen sind besetzt. Es wird nicht das erste Mal sein, dass die Mädels unfreiwillige Zuhörer beim Sex werden.

Ich wähle die hinterste Kabine, stoße meine Begleitung hinein und schließe die Tür ab. Dann widme ich mich wieder ihr. Sie streckt die Hände aus und öffnet meine Hose. Da sie sich vor mir nicht auf die dreckigen Fliesen knien will, setzt sie sich auf den Toilettendeckel und nimmt meinen Schwanz in den Mund. Sie macht es genauso, wie ich bei dem Kuss – hart, unnachgiebig, fordernd. Es ist kein Vorspiel, es ist das pure Leben. Ihre Zunge ist phänomenal, ihr enger Mund steht dem in nichts nach. Sie saugt, leckt, spielt an meinen Eiern. Ich könnte in ihrem Mund kommen. Es wäre definitiv ein guter Orgasmus. Aber ich will ihren kleinen süßen Arsch.

Ohne Ankündigung ziehe ich mich aus ihrem Mund zurück und ziehe sie zu mir nach oben, dann drehe ich sie um und schiebe ihren Minirock nach oben.

»Was hast du vor?« Ich kann ein Lächeln aus ihrer Frage heraushören.

»Dich in deinen engen Arsch ficken. Hast du schon mal einen Schwanz dort gehabt?«

Sie nickt, beugt sich willig nach vorne und stützt sich an den Fliesen ab.

»Dann freu dich. Du wirst es gleich wieder erleben.« Ich verteile die Nässe zwischen ihren Arschbacken und weite sie dort mit den Fingern. Sie hat definitiv nicht zum ersten Mal Analsex. Am liebsten würde ich hart in sie eindringen, aber ich entscheide mich für die vorsichtigere Variante. Ich will guten Sex und keine Notarztsituation, wie David sie vor nicht einmal zwei Monaten erlebte, weil der Arsch, in den er wollte, zu klein für seinen Schwanz war.

»Mach's mir«, fleht sie mich nun an und drängt sich näher an mich. Wie sollte ich dazu Nein sagen?

Ich dringe langsam in sie ein und es fühlt sich fantastisch

an. Ihr Arsch ist eng. Verdammt eng. Mein Schwanz wird zusammengepresst und ich befürchte zu kommen, ehe ich überhaupt angefangen habe.

»Berühr dich selbst«, raune ich ihr von hinten ins Ohr, als ich bis zum Anschlag in ihrem süßen Hintern stecke. Sie nimmt eine Hand von den Fliesen und reibt ihre Klit. Sie stöhnt, seufzt und gibt Laute von sich, die wahrscheinlich noch vor der Toilettentür zu hören sind. Ich stoße zu. Immer wieder. Sie wird immer glitschiger und heißer. Ihre Haut glüht förmlich. Und dann schreit sie auf, als sie kommt, zuckt sie zusammen. Um meinen Schwanz wird es plötzlich so eng, dass ich abspritzen muss. Die Entscheidung wird mir aus der Hand gerissen. Meine Eier schmerzen für einen Moment und mein Schwanz hört nicht mehr auf, meinen Samen in sie hineinzupumpen.

»Fuck«, stöhne ich und muss mich an ihren Hüften festhalten, um nicht das Gleichgewicht zu verlieren.

»Das war unglaublich«, seufzt sie, als ich endlich fertig bin und mich aus ihr zurückziehe. Sie beginnt sofort, sich mit dem Klopapier sauberzumachen.

»Das war es in der Tat«, stimme ich ihr zu.

»Ich bin Brittany«, verrät sie mir ihren Namen, sobald sie sich wieder zu mir umgedreht hat.

»Hi Brittany«, erwidere ich diplomatisch. Ich habe kein Interesse daran, ihr meinen Namen zu verraten. Immerhin hatte ich sie auch nicht nach ihrem gefragt.

Sie legt den Kopf leicht schief und mustert mich amüsiert. »Mister Namenlos, hm?«

»Exakt«, bestätige ich ihr und packe meinen Schwanz wieder weg, nachdem er halbwegs sauber ist. Ich sollte schleunigst hier wegkommen. »War wirklich nett, Brittany.« Ich entriegle die Tür und will schon das Weite suchen, als sie mich am Arm zurückhält.

»Vielleicht begegnen wir uns ja noch mal. Würde mich freuen.« Sie zwinkert mir zu und schiebt sich an mir vorbei aus der Kabine. Vor den Waschbecken bleibt sie stehen, wäscht sich die Hände und kontrolliert Haare und Make-up.

Ohne ein weiteres Wort zu sagen, gehe ich an ihr und zwei anderen Mädels, die mich interessiert mustern, vorbei und verlasse den Waschraum. Ehe die Tür zufällt, höre ich, wie eine der beiden über Brittany herfällt und alles über den Sex wissen will.

Es muss sich augenscheinlich gut angehört haben.

»Und?«, will David wissen, als ich mich neben ihm in unsere Ecke des Clubs niederlasse.

»Erst hat sie ihn im Mund gehabt, danach im Arsch«, verkünde ich meinen Triumph.

»Du bist ein Hurensohn«, murrt David und trinkt seinen Drink leer. Wahrscheinlich war es Whisky. Ich kann mich an die Farbe nicht mehr erinnern.

»Du solltest über deinen Schatten springen. Das ist wie Fahrradfahren – wenn man sich auf die Fresse legt, direkt wiederholen«, erläutert Mark.

»Die Frauen können mir einen blasen und ich ficke ihre Pussy die ganze Nacht. Aber in die Nähe von einem Arsch bekommt mich keiner mehr«, erwidert er mit einem

Kopfschütteln. »Ein Wunder, dass sie sich mit ein bisschen Geld zufrieden gestellt hat.«

»Geld regiert die Welt«, kommentiere ich und betrachte meinen Drink, den ich nicht einmal angerührt habe. Ich schmecke Brittany noch in meinem Mund und es fühlt sich gut an. Das möchte ich für den Moment nicht mit irgendeiner Plörre ruinieren. Obwohl die Plörre wahrscheinlich fast 50 Dollar wert ist.

»Trinkst du das noch?« David zeigt auf meinen Drink. Als ich den Kopf schüttle, nimmt er das Glas und trinkt es halb leer.

»Der Koks ist verdammt gut, Mann«, sagt Mark und spielt mit seiner AmEx in den Händen.

»Du solltest die weglegen«, rate ich ihm.

»Ein Anruf meines Dads und ich hab zehn Stück von den Dingern.« Er lässt sie zurück auf den Glastisch fallen.

»Was machen nur die ganzen Leute auf der Welt, die kein Geld haben?«, überlegt David laut.

»Vor Langeweile sterben?«, ist meine produktive Antwort, die Mark und David loslachen lässt, obwohl ich sie nicht besonders witzig finde. Die Wirkung des Kokains lässt nach. Wahrscheinlich wegen Brittany. Sie hatte etwas an sich, das mich nachdenklich werden ließ, und nun werde ich verdammt melancholisch. Ein Zustand, den ich beinahe noch nie erlebt habe, wenn ich Koks nehme.

Davids Handy klingelt. Ein Wunder, dass er es überhaupt aufgrund der Lautstärke gehört hat. Er tippt auf dem Display herum. Wie viele Lines hat er schon gezogen? Er ist viel zu euphorisch. Schon immer hat er ein Ego gehabt, das größer ist, als ihm guttut. Aber heute Abend bläst er sich zu etwas auf, das er niemals ausfüllen kann, wenn er so weitermacht.

»Kat hat geschrieben.«

Kat ist seine Verlobte. Die Vorzeige-Pussy für die Öffentlichkeit – wie er sie immer nennt. Sie ist hübsch, hat eine sexy Ausstrahlung und ein Benehmen, das vorzeigbar ist. Wenn ich Davids Erzählungen Glauben schenke, ist sie im Bett eine kleine Drecksau, die es hart mag.

Was sie neben ihrer Vorliebe aber auch besitzt, ist Intelligenz. Die Verlobung mit David verschafft ihr ständig Publicity. Wie sie sich mit Designern wegen eines Kleides trifft, gemeinsame Shoppingtouren mit David zu Tiffany und zweideutige Anspielungen, die sie in Interviews gibt und danach tagelang in den Klatschzeitschriften totdiskutiert werden. Sie weiß, dass David ein Mann ist, der sich nicht nur zuhause das holen wird, was er braucht. Seine Eltern wollen ihn für das Ansehen verheiraten, Kat braucht das Ansehen für ihre Karriere als It-Girl. Es ist eine Geschäftsbeziehung, von der alle Seiten profitieren.

Etwas, das ich auch vor nicht einmal zwei Jahren eingegangen wäre, wenn meine Vertragspartnerin nicht aus dem Deal ausgestiegen wäre. Ich schüttle den Kopf bei dem Gedanken an Kristen. Sie hätte alles haben können und doch hat sie sich für nichts entschieden. Naivität hat viele Formen.

»Braucht sie deinen Schwanz?«, fragt Mark lässig nach

und beobachtet die Weiber auf der Tanzfläche. Vielleicht hat er doch noch vor, heute über seinen Schatten zu springen.

»Sie braucht mein hübsches Gesicht«, stöhnt David auf und reibt sich den Nacken. »Sie ist auf einer Party und will, dass wir dort zusammen gesehen werden. Danach will sie wahrscheinlich meinen Schwanz.«

»Locationwechsel?« Mark schaut uns fragend an und steckt bereits seine Kreditkarte ein.

»Da sind geile Weiber«, versucht David uns die plötzliche Wendung des Abends schmackhaft zu machen.

»Ich bleibe hier«, sage ich, als meine beiden besten Freunde bereits aufgestanden sind.

»Ist das ein Witz?«, fragt Mark.

Ich blicke in sein fassungsloses Gesicht und weiß, dass ich das nicht bringen kann. Der Koks tut mir aber nicht gut. Es scheint plötzlich mein Gehirn zu verstopfen. Das Denken fällt mir schwer und meine Stimmung sackt immer weiter in den Keller. Selbst wenn Brittany mir ihren geilen Arsch noch einmal zur Verfügung stellen würde, käme ich aus dem Tief nicht raus. Ich muss einfach abwarten, bis ich von dem Trip wieder runter bin. In zwei Stunden sollte das spätestens der Fall sein. Wir ziehen geringere Mengen, dafür öfter. Ich werde aber heute definitiv nicht nachlegen.

»Natürlich war das ein Witz«, sage ich mit einem breiten Lächeln und lasse mir von David aufhelfen. Er klopft mir auf den Rücken und schiebt mich voran zum Ausgang. Ich gehe mit, mache noch zwei Stunden gute Miene zu dem ganzen Spiel und verpiss mich dann.

Mark hat direkt vor dem Club geparkt. Er entriegelt seinen Porsche und wir steigen ein. Ich nehme auf dem Rücksitz Platz. Es ist eng und bei Weitem nicht angenehm, aber je eher wir auf Kats Party sind, desto eher kann ich von dort verschwinden. Ich verspüre gerade nur das Bedürfnis, alleine zu sein.

Alle Geräusche sind zu laut, alle Lichter zu grell und jede Sekunde, die vorbeizieht, nervt mich ungeheuerlich.

Mark startet den Motor und lässt ihn aufheulen, sodass uns einige der wartenden jungen Frauen vor dem Club zujohlen. Eine entblößt sogar ihre Titten und ruft etwas, das ich nicht verstehe. David hingegen schon, da er das Fenster heruntergelassen hat. Breit grinsend zeigt er ihr den Stinkefinger.

Ich schließe die Augen und kämpfe gegen das Bedürfnis an, mich aus meiner Haut schälen zu wollen. Paranoia. Ich habe schon oft von den Nebenwirkungen gehört, aber sie noch nie erlebt.

»Was war in dem scheiß Koks, David?«, frage ich.

David lacht und zuckt mit den Schultern. »Ich hab den Stoff von einem neuen Typen. Der war ganz cool drauf.«

Ich fasse mir an die Stirn und spüre einen Schweißfilm. »Wie oft habe ich dir gesagt, du sollst nur bei Johnny kaufen?«

»Johnny ist im Urlaub«, schnaubt David. Urlaub bedeutet so viel wie Knast.

»Dann such dir einen Ersatz! Aber nicht bei irgendeinem

Idioten von einer Straßenecke, den du noch nie in deinem Leben gesehen hast!«, fauche ich.

David erwidert etwas, und Mark mischt sich ebenfalls ein. Ich verstehe aber kein Wort von dem, was sie sagen. Mir wird schlecht und schwindelig. Mein Verstand verschwimmt in einem Delirium. Ich sehe Brittany vor mir. Dann andere Frauen, die ich irgendwann mal gevögelt habe und zu denen ich nicht einmal einen Namen habe. Ich weiß nur, wie ihre Titten aussehen. Ein Karussell aus Titten dreht sich in meinem Kopf. Wenn mir nicht kotzübel wäre und mir das Atmen schwerfallen würde, wäre der Anblick geil.

»Halt das Auto an«, höre ich mich sagen. Meine Stimme hört sich nicht an wie meine. Sie klingt viel lauter und rauer. Das Auto hält nicht an. Wir fahren immer weiter. »Mark«, keuche ich. »Halt das verdammte Auto an!« Er scheint mich nicht zu hören. Wie viel hat er getrunken? Sollte er überhaupt noch fahren? »MARK!« Ich schreie so laut, dass meine Stimmbänder schmerzen. Aber dann wird mir bewusst, dass sich bei keinem Wort meine Lippen bewegt haben. Sie sind wie zugeklebt. Mit der Hand will ich mir an den Mund fassen, aber sie fühlt sich viel schwerer an, als sie sein sollte. Ich kann nicht einmal einen Finger bewegen. Jeder Luftzug wird zu einer Qual.

Und dann höre ich ein lautes Geräusch. Wie von einem riesigen Schiff, das in einen Hafen einläuft. Wir sind zwar in New York, aber so etwas hört man hier selten. Schon gar nicht so spät in der Nacht. Das Geräusch ertönt erneut. Ich reiße die Augen auf und blicke in ein helles Licht. Es kam nicht von einem Schiff, sondern von einem Lkw, der geradewegs auf uns zurast. Ich will etwas rufen, mir die Hand vor die Augen reißen und die Zeit anhalten. Aber nichts von dem gelingt mir.

Mir wird innerhalb des Bruchteils einer Sekunde die Luft aus den Lungen gepresst. Diesmal dreht sich wirklich alles, nicht nur in meinem Kopf.

Dann wird alles still. Ich fühle meinen Herzschlag, der immer leiser wird. So leise, dass ich ihn nicht mehr hören kann. Wir bewegen uns noch. Mein Blut rauscht in meinen Ohren. Mit einem Knall und einem heftigen Aufprall findet auch die Stille ein Ende und ich lasse die Schwärze um mich herum mein Zufluchtsort werden.

1. Kapitel

Fünf Monate später

Lloyd

»Unterschreib das.«

Mein Großvater legt mir mehrere Papiere vor die Nase. Ich beachte sie nicht weiter und beobachte lieber meinen Großvater und unseren Anwalt. Frank arbeitet seit über zwanzig Jahren für uns und hat bis jetzt jeden Dreck unter den Tisch kehren können. Sollte irgendjemand dort Staub wischen wollen, wäre der Name meines Großvaters Geschichte. Genauso wie der meines Vaters in Washington. Wir würden alle in den Knast wandern, was wir schon längst getan hätten, wenn Frank nicht ein Händchen dafür hätte, Angelegenheiten in unserem Interesse zu lösen. Genug Geld steht ihm schließlich zur Verfügung.

Frank sitzt mir gegenüber, mein Großvater steht mit dem Rücken zu mir und sieht in unseren Garten.

»Was ist das?«, unterbreche ich die Stille.

»Deine Aussage.« Frank beginnt mit seinem Füller von Montblanc in der Hand zu spielen. Ein Geschenk meines Großvaters. Allein das Etui kostet mehr, als manch einer in einem Monat verdient.

»Was steht da drin?« Es wird mit Sicherheit nicht das drin stehen, was tatsächlich passiert ist. Dass Mark, David und ich gekokst und Alkohol getrunken haben, Mark sich ans Steuer seines Autos setzte und frontal in einen Lastwagen krachte, weil er Schlangenlinien fuhr. Und niemand anderes Schuld trägt, als wir selbst.

»Die Version, die dir die geringsten Probleme macht«, springt mein Großvater ein und dreht sich wieder zu mir um. Seine Haare sind bereits vor langer Zeit ergraut, seine Autorität ist noch einschüchternder geworden. Er ist Vorstandschef bei der Bank, für die ich auch gearbeitet habe, bis der Unfall passierte. Ich sollte sein Nachfolger werden. Ob das je passiert, hängt von dem Ausgang der aktuellen Situation ab. Mit einer Vorstrafe werde ich eine Karriere in dem Geldhaus vergessen können. Das war die erste Information, die mir mein Großvater mitteilte, nachdem ich im Krankenhaus aufwachte.

Dreimal hat mein Herz aufgehört zu schlagen. Die Ärzte wussten nicht, ob mein Gehirn langfristige Schäden davongetragen hat und mein Großvater informierte mich als Erstes darüber, dass meine Karriere in Gefahr ist, wenn ich ein falsches Wort sage. Dass Mark direkt tot war, nicht einmal identifiziert werden konnte und David im Koma lag, gedachte er nicht zu erwähnen. Es ging hier schließlich um das Ansehen seines einzigen Enkels und damit sein eigenes Image. David liegt nach wie vor im Koma und die Wahrscheinlichkeit, dass er jemals aufwachen wird, sinkt mit jedem weiteren Tag.

Ich habe meine beiden besten Freunde verloren und soll etwas unterschreiben, was ihnen die Schuld in die Schuhe schiebt, damit ich davonkomme.

Weil ich überlebt habe.

Dabei hatte ich Glück im Unglück. Wäre der Unfall nicht gewesen, wäre ich jetzt nicht mehr am Leben und meine beiden besten Freunde würden von ihren Anwälten entsprechende Dokumente vorgelegt bekommen.

Würden Mark und David einfach ihre Namen darunter setzen?

»Lloyd«, ermahnt mich mein Großvater mit strenger Stimme.

»Was passiert, wenn ich das unterschreibe?« Ich blicke Frank an. Er lügt nie und versucht mich nicht zu manipulieren. Das kann er sich nicht erlauben, da er von mir das Gleiche erwartet, um seinen Job ordentlich erledigen zu können. Jede falsche Information kann das Kartenhaus, das er über uns gebaut hat, zum Einsturz bringen.

»Die Schuld am Unfall wird gänzlich Mark Edwards zugeschrieben, da er der Fahrer war. Du hast versucht, ihn davon abzuhalten, in das Auto einzusteigen, er wollte aber nicht auf dich hören. Genauso wie David. Dazu gibt es Zeugenaussagen.« Wie er das Wort ›Zeugenaussagen‹ betont, sagt mir, dass es diese Zeugenaussagen in Wahrheit nicht gibt. Jemand bekommt zehntausend Dollar dafür, einen auswendig gelernten Text vor Gericht vorzulesen, sollte es zu einer Verhandlung kommen. »Was den Vorwurf des illegalen Drogenbesitzes angeht, haben wir ebenfalls Zeugenaussagen, die belegen, dass es Davids Substanzen waren. Er wurde damit im Club gesehen. Das Auto hat sich mehrfach überschlagen, und wie sie am Ende bei dir gelandet sind, kann keiner belegen.«

»Wenn ich das unterschreibe, bedeutet es, dass ich frei bin?«

»Korrekt. Um auf Nummer sicher zu gehen, werden wir einen Deal eingehen.«

»Was für einen Deal?« Ich wende mich meinem Großvater zu. Deals sind seine Spezialität. Insbesondere die, die ihm einen Vorteil verschaffen.

»Du hast einen Fehler gemacht, Lloyd. Auch wenn es tragisch ist, dass das Gesetz dich dafür nicht haftbar machen kann, war es moralisch verwerflich. Du bist mit einem blauen Auge davongekommen und hast aus deinen Fehlern gelernt.«

»Das bedeutet konkret?«

»Du wirst freiwillig Sozialstunden ableisten.«

Ich schlucke heftig. »Sozialstunden? Wo? Soll ich Suppe ausschenken?« Mich nervt der Vorschlag jetzt schon. Wenn Frank mich aus der Nummer herausholen kann, soll er das tun. Die Presse hätte den Vorfall schon längst vergessen, wenn Kat nicht die trauernde Witwe spielen würde. Sie sollten ihr eine ordentliche PR-Beratung spendieren. Alle würden die Sache hinter sich lassen und wir könnten in unseren Leben weitermachen.

»Frank wird dir einen Platz in einer adäquaten

Einrichtung besorgen. Du wirst dort so lange deine Reue zur Schau stellen, bis endgültig Gras über die Sache gewachsen ist. Danach kommst du zur Bank zurück und wir versetzen dich in den Vorstand. Ohne viel Aufsehen.«

»Was ist, wenn ich da nicht mitmache?«

»Darüber brauchen wir nicht zu diskutieren. Oder?« Sein schneidender Tonfall entgeht mir nicht.

Ich halte die Hand auf und Frank reicht mir seinen Füller. Ich schlage die Seite mit der durchgezogenen Linie am Ende der Dokumentenflut auf und setze die Spitze des Füllers auf das Papier. Für einen Moment zögere ich. Dann setze ich schwungvoll meine Unterschrift darunter. Das Papier knirscht, jeder Zug kostet mich Überwindung. Mit widersprüchlichen Gefühlen betrachte ich meinen Namen, der dort steht. Ich setze den Füller ab und lasse ihn auf das Papier fallen. Wortlos stehe ich auf, schließe mein Sakko und verlasse den Wintergarten.

Noch ein gutes halbes Jahr.

Dann ist mein dreißigster Geburtstag, an dem ich die alleinige Vollmacht über den Trust Fonds erhalte und meinem Großvater keine Rechenschaft mehr schulde. Aber bis dahin werde ich das tun müssen, was er verlangt. Und wenn es Sozialstunden sind, soll er sie bekommen. Zu oft in meinem Leben habe ich gesehen, was mit Menschen passierte, die ihm nicht gehorchten. Am Ende bereuten sie es alle. Daher weiß ich es besser.

Seit der Nacht, die alles für mich verändert hat, habe ich nicht mehr hinter einem Steuer gesessen. Auch wenn ich mich an den Unfall nicht mehr erinnern kann, weigerte sich mein Kopf, auch nur in einen Wagen einzusteigen. Die Fahrt vom Krankenhaus zum Haus meines Großvaters kostete mich jegliche Überwindung. Die Panik, die ich verspürte, fühle ich immer noch in den Fingerspitzen, wenn ich mich in ein Auto setze. Täglich kam eine Ergotherapeutin, mehrmals die Woche ein Psychologe. Die Therapeutin bin ich los, den Psychologen nicht. Zweimal die Woche muss ich noch bei ihm aufschlagen. Meinem Großvater reicht es nicht, dass ich ihm versichere, mit mir sei alles in Ordnung – er braucht es schriftlich von einem Spezialisten, dem er mehrere zehntausend Dollar dafür zahlt.

Walter wartet bereits mit dem Wagen auf mich. Da mein Großvater zu jeder Zeit über meinen Aufenthaltsort informiert sein möchte, hat er mich dazu verdammt, jedes Mal einen Chauffeur zu nehmen, sollte ich das Haus verlassen wollen. In den letzten Wochen habe ich es immer öfter in der Villa nicht mehr ausgehalten, weswegen Walter meine Anrufe bereits gewohnt ist. Glücklicherweise bleiben mittlerweile die Panikattacken aus, wenn ich mich in einem Auto befinde. Ansonsten wäre ich an die Villa gefesselt.

»Sir«, begrüßt Walter mich und hält mir die Tür zum Fond des Wagens auf.

Weder grüße ich ihn, noch bedanke ich mich. Ich lasse mich auf die weichen Ledersitze fallen und schließe die Augen. Walter weiß, wohin er mich bringen muss. Zu dem einzigen Ort, den ich seit einiger Zeit jeden Tag aufsuche, den ich aber nie betrete.

Den Friedhof, auf dem Mark beerdigt wurde.

Heute werde ich zu Marks Grab gehen.

Das beschließe ich jedes Mal.

Und doch schaffe ich es nie, das gusseiserne Eingangstor zu durchqueren. Es ist, als befände sich dort eine unsichtbare Wand, die mir den Zugang verwehrt.

Das ist eins der Dinge, über die ich mit dem Psychologen reden sollte. Bislang habe ich das Thema vermieden. Ich bin schließlich kein Weichei. Ich bin nicht der emotionale Typ, der am Grab seines besten Freundes auftaucht und ihm einen Abriss seines mittlerweile erbärmlichen Lebens gibt. Sobald ich Mark berichten kann, dass ich es in den Vorstand geschafft habe, werde ich an seinem Grab auftauchen. Bis dahin lasse ich mich von Walter bis vor das Tor fahren, um meiner Mutter, meinem Großvater und am heutigen Tage insbesondere meinem trostlosen Leben zu entfliehen.

2. Kapitel

Maisie

»Maisie! Maisie!«

Kinderhände greifen nach meinem Pullover und zerren an der gehäkelten Wolle. Ich lege die Schaufel beiseite, wische mir mit dem Handrücken den Schweiß von der Stirn und drehe mich zu dem kleinen Sonnenschein um, der wieder einmal seinen Hasen verloren hat.

»Ist Murphy wieder verschwunden?«, frage ich sanft nach.

Lynns Augen sind bereits vom Weinen aufgequollen und ihre Wangen gerötet. Sie nickt mit einem Schmollmund.

»Herrje«, sage ich und ziehe mir die Gartenhandschuhe aus, um Lynn in den Arm zu nehmen. Sofort drückt sie sich mit ihrem schmächtigen Körper an mich. »Wir finden ihn schon. Wir haben ihn bis jetzt jedes Mal wiedergefunden.«

»Versprichst du es?« Hoffnungsvoll blickt sie mich an. Wie schnell Kinder von einer Emotion zur nächsten wechseln können, erstaunt mich jedes Mal aufs Neue.

»Ja, versprochen«, sage ich und streiche ihr einige ihrer blonden Locken hinter die Ohren. Sie sind aber zu voluminös für ihre kleinen Ohren und fallen ihr sofort wieder ins Gesicht. »Hast du kein Haarband?«

Sie schüttelt verlegen den Kopf. Wahrscheinlich hat sie

es Murphy angezogen und der Hase ist mit dem Haarband verschwunden. Mit Daumen und Zeigefinger löse ich meinen Pferdeschwanz und bändige Lynns Haare mit dem Haargummi.

»Jetzt siehst du aus wie eine Prinzessin.« Ich lächle sie an. Für mich ist sie eine echte Prinzessin, auch wenn das Krönchen fehlt. Aber wenn jemand einen Prinzen auf einem weißen Ross verdient hat, dann das fünfjährige Mädchen in meinen Armen. Mit Mitte zwanzig darf er dann auch angeritten kommen und sie in ihr Glück entführen. Vorher wird sie zu unschuldig für Männergeschichten sein.

»Was ist, wenn Murphy verhungert?«, fragt sie besorgt nach.

»Er verhungert schon nicht. Er ist immerhin ein sehr kluger Hase. Genau wie du ein kluges Mädchen bist.« Ich stupse ihr auf die Nase.

»Lynn!«, ruft jemand vom Haupthaus. »Wir haben Murphy gefunden!«

Sofort läuft sie los. Auf halber Strecke bleibt sie stehen und winkt mir zu. »Danke, Maisie!«

Ich winke zurück. Sobald ihr blonder Haarschopf verschwunden ist, widme ich mich wieder dem Gemüsebeet. Das gesamte Unkraut muss gejätet werden, ehe wir die neuen Erdbeerpflanzen setzen können. Ich seufze auf. Es ist noch viel Arbeit, aber ich liebe sie. Mit einem Lächeln streife ich mir die Handschuhe wieder über und buddle den nächsten Löwenzahn aus, der den Zehn-Liter-Plastikeimer neben mir so weit füllt, dass ich ihn endlich leeren sollte. Ich lasse mich auf den Hintern plumpsen und betrachte mein bisheriges Werk.

Drei Tage sollte ich brauchen, dann bin ich mit dem gesamten Gemüsebeet fertig, um es für die nächste Saison fit zu machen.

»Kommst du zurecht?«

Ich blicke hoch und muss mit der Hand die Sonnenstrahlen abschirmen, um etwas erkennen zu können. Hetty steht neben mir. Sie ist Anfang vierzig, einen Kopf kleiner als ich und hat das größte Mundwerk, dem ich je begegnet bin. Wenn sie nicht hier am Regenbogenhaus ist, ist sie an den Sozialgerichten, um für Gerechtigkeit zu kämpfen, wie sie nicht müde wird zu erwähnen. Ich rapple mich auf und stelle mich neben sie. Nachdem ich die Handschuhe wieder losgeworden bin, klopfe ich mir den Dreck von der Hose.

»Alles super. In ein paar Tagen sollte ich fertig sein. Dann können wir mit den Kindern die nächsten Pflanzen setzen. Ich dachte an Erdbeeren.«

»Gib Bescheid, wenn du sie kaufen willst. Ich gebe dir die Bankkarte, damit du das Geld nicht wieder auslegen musst.«

»Hetty ...«

»Nein, keine Widerworte«, unterbricht sie mich. »Du tust schon genug für das Haus. Ich bin nicht blöd. Das Geld wächst bei dir zuhause ebenfalls nicht an Bäumen, auch wenn du ein Händchen für die Pflanzen hast. Wenn die Kinder Erdbeeren wollen, kaufen wir Erdbeeren.«

Für die Kinder und ihre Eltern würde Hetty all ihre

Habseligkeiten verkaufen. Wir haben aber das Glück, dass sie das Talent hat, haufenweise Spendengelder aufzutreiben. Sie mutiert zu einem furchterregenden Drachen, wenn sie innerhalb von dreißig Sekunden nicht das bekommt, was sie will. Dann fliegen erst Paragrafen – die sie sich manchmal sogar ausdenkt –, wenn das nicht hilft, redet sie so viel wirres Zeug, dass ihr Gegenüber gezwungen ist, einzuwilligen, und wenn der Plan ebenfalls nicht klappt, schwenkt sie auf den Wortschatz um, den sie in der Bronx gelernt hat.

»Ich frage Oliver, ob er Pflanzen hat, die er nicht verkaufen kann. Er gibt sie uns dann günstiger.«

»Du weißt, dass wir auf Almosen nicht angewiesen sind«, tadelt sie mich.

Ich verdrehe die Augen. Streng genommen sind wir auf Almosen angewiesen, da sich das Regenbogenhaus ausschließlich durch Spenden finanziert. Hetty nimmt daher liebend gerne Geld von den Reichen an, aber nicht von Menschen, die es genauso gut selbst gebrauchen können. Robin Hood wäre neidisch geworden, wenn Hetty in der Nachbarschaft gewohnt hätte.

»Es sind Pflanzen, die ansonsten im Kompost landen. Nicht nur Menschen brauchen unsere Hilfe.« Meine Standardantwort auf ihre Standardargumente. Ich kenne sie lange genug, um den Dreh raus zu haben.

»Fein.«

Wenn sie das Wort ›fein‹ in den Mund nimmt, bedeutet es so viel wie: *Du hast gewonnen, aber nur, weil ich das erlaube.*

»Gibt es was Besonderes?« Normalerweise kommt sie nur zu mir, wenn etwas vorgefallen ist.

»Es kommt jemand Neues«, gibt sie die Neuigkeit preis.

»Jemand Neues? Ein Kind?«

»Nein. Eine Ergänzung für das Team.«

»Ist das nicht gut?«, frage ich zögerlich nach. Normalerweise ist sie euphorisch wie eine Glucke, die noch ein Küken gefunden hat, das sie unter ihre Fittiche nehmen kann. Ihr jetziges Verhalten gibt mir jedoch Rätsel auf.

»Ich habe ein ungutes Gefühl.«

»Wir können immer Hilfe gebrauchen.«

Sie geht auf meine Worte nicht weiter ein. »Ich wollte dir nur Bescheid geben. Die nächsten Wochen ist mein Terminkalender voll und ich werde nicht viel vor Ort sein, weswegen du einen Teil der Verantwortung übernehmen müsstest.«

Sie mustert mich von oben bis unten. Etwas, das sie jedes Mal tut, wenn wir in dieser Situation sind. Dabei springe ich oft für sie ein, und bislang ist noch kein Kind verschwunden oder verstümmelt worden. Einige der Eltern sind schließlich hier, um zu helfen, sollte das Telefon nicht aufhören zu klingeln oder ich an anderer Front gefordert sein. Verschwundene Hasen stehen dabei ganz oben auf der Liste.

»Wer ist es denn?«, versuche ich, ein paar Informationen über den neuen Kollegen in Erfahrung zu bringen. Wenn Hetty so reagiert, hat die Person mit Sicherheit etwas angestellt, was sie nicht gutheißt.

»Das Gericht hat ihn uns aufgeschwatzt.«

Mehr will sie dazu augenscheinlich nicht sagen. Ich werde es früh genug herausfinden, spätestens, wenn er leibhaftig vor mir steht.

»Das Mittagessen ist fertig«, sagt Hetty, ehe sie sich abwendet.

Ich seufze auf, nehme den Eimer voll Unkraut und kippe ihn auf den Kompost. Dann folge ich ihr.

Es ist ein festgeschriebenes Gesetz im Regenbogenhaus, dass alle beim Mittagessen am Tisch sitzen müssen. Familiärer Zusammenhalt ist hier so wichtig wie die Luft zum Atmen. Ich brauche es mindestens genauso sehr, wie die Kids und ihre Familien, die jeden Tag hierherkommen.

Heute sind wir nicht mehr als fünfzehn Personen. Eine geringe Zahl. Aber ich freue mich über jeden, der es alleine schafft, seine Kinder zu versorgen und unsere Hilfe nicht mehr in Anspruch nehmen muss. Viele kommen trotzdem regelmäßig, um zu helfen oder einfach den Kontakt aufrechtzuerhalten.

Eins der Kinder spricht schüchtern ein kurzes Tischgebet, wir bedanken uns alle für das Essen und dann werden die Teller leer geputzt. Manche Kinder müssen ermahnt werden, dass es nach den Pommes noch einen Nachtisch gibt.

Ich liebe jeden Tag, den ich hier sein kann. Ich bin weder Sozialpädagogin, noch habe ich eine anderweitige Qualifikation, mit der ich einigen der Kinder bei ihren Traumata professionell helfen könnte. Ich bin vielmehr das

Mädchen für alles. Ich kümmere mich primär um den Garten, helfe im Haushalt und bin einfach da, wenn eins der Kinder etwas braucht. Sei es eine Hand zum Einschlafen, eine Gute-Nacht-Geschichte oder jemanden, an den man sich kuscheln kann, um der harten Realität zu entfliehen. Die Schicksale, die ich bereits mit ansehen musste, reichen für mindestens drei Leben. Auch wenn es schwierig ist, sich viele der Geschichten anzuhören, käme ich nie auf die Idee zu gehen.

Ich wüsste zudem nicht einmal, wohin ich gehen sollte. Ich habe bereits vor einigen Jahren aufgehört, mir Gedanken über die Zukunft zu machen. Jeder Tag ist ein neues Geschenk, das ich versuche mit all den Menschen hier im Regenbogenhaus zu teilen.

Am Abend lese ich einigen Kindern im großen Gemeinschaftszimmer ein Märchen vor. Dornröschen. Mit großen Augen sitzen sie bereits bettfertig vor mir, in Decken eingehüllt und als ich von dem Kampf zwischen dem Prinzen und dem Drachen berichte, hängen sie mir gebannt an den Lippen. Ich zeige die sehr schönen Illustrationen aus dem Kinderbuch von Disney, und eins der Mädchen hält sich sogar die Hände vor die Augen, nimmt sie aber direkt wieder herunter, sobald ich weiter erzähle. Bis zum letzten Satz haben die Kinder mir mucksmäuschenstill gelauscht.

»Und wenn sie nicht gestorben sind ...«, beginne ich.

»... dann leben sie noch heute!«, beenden die Kinder euphorisch den Satz für mich.

Ich schlage das Buch zu. »Genau. Und damit das auch so bleibt, müssen alle müden Kinder jetzt ins Bett.«

Die ersten Widerworte ertönen, werden von den anwesenden Eltern aber direkt im Keim erstickt. Auch Rachel, eine der Sozialpädagogen, die die Nachtschicht heute übernimmt, ist mittlerweile eingetroffen und bringt die Kinder ins Bett, die alleine hier sind. Sobald der Raum sich geleert hat, räume ich auf. Ich stelle die Bücher zurück in das Regal, sammle Spielsachen ein und lege die Kissen ordentlich auf die Sofas.

»Hetty hat mich gebeten, dir das zu geben.« Rachel reicht mir einen Umschlag mit meinem Namen darauf.

»Danke.« Ich stecke ihn sofort in die Hosentasche.

»Meine Einladung zu dem Mittagessen steht noch«, erinnert sie mich. Ich habe es nicht vergessen. Ich bringe es einfach nicht über mich, ihr abzusagen. Nicht, weil ich sie nicht mag, sondern weil ...

Sie wird von einer der Mütter gerufen und wendet sich mit einem entschuldigenden Blick ab. Ich checke die Uhrzeit auf meinem Handy. Kurz nach neun. Seit sieben Uhr in der Früh bin ich hier und spüre die harte Gartenarbeit vom Mittag in jedem Knochen meines Körpers. Ich nehme meine Handtasche und Jacke, rufe Rachel einen kurzen Abschiedsgruß zu, als ich sie in die

Küche verschwinden sehe und verlasse das Haus. Ich verstaue den Umschlag gerade in meiner Handtasche, als ich prompt in jemanden hineinlaufe. Zwei starke Hände fassen mich an den Oberarmen und hindern mich daran, den Asphalt mit meinem Gesicht zu begrüßen.

»Alles in Ordnung?«

Ich blicke erschrocken auf und sehe direkt in Bens warme Augen.

»Ja«, erwidere ich erleichtert und versuche, zu Atem zu kommen. Er hält mich immer noch fest. »Ich war nur in Gedanken«, erkläre ich mit einem Lächeln die Situation und befreie mich aus seinem Griff, der mir mit jeder Sekunde unangenehmer wird. Nicht, weil es Ben ist, der mich berührt, sondern weil es Erinnerungen zurückholt, die ich für immer begraben will.

»Ist ja noch einmal gut gegangen.«

Eine verlegene Stille entsteht und ich senke peinlich berührt den Blick. Dann fällt mir der Umschlag auf, der meine Tasche verfehlt haben muss. Er liegt auf dem Bürgersteig und der Inhalt drumherum.

Ben folgt meinem Blick und geht sofort in die Hocke, um die Geldscheine aufzuheben. Er steckt sie wieder in den Umschlag und reicht ihn mir.

»Bitteschön.«

»Danke«, murmle ich und verstaue den Umschlag ganz unten in meiner Handtasche.

»Kann ich dich zuhause absetzen?« Er zeigt auf sein Auto. Ein Polizeiauto des NYPD. Seines Arbeitgebers. Er trägt auch noch die Uniform.

»Danke, das ist lieb, aber ich habe es nicht weit«, lüge ich. Er hat mir seit dem ersten Tag immer wieder angeboten, mich nach Hause zu bringen, ich lehne sein Angebot aber ab. Er ist nett und würde mich wahrscheinlich liebend gern auf ein Date einladen. Bevor er fragt, müsste ich aber erst einmal seine Einladung annehmen, mich nach Hause zu fahren. Da das nie passieren wird, wird er mich nie auf ein Date bitten, was der beste Ausgang für uns beide ist.

»Verbringt ihr die Nacht hier?«, frage ich, um von meinem Korb abzulenken.

Er nickt und zeigt auf seinen Rucksack. »Lynn schläft hier immer besser, als zuhause. Wenn es nach ihr ginge, würden wir die Koffer packen und hier einziehen.«

Ich muss bei dem Gedanken lächeln. Bens Freundin und Lynns Mom ist vor knapp zwei Jahren bei einer Schießerei ums Leben gekommen. Sie wollte nur schnell Windeln im Supermarkt holen, als sie überfallen wurde. Seitdem ist Ben alleinerziehend. Er macht jede Menge Überstunden, um Lynn einen Collegeabschluss zu ermöglichen und ihr jeden Wunsch von den Augen abzulesen. Sie gehört zu den Kindern, die fast jeden Tag hier sind. Zudem ist es für Ben eine unheimliche Erleichterung, dass er sich um sein Kind keine Sorgen machen muss, wenn sie im Regenbogenhaus ist.

»Murphy ist heute wieder verschwunden.«

Ben lacht auf. »Es wäre eine Sensation, wenn er es einen Tag lang nicht tun würde.«

»Vielleicht ist es morgen der Fall.«

»Ja, vielleicht.« Er lächelt mich mit einem Ausdruck in den Augen an, den ich nicht sehen möchte. Er macht es mir schwerer, ihm nicht aus dem Weg zu gehen.

»War schön, dich noch kurz zu sehen.«

»Ebenso. Gute Nacht, Maisie.«

»Gute Nacht«, erwidere ich und setze meinen Weg fort.

Bis zu meiner Wohnung muss ich eine gute Stunde laufen. Nach zwanzig Minuten beginnt es zu regnen. Notdürftig ziehe ich mir meine Kapuze über den Kopf, sie hält mich aber nicht trocken. Zuhause angekommen, schalte ich das Licht der kleinen Wohnung an, die ich mein Eigen nennen kann, aber nichts tut sich. Mehrmals kippe ich den Schalter, aber es passiert nichts. Ich seufze auf. Der Strom ist wieder weg. Im Dunkeln lege ich meine nassen Klamotten ab, reibe mich im Badezimmer trocken und ziehe mir einen warmen Pyjama an. Eine warme Dusche wäre genau das gewesen, was ich gebraucht hätte, aber ohne Strom auch kein warmes Wasser. Hoffentlich ist er morgen Früh wieder da. Ansonsten muss ich im Regenbogenhaus duschen. Bevor ich ins Bett gehe, lege ich den Umschlag mit dem Geld in eine der Cornflakespackungen, die in meinem Küchenschrank stehen. Mit ein bisschen Glück schaut ein Einbrecher dort nicht nach. Einen Schein nehme ich heraus und stecke ihn in mein Portemonnaie.

Ich mummle mich unter meiner Bettdecke ein. Kein Strom bedeutet nämlich auch keine Heizung. Aber ich habe bereits kältere Nächte hier überlebt. Morgen Früh ist immerhin ein neuer Tag – und was er bringen wird, kann ich jetzt noch nicht wissen.

Am nächsten Morgen ist der Strom immer noch nicht wieder da. Ich verschlinge beim Anziehen einen Müsliriegel, putze mir mit kaltem Wasser die Zähne und packe meine Sachen für den Tag zusammen. Insbesondere einen Satz frische Unterwäsche, ein Handtuch und Shampoo, damit ich im Regenbogenhaus duschen kann.

Immerhin regnet es nicht und ich komme trocken an. Die Sonne ist noch nicht richtig aufgegangen. Ein paar Strahlen fallen vom Horizont auf die Stadt, aber nicht genügend, um den kalten Wind auszugleichen.

Ich bin froh, endlich das Haus erreicht zu haben und im Warmen zu sein. Gedämpfte Stimmen sind aus dem Wohnzimmer zu hören, wo morgens immer gefrühstückt wird. Leise schleiche ich mich die Treppe nach oben in eins der Badezimmer. In Windeseile habe ich mich ausgezogen und stehe unter der Dusche. Ich stelle die Wassertemperatur gerade so hoch ein, dass ich mich nicht verbrenne. Mein durchgefrorener Körper braucht die Wärme. Obwohl ich liebend gerne beim Duschen getrödelt hätte, beeile ich mich. Keine fünfzehn Minuten später habe ich meine Haare geföhnt und bin bereit, meinen Tag richtig zu starten. Hoffentlich hat mich keiner gehört und ich kann zum Frühstück dazustoßen, ohne lästige Nachfragen beantworten zu müssen.

Ich öffne die Tür und blicke direkt in Bens blaue Augen, die mich besorgt mustern.

»Sie haben mich hochgeschickt, für den Fall, dass du ein Einbrecher bist«, sagt Ben. Er trägt einen lässigen Hoodie und ein paar verwaschene Jeans. Er sieht in dem Outfit aber mindestens genauso gut aus, wie in seiner Uniform.

»Tut mir leid. Ich hätte kurz Hallo sagen sollen.«

»Was ist es diesmal? Ein verkalkter Duschkopf? Wieder Wartungsarbeiten an den Leitungen vor deiner Wohnung?«

Ich laufe rot an. Es passiert nicht zum ersten Mal, dass ich hier dusche. Es ist auch nicht das erste Mal, dass Ben Nachfragen stellt, weil mir die Ausreden ausgehen.

»Wenn du ein Problem hast, Maisie, kann ich dir helfen.« Seine Stimme ist sanft.

»Ich habe keine Probleme. Es ist alles in Ordnung. Ich wollte nur nicht zuhause duschen. Wenn es geregnet hätte, wären meine Haare wieder ruiniert gewesen.« Ich schenke ihm ein schiefes Lächeln und bete, dass er es dabei belässt.

»Wenn du darüber reden willst, kannst du jederzeit zu mir kommen.«

»Ich weiß«, murmle ich. Es ist ein Zugeständnis. Ben weiß aber, dass etwas nicht stimmt. Solange ich jedoch nicht darüber rede, ist es lediglich eine Vermutung für ihn. Und dabei sollte ich es belassen. »Ist noch etwas vom Frühstück übrig?«

»Die sind im Leben noch nicht fertig«, erwidert er und

kehrt zu einer Unbeschwertheit zurück, die ich an ihm zu schätzen gelernt habe. »Du kennst doch die hungrigen Mäuler da unten.« Er verdreht die Augen.

»Gibt es wieder Pfannkuchen?«

»Korrekt.«

Ich lache auf. »Dann werden sie zum Mittag keinen Hunger mehr haben.«

»Da unterschätzt du Lynn. Sie kann zu jeder Tageszeit essen, unabhängig davon, was vorher schon in ihrem Magen gelandet ist.«

»Ich kann mich noch erinnern, als sie sich dreimal Nachschlag von dem Vanilleeis geholt hat und ich ihr danach den Bauch reiben musste, weil ihr so schlecht war«, erzähle ich, während wir nach unten gehen.

»Ich hoffe, sie hat daraus gelernt. Aber ich kenne meine Tochter zu gut, als dass sie daraus tatsächlich die richtige Schlussfolgerung zieht.«

»Sie ist eben noch ein Kind.«

»Ein verwöhntes Kind. Manchmal habe ich die Befürchtung, dass ich nicht streng genug bin.«

Ich bleibe stehen. »Du machst es wunderbar. Du bist ein toller Vater«, bestärke ich ihn. »Lynn ist eins der glücklichsten Kinder, das ich kenne. Ihr Lachen ist geradezu ansteckend, weswegen sie keiner mehr kitzelt.«

Ben kann sich zu einem Lächeln durchringen. »Du hast recht. Zuweilen versuche ich mich in sie hineinzuversetzen, um zu verstehen, was sie braucht. Aber ich kann es einfach nicht. Sie vermisst ihre Mommy. Auch wenn sie es nicht mehr so häufig sagt, wie am Anfang, weiß ich es einfach.«

»Du vermisst sie schließlich auch.«

Ein trauriger Ausdruck huscht über sein Gesicht. »Du kannst dir nicht vorstellen, wie sehr.«

»Das kann kein Mensch auf dieser Welt.«

»Jetzt reden wir schon wieder darüber«, sagt Ben und versucht, die Situation wieder aufzulockern, aber es gelingt ihm diesmal nicht so elegant. Ich kannte Liz, Lynns Mom, nicht sehr gut. Sie arbeitete als Psychologin für Hetty. Per Zufall lernte ich Hetty kennen und sie nahm mich mit hierher. Ich führte ein paar Gespräche mit Liz, die mir tatsächlich halfen. Vielleicht wären wir gute Freundinnen geworden. Wenige Wochen, nachdem ich sie kennengelernt hatte, starb sie. Ben und Lynn wohnten für lange Zeit im Regenbogenhaus, da Hetty etwas anderes nicht zuließ. In der Zeit unterhielten wir uns viel. Ben wollte die Sozialpädagogen nicht von ihrer eigentlichen Arbeit abhalten, brauchte aber jemanden zum Reden. Also nahm er mit mir vorlieb. Ich brauchte schließlich auch jemanden. Aber nicht zum Reden. Über das, was mir passiert ist, würde ich nie reden können. Zu viele Menschen könnten in Gefahr geraten, weswegen meine Lippen auf ewig versiegelt sein werden, was meine Vergangenheit angeht. Ich brauchte einfach jemanden, der da war. Der mir einen Sinn gab, nicht aufzugeben. Ben gab mir diesen Sinn.

»Lass uns frühstücken gehen«, sage ich und hake mich bei ihm unter. Etwas, das ich sonst vermeide. Ich habe lange gebraucht, irgendeine Form des Körperkontakts wieder zuzulassen. Aber ich vertraue Ben. Er würde mir nie wehtun. »Ich habe dich von dem Frühstück abgehalten. Das tut mir ...«

»Maisie«, sagt er mit einem Lachen. »Hör auf, dich für alles zu entschuldigen. Du bist einer der Gründe, warum Lynn wieder so viel lacht.«

Ich erwidere darauf nichts, weil wir bei den anderen angekommen sind. Sie sitzen an einer langen Tafel. Auf dem Tisch stehen Pfannkuchen, Brötchen und Brot. Einige der Kinder essen Cornflakes. Ich begrüße alle und setze mich dazu. Ben nimmt mir gegenüber Platz. Er zwinkert mir zu und ich wende mit roten Wangen den Blick ab. Flirten ist definitiv nicht meine Stärke. Wird es auch nie werden.

Ich nehme mir einen Pfannkuchen. Wenn Rachel sie gemacht hat, sind es die Besten, die die Welt je gesehen hat. Sie hat uns versprochen, irgendwann an einem Pfannkuchen-Wettbewerb teilzunehmen, den sie mit Sicherheit gewinnen wird. Es hat nur leider noch keiner in unserer Nähe stattgefunden.

Während ich meinen Pfannkuchen vertilge, lausche ich den wilden Abenteuern, die die Kids heute bereits erlebt haben. Da war der Drache im Badezimmer, dem ich glücklicherweise nicht begegnet bin, das Monster im Schrank und die Zahnfee.

Ich helfe beim Abräumen und dem Abwasch. Danach gehe ich in den Garten. Ich will den Regen von gestern Abend ausnutzen, um die nun lockere Erde von dem restlichen Unkraut zu befreien.

3. Kapitel

Lloyd

Ich habe die letzten Tage damit verbracht, meinen Großvater von dieser beschissenen Idee der freiwilligen Sozialstunden abzubringen. Er hat aber seine Entscheidung getroffen. Wenn er mich drei Monate aus dem Weg haben will, damit sich die Sache endgültig beruhigt, hätte ich die Zeit nach Europa fliegen können. Hübsche Mädchen, nette Hotels. Kein Journalist würde sich dort für mich interessieren. Hier in den Staaten kleben sie mir praktisch unter der Fußsohle. Die letzten Wochen ist es besser geworden, aber durch Kats Selbstinszenierung stehe ich nach wie vor im Fokus.

»Wo willst du denn hin?« Kat lehnt im Türrahmen zu einem der Gästeschlafzimmer in der Villa meines Großvaters, in dem ich seit dem Unfall residiere. In meinem Apartment in der City konnte ich keinen Fuß vor die Tür setzen, ohne ein Blitzlichtgewitter ertragen zu müssen. Mittlerweile hätte ich zurückkehren können. Aber wozu? Meinen Job kann ich momentan nicht erledigen. Das einzig Gute ist die Tatsache, dass Peter, mein Chef, seine Drecksarbeit selbst erledigen muss. Zudem wollten meine Mutter und mein Großvater mich hier haben. Mein Großvater, um mich zu kontrollieren, und meine Mutter, um sich zu vergewissern, dass es mir gut geht. Ich bin ihr einziges Kind. Auch wenn Liebe ein Konzept ist, das in unserer Welt keinen Platz hat, hat mein Unfall sie zu einer anderen Person gemacht. Sie ist weicher und herzlicher geworden. Ganz zum Missfallen meines Großvaters, der von seiner Tochter anderes erwartet.

»Wer hat dich reingelassen?«, frage ich Kat genervt. Ich mochte sie nicht, bevor sie mit David vögelte, ich mochte sie nicht, als sie es tat, und seitdem sie es nicht mehr tun kann, kann ich ihren Anblick kaum ertragen. Sie schlachtet ihn aus, als wäre er eine Weihnachtsgans. Die Tatsache, dass er nach wie vor keine Reaktion auf jegliche Stimulation zeigt, interessiert sie einen feuchten Dreck.

»Der Gärtner«, sagt sie und kommt langsam auf mich zu.

»Dann kann er dir mit Sicherheit auch den Ausgang zeigen.« Ich suche mein Handy. Eben hatte ich es noch in der Hand.

»Was suchst du?«

»Der Ausgang liegt dahinten«, sage ich und deute zur Tür.

»Jetzt sei doch nicht so, Lloyd.«

Ich beende die Suche nach meinem Handy und widme mich Kat. Sie trägt einen kurzen weißen Minirock, eine durchsichtige rosafarbene Bluse, durch die man ihren weißen Spitzen-BH nur allzu deutlich sehen kann, und geschnürte Riemchensandalen, die ihre pediküren Fußnägel zur Schau stellen. Ihre Phase, in der sie nur Schwarz aus Trauer um David getragen hat, ist augenscheinlich vorbei.

»Was willst du Kat?«

Sie ignoriert meine Frage, sieht sich stattdessen mein Zimmer an. Bei einem Foto von Mark, David und mir hält sie inne. Sie nimmt es in die Hand. Am liebsten würde ich es ihr aus den Fingern reißen. Ich kann mich aber beherrschen und schlucke den Ärger herunter.

»Das ist nach der Uni aufgenommen worden, oder?«

Ich schweige. Ich will mit ihr nicht darüber reden.

»Stell das Foto wieder hin.« Mark hat es mir vor einem guten Jahr geschenkt. David hat sich wochenlang über ihn lustig gemacht und ihn als Pussy beschimpft. Ich fand's nett. Ich war viel unterwegs und habe meine beiden besten Freunde kaum gesehen. Mark gab es mir mit den Worten, dass ich niemals vergessen sollte, wer meine wahren Freunde sind. Die Freunde, die mit mir durch dick und dünn gehen. Und nun stehe ich doch alleine da.

Kat betrachtet das Bild noch ein paar Sekunden und stellt es dann wieder zurück. Sie geht zu meinem Bett, lässt sich darauf nieder und schlägt die Beine übereinander. Ihr Rock rutscht dabei so hoch, dass ich beinahe ihren Arsch betrachten kann. Ein Anblick, auf den ich nicht scharf bin.

»Komm her«, sagt sie mit einem lasziven Augenaufschlag und klopft neben sich auf das Bett.

»Vergiss es. Ich muss los.« Ich werde mein Handy nicht brauchen. Ich nehme lediglich das legere Jackett, das ich mir rausgelegt hatte, und verlasse das Zimmer. Soll Kat sich doch ausziehen und sich nackt auf meinem Bett rekeln. Es interessiert mich nicht. Die Laken können gewaschen werden.

Walter wartet bereits mit einem der Wagen vor dem Haus. Ich steige ohne Begrüßung in das Auto ein.

Drei Monate.

Dann habe ich mein altes Leben zurück. Vielleicht sogar ein viel besseres. Ich werde dann im Vorstand sein und die Welt wird mir zu Füßen liegen. Knapp neunzig Tage und ich bin wieder der Mensch, der ich vor dem Unfall war.

Mit dem Gedanken in meinem Kopf fährt der Audi vom Hof.

Ich kann die Frau vor mir nicht ausstehen. Sie ist alt, viel zu klein für ihre Statur und hat eine Klappe, die mir tierisch auf den Geist geht. Ich war nicht einmal aus dem Auto gestiegen, da stand sie bereits vor mir und hat mich in ihr kleines und schäbiges Büro geführt, das direkt neben der Eingangstür liegt.

»Haben Sie Fragen?« Sie schaut mich mit ihren kleinen Augen erwartungsvoll an. Ihrer Tonlage habe ich entnommen, dass sie aber jede Frage nerven wird, genauso wie mir jede Sekunde hart auf die Eier geht, die ich überhaupt hier sein muss.

»Die habe ich sogar«, erwidere ich und setze mein charmantestes Lächeln auf. Ich greife in meine Sakkoinnentasche und ziehe einen Scheck hervor. »Würde das reichen, um Sie zufriedenzustellen?« Ich lege ihr das Stück Papier auf den Schreibtisch.

Sie senkt den Blick, starrt die Zahl für exakt zwei Sekunden an und hat mich danach wieder im Visier. Ihr Gesichtsausdruck ist noch härter geworden.

»Denken Sie tatsächlich, dass ich bestechlich bin?«

Eins muss ich ihr lassen – sie ist verdammt gut. Ich nehme den Scheck und kritzle eine Null hinter die zwanzigtausend Dollar, die bereits auf dem Scheck stehen.

»Besser?«

Diesmal nimmt sie den Scheck und zerreißt ihn in tausend kleine Papierfetzen. »Mr. Lawson«, spricht sie meinen Namen aus, als wäre er eine Krankheit, die ihr am Fuß klebt. »Ich bin fähig, meinen Laden zusammenzuhalten, ohne auf Bestechungsgelder angewiesen zu sein. Ich fühle mich tatsächlich beleidigt, dass Sie in der Annahme waren, damit überhaupt einen Erfolg zu haben. Merken Sie sich daher eins – noch ein Fehltritt und ich werfe Sie raus. Wir sind weder auf Ihr Geld noch auf Ihre Anwesenheit angewiesen.«

Ich muss tatsächlich schlucken, da sie wesentlich taffer ist, als ich dachte. Vielleicht hätte ich gleich zwei Millionen auf den Scheck schreiben sollen. Jeder Mensch ist käuflich. Die Frage ist nur, wie hoch die Summe ist, bei der er es zugibt. Da der Scheck aber in Papierfetzen zwischen uns liegt, hilft mir die Erkenntnis nicht weiter.

»Ich habe einen Anruf bekommen, dass ich Sie für drei Monate hier ertragen muss. Und wenn ich ertragen sage, meine ich das auch genau so. Ich will Sie genauso wenig hier haben, wie Sie hier sein wollen. Auch wenn ich einigen Leuten gehörig auf die Füße treten würde, sollte ich Sie tatsächlich vor die Tür setzen, nehme ich das gerne in Kauf. Das, was wir hier leisten, ist wichtig. Es ist kein Scherz, kein Spaß, kein Witz. Jeder einzelne Mitarbeiter geht bis an seine Grenzen, um sein Bestes zu geben. Das Gleiche erwarte ich von Ihnen. Wenn Sie um acht Uhr hier sein sollen, sind Sie um sieben hier. Feierabend beginnt, wenn die Arbeit erledigt ist.«

»Ich habe in meinem Leben mehr Überstunden gemacht, als Sie zählen können«, schnaube ich. Wen glaubt sie, vor sich sitzen zu haben? Einen Idioten, der noch nie in seinem Leben gearbeitet hat?

»Dann beweisen Sie mir das.«

»Was werden meine Aufgaben sein?« Kommen wir zu dem interessanten Teil. »Ich werde definitiv keine Gute-Nacht-Geschichten vorlesen oder Windeln wechseln.«

Ihre Augen werden schmal, und wäre sie ein Drache, würde sie Feuer speien. Mit der Frau ist tatsächlich nicht zu spaßen.

»Sie werden die Kinder nicht anfassen, sie nicht ansprechen, sie nicht einmal wahrnehmen. Wenn ich Sie dabei erwische, dass ...«

Ich hebe abwehrend die Hände. »Ich kann Kinder nicht ausstehen. Daher wird es ein Leichtes sein, Ihrer Bitte nachzukommen.«

»Es wird nicht getrunken, nicht geraucht und Drogen

sind ein absolut rotes Tuch. Manche Kinder mussten ansehen, wie ihre Eltern sich totgespritzt haben, andere haben den Zerfall, den der Alkohol in einem menschlichen Körper anrichtet, erleben müssen. Ich weiß nicht, warum Sie hier sind, Mr. Lawson, ich weiß nur, dass es etwas mit Drogen zu tun hatte. Sollten Sie high sein, wenn Sie hier sind, oder auch nur eine Prise irgendwelcher Substanzen bei sich tragen ...«

»Werde ich bei lebendigem Leibe massakriert. Verstanden«, falle ich ihr ins Wort. »Soll ich dann den Abwasch machen?«, frage ich lakonisch nach.

»Sie werden die Arbeiten verrichten, die anfallen. Heute dürfen Sie Ihre gesamte Zeit Erica und Emilia widmen.«

»Ich dachte, ich soll mich offiziell von den Kindern fernhalten.«

»Erica und Emilia sind auch keine Kinder. Sie werden sich in ihrer Gesellschaft bestens aufgehoben fühlen.« Damit steht sie auf und ihr Blick deutet mir an, dass mir die Bekanntschaft mit Erica und Emilia nicht gefallen wird.

Zwei Schweine.

Erica und Emilia sind zwei hässliche, stinkende Schweine.

Füttern, Ausmisten und ein bisschen kraulen. Das hat die Alte gesagt, ehe sie grinsend wieder im Haus verschwand.

Sie hat mich auf den Schuppen verwiesen, in dem ich alles finden würde.

Grandios.

Ich trage eine Hose von Burberry, Schuhe und Shirt von Armani und ein Jackett, das mehr kostet, als so ein Schwein fressen kann. Und nun soll ich damit im Dreck wühlen?

Verdammt ...

Warum halten die sich zwei Schweine? Können die sich keine Koteletts im Supermarkt kaufen, wie jeder andere normale Bürger in den Staaten?

Die Schweine stehen bereits am Zaun und recken mir ihre ekligen Nasen entgegen. Das eine hat gerade ein Schlammbad hinter sich. Und ich soll da jetzt reingehen?

Das ist verrückt.

Mit verschränkten Armen stehe ich vor dem Gehege.

»Mr. Lawson?«

Ich stöhne innerlich auf. Die Hexe ist zurück. »Ja?«, erwidere ich und drehe mich zu ihr um.

»Die Arbeit erledigt sich nicht von alleine.« Selbst auf die Entfernung kann ich sehen, wie ihre Augenbrauen bei dem Anblick freudig nach oben wandern. Unter ihrer Beobachtung ziehe ich mir das Jackett aus und lege es sorgfältig über einen großen Ast eines Baumes. Hoffentlich krabbeln da keine Tiere herum. Ich krempele mir die Ärmel nach oben und mache mich auf den Weg zu dem Schuppen. Es gibt keinen Lichtschalter, lediglich ein dreckiges Fenster neben der Tür spendet Licht. Man kann kaum die Hand vor Augen erkennen. Dort stehen eine Schubkarre, zwei

Strohballen und jede Menge Futtersäcke mit Trockenfutter, frischen Karotten und Äpfeln. In einer Ecke finde ich ein paar Gummistiefel. An der frischen Luft schüttle ich sie aus und untersuche sie auf Spinnen, die keine Lust auf die Freiheit hatten. Mit ein bisschen Glück werde ich es schaffen, meine Hose sauberzuhalten.

Da ich überhaupt keine Ahnung habe, wie man zwei Schweine versorgt, beschließe ich, mit dem unangenehmsten Teil anzufangen – das Ausmisten. Ich nehme mir eine Mistgabel und die Schubkarre und stehe damit wenige Momente später vor dem Gehegeeingang. Ich befinde mich auf der einen Seite, die Schweine auf der anderen. Dumm sind die ja nicht. Die werden wissen, dass sie irgendwann gegessen werden und werden jeden Strohhalm fassen wollen, um aus dem Gehege auszubüchsen. Aktuell bin ich das schwächste Glied in dieser Kette – und so, wie die beiden Mädels mich anstarren und beobachten, ist ihnen das bewusst.

Ich blicke mich um. Vielleicht ist die Hexe noch da, aber sie ist wieder verschwunden. Ich seufze auf. Mein Großvater wird das hier in allen Zügen genießen. Darauf wette ich. Ich sollte an der Côte d'Azur am Strand sitzen und mir hübsche Frauen in Bikinis anschauen. Stattdessen schaue ich mir zwei Schweine an, deren Mist ich gleich wegschaffen darf.

Kann man noch tiefer im Leben sinken?

Ich entriegle das Holztor. Es steht keine fünf Zentimeter auf und das erste Schwein will seine Nase hindurchstecken.

Mit dem Fuß drücke ich es zurück und schließe das Tor wieder. Ich kann Bankgeschäfte abwickeln, Verhandlungen in drei Sprachen führen und alleine durch Smalltalk vermögende Kunden dazu bewegen, Millionen in Geschäfte zu stecken, die keinen Mehrwert für sie haben. Aber das hier gehört nicht in meine Welt.

»Du musst sie erst füttern.« Ich drehe den Kopf zur Seite. Neben mir steht ein dürrer Junge. Keine Ahnung, wie alt er ist. Kinder sind definitiv nicht mein Hobby. Ungefragt redet er einfach weiter. »Wenn du sie erst fütterst, fressen sie und du kannst in Ruhe ausmisten.« Er zeigt auf einen Trog am anderen Ende des Geheges, den man über den Zaun befüllen kann.

»Danke«, gebe ich widerwillig von mir. Ich war noch nie auf die Hilfe eines Kindes angewiesen. Ich bin aber besser freundlich, ehe die Hexe zurückkommt und ein paar Telefonate erledigt, die meine zukünftige Karriere in einen Haufen Asche verwandeln. Die Aussicht auf diesen Vorstandsposten ist das Einzige, das mich noch klar denken lässt.

Ohne dem Kind weitere Beachtung zu schenken, gehe ich zurück in den Schuppen. Ich nehme mir einen Eimer und stehe ratlos vor den Futtersäcken. Die Verpackung des Trockenfutters hat eine Gebrauchsanweisung aufgedruckt. Jetzt müsste ich nur wissen, wie viel so ein Schwein wiegt. Zwanzig Kilo? Automatisch wandert meine Hand in meine Hosentasche, aber mein Handy liegt irgendwo in meinem Zimmer. Zusammen mit Kat.

Ich fasse mir an den Nasenrücken und versuche, meine Nerven zu behalten.

»Sie bekommen einen Plastikeimer voll von dem Trockenfutter. Und dann noch einmal einen Eimer voll Möhren und Äpfel.« Der Junge steht in der Tür und beobachtet mich. Als ich mich nicht rühre, kommt er in den Schuppen, nimmt mir den Eimer aus der Hand und befüllt ihn. »Nimm den anderen Eimer und pack da die Möhren und Äpfel rein. Aber nimm mehr Äpfel. Erica liebt Äpfel.«

Dann ist er verschwunden und ich stehe alleine in diesem gottverdammten Schuppen. Jetzt erteilt mir ein Halbstarker nicht nur Ratschläge, sondern auch Befehle. Der Tag wird kein gutes Ende nehmen. Was hat die alte Hexe noch gesagt? Keinen Alkohol? Den werde ich aber heute Abend brauchen. Und nicht nur eine Flasche.

»Wo bleibst du denn?«, höre ich den Jungen rufen.

Ich nehme mir den Eimer, werfe abwechselnd Möhren und Äpfel hinein. Und ja – ein paar mehr Äpfel als Möhren. Mit dem Futter bewaffnet folge ich dem Jungen. Ich kippe Obst und Gemüse auf das Trockenfutter, das er in dem Trog verteilt hat. Die Schweine haben bereits ihre Nasen ganz tief in das Futter gesteckt. Da hatte wohl jemand Hunger.

»Jetzt kannst du den Stall ausmisten«, belehrt mich der Knirps.

»Ich bin nicht dämlich«, erwidere ich.

»Vorhin sahst du aber ziemlich dämlich aus.«

Ich werfe ihm einen Blick zu, der eindeutiger nicht hätte

sein können. Ihn scheint das aber nicht zu kümmern. Er hat ein mit irgendeiner Comic-Figur bedrucktes T-Shirt an, das die beste Zeit bereits hinter sich gelassen hat, und eine Hose, die ihm zu groß und an den Knien bereits aufgeschürft ist.

»Kümmere dich lieber um deine eigenen Probleme.«

Darauf erwidert er nichts. Ich gehe zurück zu dem Holztor und kann tatsächlich in Ruhe den Stall ausmisten. Es stinkt und lässt mich beinahe mein Frühstück wieder hochwürgen. Die Fliegen machen es nicht gerade appetitlicher. Als ich fertig bin, stehe ich mit dem Mist in der Schubkarre vor dem Gehege. Ehe ich das neue Stroh dort hinlegen kann, muss ich den Mist loswerden. Unbewusst suche ich den Jungen. Er steht an dem Fleck, an dem ich ihn vorhin zurückgelassen habe. Die Arme auf dem Zaun verschränkt und mich fest im Blick.

Mit dem Finger zeigt er auf eine Stelle hinter dem Schuppen. Ich versuche mein Glück und finde doch tatsächlich einen Misthaufen. Ich kippe den Kot dazu und streue neues Stroh im Stall aus.

Zufrieden stehe ich vor dem Gehege und klopfe meine Hände aus.

»Du hast dafür ziemlich lange gebraucht.«

Frechdachs. In drei Monaten kann ich ihn gerne mit in eine Vorstandssitzung nehmen und er soll den Herren mal die aktuelle Portfoliolage erklären.

»Ich habe das zum ersten Mal gemacht«, verteidige ich mich. Ich musste mich noch nie in meinem Leben rechtfertigen.

»Das ist die dümmste Ausrede, die ich je gehört habe.« Er legt den Kopf leicht schief.

»Das ist keine Ausrede.«

»Doch ist es.«

»Nein, ist es nicht.«

»Bist du in allem schlecht, wenn du es zum ersten Mal machst?«

Mir liegt eine Antwort auf der Zunge, die nicht jugendfrei ist, aber ich verkneife sie mir. Wir starren uns an. Wenn ich nichts erwidere, hat er das letzte Wort. Und das ist etwas, das mir nicht passieren sollte. Mir fällt aber keine Antwort ein, die mich nicht hochkant auf die Straße befördert.

»Ich bin Patrick«, stellt er sich vor.

»Lloyd.«

Sein kritischer Blick trifft mich. »Das ist ein bescheuerter Name.« Er lacht tatsächlich darüber.

»Das ist kein bescheuerter Name.« Wieso habe ich das Gefühl, mich bei jedem Satz, den ich von mir gebe, zu erklären?

»Doch ist es. *Lloyd*«, äfft er meinen Namen nach.

»Hast du keine Eltern, die dir Manieren beibringen? So redet man nicht mit Erwachsenen.«

Aus seinem breiten Grinsen wird ein unendlich trauriger Ausdruck.

Er senkt sofort den Blick und bohrt seine billigen Turnschuhe in den Dreck. Man muss keinen Abschluss von Harvard haben, um zu wissen, dass ich gerade ein mieses

Arschloch war. In meinem Kopf formt sich gerade eine Entschuldigung, als er sich umdreht und einfach zurück ins Haus geht.

Fuck.

Selbst die Schweine unterbrechen ihre Fressorgie, um Patrick nachzuschauen.

Es dauert keine zwei Minuten und die Hexe stürmt wutentbrannt auf mich zu. »Was haben Sie zu ihm gesagt?«

»Nichts.«

»Ich bin zu keinen Späßen aufgelegt, Freundchen.« Sie bohrt mir ihren dicken Zeigefinger in die Brust. »Ich werde nicht noch einmal fragen.«

»Er war frech und ich habe ihn gefragt, ob er keine Eltern hat, die ihm Manieren beibringen.« Ab morgen bringe ich Frank mit hierher. Ich geb ihm fünf Minuten mit der Frau und ich werde die nächsten drei Monate meine Füße hochlegen können.

»Sie sind der größte Idiot, der mir je untergekommen ist«, faucht sie.

»Was hätte ich denn machen sollen?«

»Nichts! Ich habe Ihnen gesagt, dass Sie sich von den Kindern fernhalten sollen. Können Sie nicht die simpelsten Anweisungen befolgen?«

»Er stand auf einmal da und hat mich zugelabert!« Und wieder eine Rechtfertigung. Ich werde an diesem Tage noch einen Weltrekord brechen, wenn das so weitergeht.

»Überlegen Sie sich etwas, wie Sie das wieder gerade biegen. Die wichtigste Regel in diesem Haus – wenn dir etwas Schlimmes passiert, wird dir auch etwas Gutes passieren, damit das Universum im Gleichgewicht bleibt.«

Was ist das denn für ein esoterischer Blödsinn? »Das erzählen Sie den Kindern?«, frage ich fassungslos nach. Wie soll mit so einem Unsinn aus den Kindern ein wertvoller Teil für die Gesellschaft werden?

»Genau das erzählen wir den Kindern. Und was Sie davon halten, würde mich nicht einmal interessieren, wenn es auf meinem Klopapier stehen würde. Patricks Eltern sind vor einem halben Jahr ermordet worden. Er hat es nur überlebt, weil er sich im Kleiderschrank versteckt hat.« In meinem Hals bildet sich ein Kloß, den ich nicht loswerde. »Seien Sie also verdammt noch mal vorsichtig, was Sie gegenüber den Kindern äußern. Bei den Eltern ebenso.«

»Verstanden.«

Sie mustert mich. Augenscheinlich glaubt sie mir. Zumindest für den Moment. »Sind Sie fertig?«

»Ja.«

»Dann kommen Sie mit. Sie können in der Küche helfen.«

Ich folge ihr. Wieder einmal. Und beschließe für die nächsten drei Monate jedes Kind, das mir über den Weg läuft, hemmungslos zu ignorieren.

4. Kapitel

Maisie

Evelyn kann endlich wieder lächeln. Die Krankenschwester desinfiziert und verbindet ihr den Fuß, während der Arzt mir das weitere Vorgehen erläutert. Er zeigt mir die Schmerzmittel, die sie bei Bedarf nehmen kann, und ermahnt sie wie auch mich, dass sie den Fuß die nächsten Tage schonen muss. Definitiv kein Getobe. Innerlich seufze ich. Evelyn ist eines der wilderen Kinder. Sie braucht die Bewegung, um ihre Emotionen im Griff zu halten. Ihr Sofazwang wird den Segen im Haus ordentlich auf die Probe stellen.

Der Arzt verabschiedet sich, und die Krankenschwester stellt Evelyns Krücken auf die richtige Größe ein. Ein paar Minuten übt Evelyn unter Anleitung, damit richtig zu laufen. Sobald das klappt, werden wir entlassen.

Vor dem Krankenhaus warten bereits Taxen auf Fahrgäste. Ich helfe Evelyn mit den Krücken auf die Rückbank und setze mich neben sie.

»Bekomme ich Ärger?«, fragt sie auf halber Strecke und blickt ihre Hände an, die sie im Schoß gefaltet hat.

»Warum solltest du Ärger bekommen?«, frage ich nach und drehe mich mit dem Oberkörper zu ihr.

»Weil wir ins Krankenhaus mussten ...«

Erst hat ihr Großvater ihre Mutter geschlagen. Irgendwann bekam auch das Kind die Schläge ab.

»Du bist die Treppe heruntergestürzt«, erkläre ich mit sanfter Stimme. »Solche Dinge passieren. Wenn man sich verletzt, geht man ins Krankenhaus, um sich helfen zu lassen. Du fühlst dich doch jetzt besser, oder?«

Sie nickt verhalten.

»Siehst du«, sage ich und schenke ihr ein Lächeln.

Normalerweise fährt einer der Pädagogen mit den Kindern ins Krankenhaus. Für viele der Kinder ist ein Besuch im Krankenhaus mit Traumata verbunden. Wir sind aber heute unterbesetzt und Hetty bat mich um den Gefallen. Hätte sie mir das mit Evelyn nicht zugetraut, hätte sie mich nicht gebeten, weswegen ich ihrer Bitte nachkam. Um ehrlich zu sein, kam mir die Angelegenheit sehr gelegen. Denn seit einigen Tagen gehört der Garten nicht mehr mir alleine, sondern ich muss ihn mit dem Neuen teilen, der jede Möglichkeit nutzt, dem Trubel im Haus zu entfliehen.

Hetty nimmt uns sofort in Empfang, als das Taxi am Regenbogenhaus vorfährt. Nachdem sie sich versichert hat, dass Evelyns Fuß in ein paar Tagen wieder wie neu sein wird, reiche ich ihr die Medikamente sowie die Unterlagen vom Krankenhaus. Hetty kümmert sich um die Bezahlung des Taxifahrers und bringt Evelyn ins Haus. Dann widmet sie sich wieder mir.

»Danke«, sagt sie und drückt mich fest an sich. Sie weiß, dass Berührungen für mich nach wie vor ein Problem sind. Bei Erwachsenen mehr, als bei den Kindern. Das ist wahrscheinlich der Grund, warum sie mich ständig umarmen muss.

»Nichts zu danken. Brauchst du mich noch? Ansonsten mache ich im Garten weiter«, erwidere ich und befreie mich schnellstmöglich aus der Umarmung.

»Mach nur. Und wenn du schon beim Unkraut bist, wäre es wundervoll, wenn du wirklich *alles* entfernen könntest.« Der Augenverdreher und der vielsagende Unterton bei ihren Worten entgehen mir nicht. Ehe ich nachfragen kann, hat sie mir bereits den Rücken zugedreht und ist in ihrem Büro verschwunden. Sobald ich den Garten betrete, verstehe ich den Sinn hinter ihrer Bemerkung.

Der Neue ist wieder mit Erica und Emilia beschäftigt. Er hat es nicht für nötig gehalten, sich bei mir vorzustellen, weswegen ich es nicht für nötig halte, ihn überhaupt zu beachten. In wenigen Wochen ist er wieder verschwunden.

Obwohl ich meine innere Ruhe bei der Beetpflege so dringend benötige wie die Luft zum Atmen, habe ich mich die letzten Tage immer wieder erwischt, wie ich dem Neuen einen flüchtigen Blick zugeworfen habe. Die Neugierde siegt beinahe über jeden Vorsatz. Zwei Dinge habe ich mittlerweile über ihn herausgefunden – erstens hasst er die Arbeit hier, weil er zweitens mit einem goldenen Löffel im Mund geboren wurde. Das Erste trifft auf fast jeden zu, der unfreiwillig Hilfsstunden im Regenbogenhaus absolvieren muss, das Zweite auf niemanden, der bereits hier gelandet ist. Hetty hat eine Abneigung gegen die High Society. Krebsgeschwür ist das Wort, das sie in Verbindung mit solchen Leuten immer wieder benutzt. Normalerweise weiß sie zu verhindern, dass der Nachwuchs von den Leuten bei uns landet, denen sie das Geld aus der Tasche zieht. Irgendetwas muss der Neue an sich haben, weswegen sie ihn nicht vom Hof jagen konnte. Zumal er sich bereits den einen oder anderen Fehltritt geleistet hat, der bei jedem anderen ein übles Nachspiel gehabt hätte.

Ich schiebe die Gedanken beiseite. Zum einen gehen mich seine Angelegenheiten nichts an und zum anderen habe ich vor langer Zeit gelernt, dass man sich nicht in die Probleme anderer Leute einmischen sollte.

Ich hole mir meine Gartenhandschuhe, Gartenarbeitshose und einen Eimer samt Schaufel aus dem Schuppen. Wie immer ignorieren der Neue und ich uns, wenn wir uns nahe genug für einen Gruß oder einen netten Wortwechsel kommen. Sobald ich aus dem Schuppen komme, hält er nicht mehr viel von unserem perfekt eingespielten Ritual des Ignorierens.

Er sieht mich direkt an.

Für einen Moment halte ich inne und starre zurück. Da er aber nichts sagt, wende ich den Blick wieder ab und gehe zurück zu den Beeten.

Nach fünf Minuten Gartenarbeit schlägt mein Herz immer noch viel zu schnell und eine seltsame Gänsehaut hat sich auf meinem Nacken ausgebreitet.

Dir ist wahrscheinlich zu warm.

Ich ziehe mir einen Handschuh aus und will mir reflexartig bei dem Gedanken den Schweiß von der Stirn wischen, aber mein Handrücken bleibt trocken. Irritiert starre ich meine Hand an und riskiere einen Blick über die Schulter. Der Neue ist aber verschwunden. Dafür steht Patrick am Zaun. Wie jeden Tag geht der Junge zu den Schweinen, nachdem der Neue fertig ist, und kontrolliert, ob dieser alles richtig gemacht hat.

Ich richte mich auf und rufe seinen Namen. Momentan ist mir nicht nach meiner üblichen Einsamkeit bei der Gartenarbeit. Ein bisschen Gesellschaft wird mir guttun. Vor allem, wenn es Patrick ist.

»Magst du mir helfen?«, frage ich, als der Junge näher kommt.

»Was machst du?« Er geht in die Hocke, als ich mich wieder hinknie, um mit dem Unkrautjäten fortzufahren.

»Ich bereite die Beete für neue Pflanzen vor.«

»Was willst du pflanzen?«

»Erdbeeren.«

»Ich mag Erdbeeren«, erwidert er.

»Die werden toll schmecken. Möchtest du mir mit dem Eimer helfen? Der ist immer so schnell voll.«

Ohne eine Antwort zu geben, steht Patrick auf und bringt den halb vollen Eimer zum Kompost. Den leeren Eimer stellt er wieder neben mich und hockt sich wieder hin, um meine Arbeit besser beobachten zu können.

»Er hat heute zum ersten Mal alles richtig gemacht«, sagt er plötzlich, ohne mich anzusehen.

Verwundert hebe ich den Kopf. »Wer?«, frage ich nach.

»Lloyd. Heute hat er das erste Mal nichts vergessen.« Er

zeigt auf das Schweinegehege.

»Das ist doch gut«, erwidere ich.

»Ja. Immerhin sind Erica und Emilia meine Freundinnen.«

»Sie sind dir mit Sicherheit auch sehr dankbar, dass du dich so sehr um sie kümmerst.«

»Erica und Emilia mögen ihn. Also mag ich ihn auch. Auch wenn er gemein zu mir war.« Patrick stochert mit einem Stock in der bereits von mir aufgelockerten Erde herum. Hetty hat mir alles über den Vorfall erzählt. Wahrscheinlich hat sie es der halben Welt erzählen müssen, um ihrem Ärger Luft zu machen. Nachdem der Neue ins absolute Fettnäpfchen mit seiner Wortwahl getreten war, hat Patrick den restlichen Tag mit niemandem sprechen wollen. Er saß stumm in seinem Zimmer und hat ins Leere gestarrt.

Patrick wechselt prompt das Thema und fragt mich über die verschiedenen Erdbeersorten aus, die ich die nächsten Tage mithilfe der Kinder pflanzen werde.

»Darf ich mitkommen, wenn du sie kaufst?« Hoffnungsvoll blicken mich zwei kugelrunde Kinderaugen an.

»Wenn Hetty damit einverstanden ist, darfst du gerne mitkommen.«

»Ich frag sie sofort!« Mit den Worten ist er aufgesprungen und wenige Momente später im Haus verschwunden.

Seufzend lasse ich mich auf meinen Hintern fallen und stütze mich mit den Händen nach hinten ab. Der Himmel ist heute strahlend blau. Nicht eine einzige Wolke ist zu erkennen. Der Rest der Welt erfreut sich wahrscheinlich an dem Anblick. Einige werden im Central Park picknicken, andere romantische Spaziergänge unternehmen oder einfach den schönen Tag genießen.

Unbeschwertheit ist eins der Dinge, die ich vor langer Zeit verlernt habe. Mit jedem Tag, den ich im Regenbogenhaus verbringe, geben die Kinder mir einen kleinen Teil davon zurück. Vielleicht sollte ich Hetty endlich Glauben schenken und an einen Neuanfang im Leben glauben. Die Altlasten lassen uns niemals los, aber man lernt damit zu leben, rufe ich mir ihren Standardsatz in Erinnerung. Lass dich nicht lähmen, sondern lebe damit.

Ich betrachte das Beet. Ich versuche bereits mein Bestes, damit zu leben. Warum habe ich dann das Gefühl, dass es einfach nicht reicht? Dass meine Vergangenheit wie ein dunkler Schatten über allem liegt, was Licht in mein Leben bringt? *Weil manche Erlebnisse dich für immer verändern.*

»Hetty hat Ja gesagt!«, ruft Patrick mir über den halben Garten zu und kommt auf mich zugerannt.

Ich hebe eine Hand, damit er für ein High Five einschlagen kann, was er prompt macht.

»Super«, antworte ich mit einem Lächeln.

»Dann sollten wir uns beeilen, damit wir Platz für die Erdbeeren haben.« Erwartungsvoll hält Patrick den Eimer in meine Richtung. Sein Eifer lässt mich kurz auflachen, ehe ich seiner Aufforderung nachkomme und Platz für die neuen Pflanzen schaffe.

5. Kapitel

Lloyd

Seit zwei Tagen verfolgt mich der Knirps schon. Er starrt aus dem Küchenfenster, wenn ich morgens aus der Limousine steige, er steht auf der kleinen Terrasse, wenn ich mich um die Schweine kümmere, und er sitzt auf der Treppe, wenn ich in der Küche aushelfe.

Ich versuche alles, um meinen persönlichen Stalker zu ignorieren. Mittlerweile ist es unmöglich. Ich spüre seinen bohrenden Blick bis ins Knochenmark.

»Ich habe begriffen, wie es hier läuft«, sage ich eines Morgens zu Hetty, als sie alleine in ihrem winzigen und dreckigen Büro sitzt.

»Schön für Sie, Mr. Lawson«, erwidert sie, ohne aufzublicken.

»Können Sie Ihren kleinen Spion dann abziehen?« Mit den Worten erlange ich ihre Aufmerksamkeit. Sie hebt den Kopf und nimmt die Lesebrille von der Nase.

»Von was reden Sie?«

»Patrick. Er verfolgt mich.«

Ihre schmalen Lippen zucken kurz, ein Lächeln kommt aber nicht zustande. »Ist das so?«, fragt sie gelangweilt nach und widmet sich wieder ihrer Arbeit.

»Hey!«, sage ich und trete ein paar Schritte auf sie zu, was mir einen ihrer ungehaltenen Blicke einbringt. Definitiv der falsche Ton, den ich angeschlagen habe. Ich atme tief durch und versuche es auf eine charmantere Art und Weise. »Ich denke, dass sein Verhalten nicht gerade hilfreich ist.«

»Lassen Sie das Denken und konzentrieren Sie sich auf die Dinge, die hier für uns wichtig sind. Und das ist Schweinemist entsorgen und Kartoffeln schälen. Verstanden?«

Ich presse die Lippen aufeinander. »Sie haben gesagt, ich soll mich von den Kindern fernhalten. Das tue ich. Es wäre also nur fair, wenn die Kinder sich auch von mir fernhalten würden.«

»Mr. Lawson.« Mir gefällt nicht, wie sie jede Silbe meines Namens in die Länge zieht. »Sind Sie das Kind oder der Erwachsene?«

Erwartet die Tante darauf wirklich eine Antwort? Wenn ja, hat sie Pech gehabt, da ich ihr keine geben werde. Kopfschüttelnd wende ich mich von ihr ab und verlasse den stickigen Raum. Kaum bin ich aus der Tür getreten, sehe ich einen Blondschopf. Ich halte den Blickkontakt mit Patrick für ein paar Sekunden in der Hoffnung, dass er den Blick abwendet und sich ein neues Hobby sucht. Aber nichts dergleichen passiert. Am Ende gebe ich nach. Ich habe in den letzten Jahren Geschäfte mit Typen abgewickelt, die höchstwahrscheinlich der Mafia angehörten und für Dinge in den Knast gehören, über die ich nicht einmal nachdenken möchte. Und jetzt treibt mich ein kleiner Junge in den Wahnsinn?

Ich bin wirklich ganz unten angekommen.

Genervt von dem erfolglosen Gespräch mit der Hexe, die momentan mein Leben bestimmt, gehe ich in den Garten, um mich heute als Erstes um die Schweine zu kümmern. Körperliche Betätigung hat mir in solchen Situationen immer geholfen. Der einzige Unterschied zu früher – ich laufe nicht in einem Lacoste-Jogginganzug im Central Park, sondern stehe in den billigsten Klamotten, die mein Kleiderschrank hergegeben hat, in einem Haufen Mist.

Ich entriegle das Zahlenschloss von dem alten Gartenhaus. Wenn jemand etwas aus dem Schuppen stehlen will, hält ihn das Schloss auch nicht davon ab. An vielen Stellen ist das Holz bereits morsch. Ohne Weiteres könnte man einige der Latten heraustreten. Es würde aber höchstens ein Betrunkener auf die Idee kommen, dass hier etwas Wertvolles gelagert wird.

Ich ziehe mir die Gummistiefel über und bereite das Futter für meine beiden neuen besten Freunde vor. Ich füttere die Schweine, entmiste den Stall und lege neues Stroh aus. Sobald ich fertig bin, betrachte ich meine Hände. Es haben sich mittlerweile Schwielen gebildet. Missmutig starre ich auf die Stellen. Anstatt mich darüber zu ärgern, seufze ich auf und schiebe das aufkommende Gedankenkarussell, das mich am Ende nur wieder zu dem Unfall führt, nach ganz hinten in meinen Kopf.

»Ein Schwein müsste man sein«, murmle ich.

»Nicht alle Schweine haben es so gut, wie Emilia und Erica.«

Ich will mich der Kinderstimme nicht zuwenden, tue es aber trotzdem. »Hallo Patrick«, erwidere ich um einen freundlichen Tonfall bemüht. Die Hexe hat zwar gesagt, dass ich mich von den Kindern fernhalten soll. Wenn diese mich aber verfolgen, kann ich sie schlecht ignorieren.

»Wieso willst du ein Schwein sein?«, fragt er nach und stellt sich auf den untersten Holzbalken des Geheges. Beinahe befindet er sich damit auf Augenhöhe mit mir.

»Du bekommst jeden Tag Futter vor die Nase gesetzt, jemand räumt deine Scheiße weg und du kannst dich zu jeder Tages- und Nachtzeit im Schlamm suhlen.«

»Hmm«, lautet seine nachdenkliche Antwort auf meine Ausführung.

»Was?«, frage ich genervt nach.

»Carl sagt, dass du auch alles bekommst, was du willst, und es ganz viele Leute gibt, die deine Sachen wegräumen.«

»Wer ist Carl?«

»Einer meiner Freunde. Seine Mutter hat ihm erzählt, dass es Menschen gibt, die so viel Geld besitzen, dass sie sich um nichts kümmern müssen. Und solche Menschen müssen auch nie selbst Auto fahren.«

Aha ... Daher weht der Wind. »Die meisten Menschen, die Geld haben, müssen trotzdem dafür arbeiten.«

»Warum haben die dann mehr als andere, die auch dafür arbeiten müssen?«

Ich reibe mir die Stirn. Wie soll ich einem kleinen Jungen die Grundprinzipien des Kapitalismus erklären? Am besten gar nicht. Ich weiß sowieso nicht, warum ich überhaupt mit ihm spreche.

»Das erklärt dir am besten jemand anderes«, versuche ich mich elegant aus der Affäre zu ziehen und wende mich von ihm ab, um keine weiteren Kinderfragen beantworten zu müssen, für die mir die passende Erklärung fehlt.

»Du, Lloyd?«

Trotz meines Vorsatzes, so schnell wie möglich im Haus zu verschwinden, um in der Küche zu helfen, bleibe ich stehen und drehe mich noch einmal um.

»Ja?«

»Du kannst stolz auf dich sein.«

Irritiert betrachte ich den Jungen. »Weswegen?«

»Du hast seit Tagen keine Fehler mehr bei Erica und Emilia gemacht.«

Ich antworte darauf nichts.

Stattdessen gehe ich in den Schuppen, um dort die Gummistiefel gegen meine Sneakers zu tauschen. Als ich zurückkomme, ist Patrick verschwunden. Erst als ich in der Küche stehe und Gemüse schäle, wage ich es, tief durchzuatmen und irgendeinen Gedanken in meinem Kopf zuzulassen. Das Einzige, das sich dort aber befindet, sind Patricks Worte, die sich in einer Dauerschleife zu einem undurchsichtigen Nebel verbinden.

Du kannst stolz auf dich sein.

Ein Satz, der vorher in meinem Leben nie eine Rolle gespielt hat. Entweder funktioniert man in der Welt meines Großvaters oder nicht. Stolz? Etwas, für das kein Platz ist. Siegt man, wurde es nicht anders erwartet. Verliert man, schlagen einem Wut und Enttäuschung entgegen.

Aber worauf soll man schon stolz sein, wenn man den Mist von zwei Schweinen jeden Tag entsorgt?

Kinder reden dummes Zeug.

Patrick ist keine Ausnahme.

Damit beende ich die Grübelei über die Begegnung mit dem Jungen und konzentriere mich auf die Vorbereitung des heutigen Mittagessens.

Eine der vielen Regeln in diesem Haus betrifft die Mahlzeiten. Es wird immer zusammen gegessen. Alle sitzen beisammen und essen gemeinsam. Ich bin die Ausnahme. Hetty scheint mein Fehlen bei Tisch entgegenzukommen, da sie mich deswegen bislang nicht angemotzt hat. Sie will mich nicht bei den Kindern haben und ich will nicht bei den Kindern sein. Ein perfektes Arrangement. Meistens esse ich in der Küche, nachdem alle anderen fertig sind.

Als ich mich gerade mit einem vollen Teller auf einen der zwei Stühle an den kleinen Tisch gesetzt habe, geht die Türklinke nach unten und Patrick betritt mit einem vollen Teller die Küche. Ohne ein Wort zu sagen, stellt er den Teller auf den Tisch und setzt sich mir gegenüber.

»Guten Appetit«, sagt er schließlich und beginnt zu essen.

»Was wird das?«, frage ich kritisch nach.

»Ich leiste dir Gesellschaft beim Essen.«

»Ich brauche keine Gesellschaft.«

»Alleine essen ist doof.«

»Patrick«, seufze ich seinen Namen und suche in meinem Gehirn, das trotz jeder Menge Drogen und Alkohol einen Abschluss mit Bestnote an einer Ivy-League-Universität hinbekommen hat, nach den passenden Worten, die dem Jungen klarmachen, dass ich nicht sein Welpe bin, der ständig Aufmerksamkeit braucht. Mit seinen großen Kulleraugen beobachtet er mich, während er sich das Essen in den Mund schaufelt und auf meine nächsten Worte wartet. »Ist das Essen überhaupt noch warm?«, frage ich nach. Der Geschwindigkeit nach zu urteilen, mit der er es verschlingt, ist es mit Sicherheit kalt.

»Stört mich nicht.«

»Gottverdammt«, murre ich und nehme ihm den Teller weg, stattdessen stelle ich ihm meinen vor die Nase. Da das Essen bis eben noch in den Kochtöpfen war, ist es auf jeden Fall wärmer als Patricks. »Du musst damit aufhören.«

»Womit?« Der Unschuld in seinem Blick nach zu urteilen, hat er wirklich keine Ahnung, wovon ich rede.

»Ich darf nicht mit euch reden. Hetty hat es mir verboten. Also hör auf, mir hinterherzulaufen, mich anzusprechen und mit mir gemeinsam zu essen.«

»Warum hat sie dir das verboten?«

»Weil es nicht gut ist.«

»Warum?«

»Iss dein Essen«, sage ich und zeige auf seinen Teller, ehe ich wieder Dinge von mir gebe, die mich zurück in das stickige Büro der Hexe bugsieren.

Patrick gehorcht und isst nun viel langsamer als vorher. Ich beobachte ihn bei jedem Bissen, bis der Teller komplett leer ist.

»Du hast nichts gegessen«, stellt er treffend fest.

»Ich hatte keinen Hunger.«

»Du bist komisch.«

Na, wem sagt er das?

Ehe ich auch nur eine Chance habe, darauf etwas zu antworten und weitere Warum-Fragen zu ernten, geht die Tür zur Küche erneut auf und die Chefin persönlich steht im Rahmen. Sie betrachtet kritisch die Szene. Wenn sie mir erneut einen Anschiss geben will, kann sie das gern tun. Heute Morgen stand ich vor ihrem Schreibtisch und habe ihr gesagt, dass sie den Jungen von mir fernhalten soll. Wenn sie das nicht ernst nimmt, ist sie selbst daran schuld.

Sie sagt aber nichts. Stattdessen holt sie den Nachtisch. »Möchtest du keinen?«, fragt sie an Patrick gerichtet.

Er schüttelt den Kopf. »Ich bleibe lieber bei Lloyd.«

Ich ernte einen vielsagenden Blick, mehr aber auch nicht. Dann zieht die Hexe wieder ab. Erleichtert atme ich aus. Dabei weiß ich nicht, ob es nicht noch ein Nachspiel geben wird, wenn Patrick nicht dabei ist.

»Hilfst du mir bei den Hausaufgaben?«

»Das würde ich liebend gerne tun, aber ich muss hier aufräumen.« Immerhin ist ein Teil der Antwort die Wahrheit.

»Kein Problem. Ich hole meine Sachen und mach sie

hier.«

Bevor ich Widerworte geben kann, ist der Junge verschwunden und schleppt kurz darauf einen schweren Rucksack zurück in die Küche. Ich räume die Teller ab und er breitet seine Schulhefte auf dem kleinen Tisch aus.

Für die nächsten zwei Stunden beantworte ich jede Menge Dinge, die ein Kind der zweiten Klasse in der heutigen Zeit wissen muss.

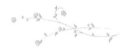

»Du riechst komisch.« Kat hält sich die Nase zu, als ich an ihr vorbei durch das Foyer in der Villa meines Großvaters gehe. »Gehst du jetzt zu irgendwelchen Straßennutten?«

Ich ignoriere sie.

Und das ist die eine Sache, die Kat neben abgebrochenen Fingernägeln nicht ausstehen kann.

»Ey! Ich rede mit dir!« Sie packt mich am Arm. Sofort reiße ich mich von ihrer Umklammerung los und funkle sie ungehalten an.

»Ich habe keine Zeit für deine Spielchen.«

»Vielleicht solltest du dir aber Zeit für mich nehmen.« Ihr püppchenhaftes Lächeln ist verschwunden und die wahre Katherine Townsend kommt zum Vorschein.

»Ich wüsste nicht, wieso ich das tun sollte.«

»Weil es um deinen noch lebenden Freund geht.« Sie verschränkt die Arme vor der Brust und ihr Gesicht nimmt einen seltsamen Ausdruck an. Ich wünschte, sie wäre nicht meine einzige Informationsquelle, wenn es um Davids Gesundheitszustand geht.

»Was ist passiert?«

»Noch gar nichts. Aber seine Eltern denken darüber nach, den Stecker zu ziehen.«

»Wieso? Es ist doch nicht mal ...«

»Weil bald das halbe Jahr rum ist, das sie sich und ihrem Sohn gegeben haben.«

»Dann ist das halt so«, erwidere ich und versuche, die Gefühle in mir zu unterdrücken. Kat ist die letzte Person, die wissen sollte, wie es tatsächlich tief in mir aussieht. Dass ich jeden Abend hoffe, mit einem Anruf aus dem Krankenhaus geweckt zu werden. Dass David am anderen Ende ist, sich total verschlafen und k. o. anhört, aber endlich wieder wach ist und seine blöden Witze reißen kann. Vielleicht wäre dann jemand in meinem Leben, der ansatzweise versteht, was ich die letzten fünf Monate durchgemacht habe und in welcher Hölle ich mich nach wie vor befinde.

»Dir ist das egal, wenn sie das tun?« Kat zieht kritisch ihre Augenbrauen zusammen und mustert mich.

»Als ob es dir etwas ausmachen würde«, erwidere ich mit einem falschen Lachen. »Für dich ist er in der Sekunde des Autounfalls gestorben. Und wer von uns beiden seitdem Kapital aus der Nummer der trauernden Freundin zieht, liegt auf der Hand.«

»Du bist so ein Arschloch.«

»Und du eine manipulative Schlampe. Oder hättest du dich nicht von mir vögeln lassen, als du letztens in meinem Schlafzimmer warst?«

Sie reagiert nicht, was meine rhetorische Frage beantwortet.

»Selbst wenn David aus dem Koma erwachen würde, wäre dein erster Gedanke der Frage gewidmet, in welcher Talkshow du als Erstes auftauchen sollst. Wir beide wissen, dass David schwere Schäden davongetragen haben könnte und monatelange Reha benötigen wird. Das ist kein Leben, das du möchtest. Warum verziehst du dich dann nicht endlich?«

Kat beißt sich auf die Unterlippe. »Weil ich ihn tatsächlich liebe.« Ihre Augen sind glasig und sie lässt ihre Schultern hängen.

Verächtlich schaue ich auf sie herab. »Wenn ich nicht wüsste, dass du eine fantastische Schauspielerin wärst, würde ich dir das vielleicht sogar abkaufen.«

Einer ihrer Mundwinkel zuckt und ich weiß, dass ich mit meiner Meinung über diese Frau richtig lag. »Du solltest dich weniger bei irgendwelchen stinkenden Nutten herumtreiben, sondern deine Aufmerksamkeit deinem Großvater widmen.«

Ich weiß, dass sie gerade einen Köder auswirft und hofft, mich an die Angel zu kriegen. Auf ihr Spiel gehe ich nicht ein. »Es ist mir egal, was mein Großvater treibt. Lass mich endlich in Ruhe.«

Sie lässt sich von einem der Hausmädchen ihren Mantel

geben und wirft mir einen letzten Blick zu, als sie sich den Gürtel um die Taille eng zieht. »Werfe mir am Ende nicht vor, dass ich dich nicht gewarnt hätte.« Dann verlässt sie endlich die Villa.

»Was macht sie überhaupt ständig hier?«, blaffe ich das Hausmädchen an.

Die junge Frau antwortet nicht, stattdessen blickt sie verlegen auf ihre Schuhspitzen. Ich schüttle den Kopf und setze den Weg die Treppe nach oben fort. Meine Kleidung werfe ich auf das gemachte Bett und stelle mich unter die Dusche. Ich stinke wirklich. Die ersten Tage habe ich es noch selbst gerochen. Mittlerweile muss ich mich so daran gewöhnt haben, dass ich es nicht einmal mehr wahrnehme.

Meine Gedanken wandern zurück zum Zimmermädchen. Es gibt zwei Gründe, warum ich auf meine Frage keine Antwort bekommen habe. Entweder wusste sie es tatsächlich nicht, oder sie wollte es mir nicht sagen.

Ich tippe auf Letzteres.

Es ist kein Zufall, dass Kat immer hier ist, wenn meine Mutter nicht im Haus ist.

Aber mein Großvater.

Wenn sie meinen Großvater fickt, wird sie mit Sicherheit an Informationen gelangt sein, die ich besser auch haben sollte.

6. Kapitel

Maisie

Ich starre die Zeitung des Mannes mir gegenüber an, als wäre sie Gift. Seitdem ich in den Zug eingestiegen bin, vermeide ich es, die Buchstaben der Überschriften und Artikel zu Wörtern zu verbinden. Der Mann schlägt die nächste Seite um, ehe er die Zeitung wieder hochhält.

Und dann passiert es.

Mein Unterbewusstsein fügt einen Namen zusammen und meine Augen bleiben bei dem Artikel der Journalistin hängen. Ehe ich es verhindern kann, scanne ich die gesamte Seite der Financial Times, die mir präsentiert wird. Namen von Personen aus der Wirtschaft, Journalisten und Unternehmen nehmen plötzlich jeden Gedanken in meinem Kopf ein. Ohne es zu wollen werde ich in meine Vergangenheit zurückgerissen, in der ich die kompliziertesten Devisengeschäfte analysieren konnte, jeden Morgen die Financial Times gelesen habe und mich jedes Mal in meinem begehbaren Kleiderschrank zwischen meinen dreiundzwanzig Paar Louboutins entscheiden musste.

Ein Leben, das ich am liebsten für immer vergessen würde.

Die Luft um mich herum wird stickig, mein Herz schlägt

viel zu schnell und plötzlich sehe ich die Buchstaben vor mir alle doppelt. Irgendjemand sagt etwas zu mir, das ich nicht verstehe. Meine Hände zittern und es fällt mir mit jedem Atemzug schwerer, Luft in meine Lungen zu bekommen. Krampfhaft versuche ich, die Erinnerungen aus meinem Kopf zu drängen. Aber sie umschließen meinen gesamten Körper mit einer Eiseskälte.

»Miss?«

Ich spüre eine Berührung am Arm und zucke zusammen. Der Zug verlangsamt sich. Sobald die Türen sich öffnen, reiße ich meine Tasche an mich und stürze aus dem Waggon auf den Bahnsteig. Die frische Luft strömt sofort in meine Lungen und ich atme tief durch. Ich stütze mich an einem Betonpfeiler ab und schließe die Augen. Erst als sich auch mein Herzschlag beruhigt hat, öffne ich sie wieder und betrachte den grauen Beton. Ich lege meine Stirn gegen den kühlen Pfeiler.

Du solltest dir Hilfe holen.

Verächtlich lache ich auf. Mein Lachen wird zu einem unglücklichen Schluchzer, als mir wieder einmal bewusst wird, wie surreal die Vorstellung ist, jemals mit einem Psychologen über meine Vergangenheit zu sprechen.

Sie würden davon erfahren und alles in ihrer Macht Stehende unternehmen, dass die Dinge, die ich ausplaudere, niemals an Außenstehende gelangen.

Ich drehe mich mit dem Rücken zum Betonpfeiler und suche nach einer Anzeige, die mir verrät, wo ich bin.

Zwei Stationen vor meinem eigentlichen Ziel – Olivers

Gärtnerei. Der nächste Zug wird erst in knapp vierzig Minuten hier sein. Ich habe keine Lust, die Zeit am Bahnhof totzuschlagen, weswegen ich den restlichen Weg laufen werde. Es wird mich mehr als vierzig Minuten kosten, aber die frische Luft und die Bewegung werden mir guttun.

Das Gefühl der Ohnmacht sitzt mir immer noch in den Knochen, aber die Erinnerungen sind für den Moment wieder verschwunden.

Zum Glück.

Aber es ist nur eine Frage der Zeit, bis sie wiederkommen.

Bislang ist es jedes Mal schlimmer geworden, wenn sie wiederkamen.

Ich schiebe die Gedanken fort, da ich mir darüber nicht den Kopf zerbrechen will. Zumindest nicht jetzt. Irgendwann werde ich mich damit auseinandersetzen müssen, dessen bin ich mir bewusst.

Für den Moment habe ich keine Kraft dafür. Alle Anstrengungen benötige ich, um die Tage zu überstehen.

Und das wird noch eine Weile so bleiben.

»Du bist spät dran«, begrüßt mich Oliver mit einem besorgten Blick auf die Uhr. »Ist etwas passiert?«

»Außer dem Regen? Nein.« Ich ziehe meinen nassen Mantel aus und hänge ihn über einen der Küchenstühle. Da mir Olivers kritischer Blick nicht entgeht, füge ich noch hinzu: »Mein Zug hatte Verspätung.« Bei den Worten blicke ich aus dem Fenster. Die Geste entgeht Oliver natürlich nicht, er tut mir den Gefallen und lässt das Thema auf sich beruhen. Er hat die Fünfzig schon überschritten und die Lebenserfahrung lässt ihn wissen, wann es besser ist, nicht nachzufragen.

»Wie geht's dir?«

Eine normale Frage, auf die ich aber keine normale Antwort habe. »Gut«, sage ich mit einem verhaltenen Lächeln. »Es läuft gut mit der Gärtnerei?«, lenke ich schnell ab.

»Ja. Wir mussten noch drei Leute einstellen«, erzählt er zufrieden.

Als ich Oliver kennenlernte, sah es für seinen Betrieb schlecht aus. Die Schuldenlast fraß jeden Gewinn auf und erdrückte damit das laufende Geschäft. Er redete darüber nicht, aber ich habe oft genug in meinem Leben Menschen gegenüber gesessen, die finanzielle Probleme hatten. Oliver gab mir, so lange ich wollte, ein Dach über dem Kopf, ich half ihm aus den Schulden. Finanzen waren schließlich eine sehr lange Zeit etwas, das mich atmen ließ und in dem ich unschlagbar war.

»Wieso bist du heute hier?«, fragt er mich schließlich. Wir haben den Smalltalk also hinter uns gelassen.

»Ich wollte sicherstellen, dass es dir gut geht«, erwidere ich wahrheitsgemäß und nehme seine Hand in die meine. Sie ist rau von all der Arbeit in der Gärtnerei. In der Nacht, in der ich bei ihm auftauchte, waren meine Hände frisch manikürt und zart wie ein Babypopo. Als ich die Gärtnerei verließ, hatte ich Dreck unter den Fingernägeln, Kratzer an den Fingern und seit Monaten keine Handcreme mehr benutzt.

»Du musst aufhören, davor wegzulaufen.«

»Ich weiß.«

»Warum tust du es nicht?«

»Weil ich es nicht kann«, erwidere ich mit einem schiefen Lächeln. »Ich komme die Tage mit Ben und einem der Kinder vorbei, um neue Pflanzen für die kommende Saison zu holen.«

Oliver seufzt schwer auf. »Schreib mir eine Liste, dann lasse ich sie dir zusammenstellen.«

Ich nicke und gehe auf den Herd zu, auf dem ein großer gusseiserner Topf steht, aus dem ein herrlicher Duft strömt. »Ich liebe deinen Eintopf«, sage ich, als ich den Deckel anhebe, um hineinzublicken.

»Wenn ich dir anderweitig nicht helfen kann, kann ich wenigstens versuchen, dich satt zu bekommen.«

»Du hast mir bereits mehr geholfen, als jeder andere Mensch auf dem Planeten.«

»Lass uns essen. Und dann erzählst du mir, was du dieses Jahr für den Garten geplant hast.«

Mit einem ehrlichen Lächeln nehme ich seinen Vorschlag an.

7. Kapitel

Lloyd

»Die Fenster müssen geputzt werden.«

»Schön für die Fenster. Ich kenne einen guten Fensterputzdienst. Die kümmern sich auch um Wintergärten.«

Hettys Blick ist wie immer eiskalt, wenn sie mit mir kommuniziert. Selbst nach mehreren Wochen findet sie meine Witze nicht zum Lachen. Und daran wird sich mit Sicherheit bis zum Ende meines Aufenthalts nichts ändern.

»Sie wissen, wo Sie die Putzmittel finden.« Mit den Worten lässt sie mich im Flur stehen.

Fensterputzen.

Und ich dachte, nach dem Schweinemist kann ich nicht noch tiefer sinken. Wenn mich diese drei Monate etwas lehren, dann, dass es immer noch ein tieferes Loch unter einem gibt.

»Hallo Lloyd.«

»Musst du nicht in der Schule sein?«, frage ich Patrick, während ich im Putzraum stehe und nach entsprechenden Utensilien suche.

»Wir haben heute frei.«

»Du Glückspilz«, erwidere ich tonlos.

»Was machst du?«

Mittlerweile müsste ich mich an die Fragerei des Jungen gewöhnt haben. Wir erreichen aber in jedem Gespräch nach zehn Sekunden einen Punkt, an dem ich mich zusammenreißen muss, keine ungeeigneten Kommentare vom Stapel zu lassen.

»Ich werde gleich Fenster putzen.«

»Alle?«

»Ja, alle«, erwidere ich mit einem Augenverdreher, da ich Patrick gerade den Rücken zugewandt habe.

»Da bist du aber lange beschäftigt.«

Schlaues Kerlchen …

Ich habe alle Utensilien beisammen und verlasse die kleine Rumpelkammer wieder. Patrick folgt mir natürlich.

»Hast du keine Hausaufgaben, die du erledigen musst?«

Er schüttelt den Kopf. »Ich guck dir sowieso lieber zu.«

Ich weiß nicht, ob ich über den Satz lachen oder weinen soll. »Es freut mich sehr, wenn ich zu deiner täglichen Unterhaltung beitragen kann.«

»Ich mag es, Zeit mit dir zu verbringen. Du bist witzig.«

Und die Welt hört mich lachen …

Während ich warmes Wasser in den Putzeimer laufen lasse, suche ich in meinem Kopf nach einem Thema, das ich anschneiden kann und das weder meine Sklaventätigkeit beinhaltet, noch einen traumatisierten Jungen hinterlässt. Da Smalltalk über Politik, die Wirtschaftslage und den neuesten gesellschaftlichen Tratsch flach fällt, bleibt nur noch das Wetter. Oder die Schule.

»Wie läuft es in der Schule?«

»Ganz gut.« Der komische Unterton entgeht meinem seit einigen Wochen geschulten Pädagogenohr natürlich nicht.

»Begeisterung hört sich anders an«, merke ich an und kippe aus Versehen viel zu viel Reinigungsmittel in den Eimer. Knapp entgehe ich einer Schaumkatastrophe, als ich das Wasser rechtzeitig ausstelle.

»Da ist diese blöde Hausaufgabe ...«

»Definiere *blöde Hausaufgabe*«, erwidere ich, während ich das ganze Putzzeug zum ersten Fenster schleppe.

Es kommt keine Antwort. Ich wende mich Patrick zu. Er blickt verlegen auf seine Finger, die er durchknetet.

»Hey, welche Hausaufgabe?«, frage ich erneut in einem Tonfall, der diesmal eine Antwort fordert.

»Wir sollen in einer Woche in der Schule einen Vortrag darüber halten, was wir später werden wollen.«

»Und warum genau ist das ein Problem?«

»Mein Dad ist nicht mehr da.«

Bravo, Lloyd, beglückwünsche ich mich selbst. *Wärst du mal beim Wetter geblieben.*

»Okay«, sage ich, um Zeit zu gewinnen. Aber selbst gewonnene Zeit hilft mir in meinem Dilemma nicht weiter. »Das tut mir leid mit deinem Dad.«

Patrick verzieht den Mund. »Vielleicht geht's ihm ja besser, wo er jetzt ist.«

»Bestimmt«, gehe ich auf die Vorlage ein.

»Wie soll ich etwas darüber erzählen, was ich werden will, wenn ich niemanden dazu ausfragen kann?«

Daher weht der Wind. »Was willst du werden? Vielleicht

kannst du jemanden anderen fragen?«

»Mein Dad war Taxifahrer«, erzählt Patrick nun mit strahlenden Augen. »Er hat immer total wichtige Leute gefahren und auch Leben gerettet.«

In New York sind die Taxifahrer eher dafür verantwortlich, dass Leute wegen verloren gegangener Nerven während der Fahrt fluchend aus dem Auto steigen und Glück haben, wenn sie dabei nicht von einem anderen Taxi überfahren werden.

»Das ist ein toller Beruf«, sage ich diplomatisch.

»Kennst du einen Taxifahrer?«

Ich schüttle den Kopf. »Leider nicht. Hast du Hetty mal gefragt?«

»Nein«, erwidert er mit einem schüchternen Blick. Ich wette, die Hexe kennt jede Menge Taxifahrer. Bei ihrer Klappe hat sie wahrscheinlich selbst mal in dem Beruf gearbeitet.

»Du machst das falsch«, wechselt er plötzlich das Thema. Wie ich den Satz aus Patricks Mund liebe.

Genervt blicke ich auf das Fenster, das ich soeben angefangen habe zu putzen. Was soll man beim Fensterputzen schon falsch machen? Auf dem Glas sind Schlieren zu sehen. Aber der Dreck ist zumindest weg.

»Bei Maisie passiert das nicht.«

Will ich wissen, wer diese Maisie ist? Nein. Will ich wissen, warum sie es besser kann als ich? Nein. Wahrscheinlich weil sie eine Frau ist.

»Schön für die Fenster, wenn Maisie sie putzt. Jetzt putze

ich sie.«

Als keine neunmalkluge Antwort kommt, drehe ich mich um. Patrick ist verschwunden. Ich fasse mir an den Nasenrücken und atme tief durch.

Noch zwei Monate.

Wenn ich bis dahin meinen Verstand nicht verloren habe, packe ich jede Herausforderung im Leben.

Als ich Schritte hinter mir höre, erwarte ich Patrick zurück. »Ist dir doch langweilig geworden, wenn du mir nicht zugucken kannst?«, frage ich, bevor ich mich umdrehe.

Dummerweise ist Patrick nicht alleine. Glücklicherweise ist er nicht in der Begleitung von der Hexe.

Es ist die junge Frau aus dem Garten, die ich bis dato liebend gerne ignoriert habe. Da hier nur Pädagogen und die Hexe arbeiten und ich keine Lust auf pseudopsychologische Unterhaltungen habe, ist es mir eine Herzensangelegenheit, allen Personen vehement aus dem Weg zu gehen. Die pseudopsychologischen Unterhaltungen werden mir bereits zweimal die Woche von meinem geliebten Herrn Großvater aufgebrummt.

»Er kann es nicht«, sagt Patrick und zeigt auf die drei Fenster, die ich bislang geputzt habe. Zumindest hat der Lappen das Glas berührt. Wie geputzte Fenster sehen sie zu meinem Leidwesen nicht aus.

Unschlüssig blickt mich seine neue Freundin an. Ihr scheint die Situation mächtig unangenehm zu sein. Nach wenigen Augenblicken kann sie das aber perfekt überspielen. Sie kommt auf mich zu und nimmt mir die Putzsachen aus der Hand. Dann beginnt sie damit, die Fenster erneut zu putzen, und erklärt mir, wie ich das Glas sauber bekomme und die Schlieren vermeide.

»Alles klar?«, fragt sie, als sie zwei Fenster geputzt hat, und stellt mir die Putzsachen wieder hin.

»Alles klar«, erwidere ich.

Ohne etwas darauf zu erwidern, wendet sie sich ab und geht auf die Tür zu.

»Ich bin übrigens Lloyd«, rufe ich hinterher. Sie bleibt stehen und dreht sich zu mir um. Nach einem kurzen Blickkontakt setzt sie ihren Weg, ohne ein Wort gesagt zu haben, fort.

Wow.

Es war wirklich keine schlechte Idee gewesen, sie zu ignorieren.

»Ich hoffe, du hast gut aufgepasst, Patrick«, sage ich und nehme den Lappen wieder in die Hand.

»Wieso?«, fragt er unschuldig nach.

Weil ich zu sehr damit beschäftigt war, der Putzfee auf den Hintern zu starren.

»Weil du mir helfen kannst, wenn du schon deine Zeit in meiner Nähe verbringen willst«, kommt die jugendfreie Version über meine Lippen.

Walter fährt mich wie immer zum Friedhof. Mittlerweile braucht er dafür keine Anweisung mehr. Er weiß, wohin er mich bringen soll. Ich steige aus, gehe bis zum Tor und bleibe stehen. Heute kann ich den Sonnenuntergang beobachten. Es ist ein komisches Gefühl, vor einem Friedhof zu stehen und etwas mit einer sehr romantischen Behaftung zu sehen. David wüsste dazu einen blöden Spruch, über den Mark sich beschweren würde. Es gäbe eine handfeste Diskussion, die ich schlichten müsste. Mit einem schwachen Lächeln erinnere ich mich an all die Momente, in denen ich eine pubertäre Schlägerei zwischen den beiden verhindert habe. Einmal kassierte ich aus Versehen ein blaues Auge und musste zwei Wochen mit einer Sonnenbrille mein Apartment verlassen.

Jetzt stehe ich vor dem Tor eines Friedhofes.

Ich spüre ein ungewolltes Brennen in meinen Augen und trete auf der Stelle, um die aufkommenden Gefühle zu unterdrücken. Ehe ich mir total bescheuert vorkomme, schlage ich den Rückweg zur Limousine ein. Walter will bereits Anstalten machen, auszusteigen, um mir die Tür zum Fond zu öffnen, als ich ihn per Handzeichen anweise, hinter dem Steuer sitzen zu bleiben. Anstatt zum Fond des Wagens zu gehen, öffne ich die Tür zum Beifahrersitz und nehme dort Platz. Ich bin mir Walters irritierten Blicks bewusst.

Nach einer gefühlten Ewigkeit wende ich mich ihm zu. Sofort fährt mein Blick auf die Mütze, die er trägt. Mein Großvater hat ein Faible für Regeln. Dazu gehören

Uniformen. Unser gesamtes Personal unterliegt einer strengen Kleiderordnung. Darunter fallen anscheinend dämliche Mützen für die Fahrer. Vorher war sie mir nie aufgefallen.

»Haben Sie viele davon?«, frage ich ihn und zeige auf die Kopfbedeckung.

Er nickt. »Fünf Stück.«

Unwillkürlich muss ich lachen. Nach wenigen Momenten endet es in einem traurigen Seufzen. »Es tut mir leid, dass Sie diese scheußlichen Mützen tragen müssen.«

»Es gehört zum Job, Sir.«

»Wissen Sie, was echt beschissen sein muss?« Ich blicke ihn wieder an. »Nie seine Meinung äußern zu dürfen, weil Sie dafür bezahlt werden. Wie oft müssen Sie sich schon innerlich zusammengerissen haben, nicht diesen Wagen samt Insassen gegen den nächsten Baum zu fahren.«

»Sehr oft, Sir«, ertönt eine der ehrlichsten Antworten, die ich in meinem Leben bekommen habe.

»Dafür entschuldige ich mich auch, Walter.«

Plötzlich beginnt es zu regnen. Erst fallen einzelne Wassertropfen auf die Windschutzscheibe. Mit der Zeit werden es immer mehr, bis ich nicht einmal mehr die Umrisse des Friedhofs erkennen kann.

»Möchten Sie nach Hause, Sir?«

Ich denke einen Moment über die Frage nach. »Zuhause? Was ist das?«, frage ich eher mich selbst. Ich schließe die Augen und lausche dem Donnern des Regens auf dem Dach. Das Geräusch hat eine seltsam beruhigende Wirkung auf mich.

»Zuhause ist das Gefühl der vollkommenen Zufriedenheit«, lautet Walters philosophische Antwort.

8. Kapitel

Maisie

Er hat mir die ganze Zeit auf den Hintern gestarrt. Man braucht keine Augen im Hinterkopf, um das zu wissen. Nachdem er sich fünf ewig lange Minuten meinen Hintern angeschaut hat, hielt er es für angebracht, sich endlich vorzustellen. Ich kenne solche Typen zur Genüge und kann auf eine Bekanntschaft, geschweige denn einen weiteren Wortwechsel verzichten.

Als ich ihn das erste Mal gesehen habe, war mir bereits klar, welcher Charakter hinter der hübschen und durchaus ansehnlichen Fassade steckt. Sein Verhalten gestern hat mich keines Besseren belehrt. Der erste Eindruck stimmt meistens.

Reiche Eltern, eine verwöhnte Kindheit – und jetzt muss er seine Zeit bei Hetty absitzen, weil der Reichtum und die Verbindungen seiner Eltern ihn diesmal nicht aus dem Mist, den er angestellt hat, retten konnten.

Und das Schlimmste ist – die Fenster sind immer noch nicht sauber.

»Was ist los?«

Ben setzt sich zu mir auf das Sofa. Es ist gerade einer der wenigen Momente, in denen das Haus in Stille versinkt.

»Die Fenster«, seufze ich und zeige auf das Malheur.

»Ja, jetzt sind sie auch von innen dreckig«, witzelt Ben, da er genau weiß, worauf ich anspiele.

»Wer hat ihn die nur putzen lassen?«, denke ich laut nach.

»Hetty. Aber die ganzen Damen im Haus haben ihm das durchgehen lassen, weil es wohl sexy aussah.«

Fragend blicke ich Ben an.

»Komm schon«, sagt er und stupst mich mit dem Ellbogen in die Seite. »Ich bin zwar ein Mann, aber ich habe auch Augen im Kopf. Und dass Rachel, Kate und Susan alle am Fenster stehen, wenn er den Schweinemist aufsammelt, ist kein Zufall.«

»Er ist unhöflich.«

»Ändert an seinem Aussehen aber nichts.«

»Es setzt es aber in Relation zu seinem miesen Charakter.«

»Du stehst also auf hässliche Kerle?«, bohrt Ben weiter.

Ich blicke ihm in seine Augen, die wie immer eine ungeahnte Wärme versprühen. »Ich muss wieder in den Garten«, sage ich und springe auf.

»Maisie!«, ruft Ben mir hinterher, aber ich bin schneller aus dem Wohnzimmer geflüchtet, als er mich aufhalten kann.

Wieso bringe ich mich immer selbst in solche Situationen?

Situationen, in denen ich für einen Moment vergesse, dass ich kein normales Mädchen bin, das mit netten Männern flirten kann.

Ich eile in den Garten und atme erst tief durch, sobald

ich mich weit genug vom Haus entfernt habe. Ich fixiere den vor mir stehenden Apfelbaum. Cox Orange, wissenschaftlicher Name Malus domestica ›Cox's Orange Pippin‹. Ein zweijähriger Apfel, der ursprünglich aus England stammt und im Jahre 1825 gezüchtet wurde. Ich rattere alle Details, die ich über die Sorte weiß, in meinem Kopf herunter, um mein inneres Gleichgewicht wiederzufinden. Etwas, das Oliver mir beigebracht hat. Wenn du den Kopf frei bekommen musst, konzentriere dich auf etwas völlig anderes. In der Zeit, die ich bei ihm untergekommen war, habe ich genügend über Obst- und Gemüsesorten gelernt, um fast jeden Busch, Baum oder Pflanze identifizieren zu können. Aber der Apfelbaum im Garten des Regenbogenhauses ist mein Schutzschild in Situationen wie diesen.

»Maisie.« Ich zucke bei meinem Namen zusammen. Ben steht hinter mir und blickt mich unschlüssig an. Ich sehe die Frage in seinen Augen brennen, die er mir am liebsten stellen würde.

Was stimmt mit dir nicht?

Ich wünschte, ich könnte es ihm sagen. Ihm eine Erklärung geben, aber das kann ich einfach nicht. Die Frage ist, wie lange er mir mein Schweigen noch durchgehen lässt.

Langsam öffne ich den Mund, um etwas zu sagen. Ich weiß aber einfach nicht, was.

»Ich wollte dich eigentlich nur abholen«, sagt Ben in einem versöhnlichen Tonfall.

»Abholen?«, frage ich irritiert nach.

»Oliver? Die Pflanzen?«

»Ach Mist«, murmle ich. Ben fährt mich immer zu Oliver und hilft mir, die neuen Setzlinge zu holen. Wir hatten heute Nachmittag ausgemacht und es wäre jetzt. »Tut mir leid.«

»Ist alles in Ordnung bei dir?« Sein kritischer Blick entgeht mir wie immer nicht.

»Mach dir keine Gedanken«, winke ich schnell ab, da ich es nicht länger ertrage, ihn anzulügen.

»Die mache ich mir aber.«

Wieso muss er immer so verdammt ehrlich sein?

»Sollen wir los?«, lenke ich vom Thema ab.

»Lass mich nur gerade Lynn Bescheid geben.«

»Ich hole derweil Patrick. Immerhin habe ich ihm versprochen, dass er mitkommen darf.«

Ben nickt und gemeinsam gehen wir schweigend zurück zum Haus. Er verschwindet in die obere Etage, während ich Patrick unten suche. In der Küche werde ich fündig. Leider ist er nicht allein.

»Hallo Maisie«, begrüßt er mich sofort mit seinem strahlenden Kinderlächeln.

»Ben und ich fahren jetzt gleich los. Wenn du noch mit willst, musst du dich beeilen.« Ich fixiere Patrick und ignoriere Lloyd, der sich um den Abwasch kümmert. Dass er mich nicht wie üblich ignoriert, sondern mich aufmerksam betrachtet, entgeht mir nicht.

»Gib mir fünf Sekunden!«, ruft Patrick und rennt an mir vorbei aus der Küche. Vielleicht hätte ich ihm doch sagen sollen, dass er mehr Zeit hat? Dann würde ich jetzt mit

Lloyd nicht alleine in der Küche stehen.

»Hey«, sagt er schließlich zu mir und unterbricht für einen Moment seine Tätigkeit.

»Hey«, erwidere ich und bereue es sofort. Ich habe nicht im Entferntesten die Absicht, mit ihm eine Unterhaltung zu führen. Ein »Hey« ist somit der erste Schritt in die falsche Richtung.

»Fertig!«, ruft Patrick und stürmt mit Schuhen und Jacke bekleidet zurück in die Küche.

»Wunderbar«, sage ich dankbar und will mit ihm im Flur warten, als Ben in der Tür auftaucht. Sein Blick ist besorgt und er sieht nicht gerade erfreut aus.

»Es tut mir leid, aber wir müssen das verschieben. Da kam gerade ein Notruf rein.« Er hält sein Handy hoch.

»Kein Problem«, erwidere ich sofort.

Ben schenkt mir ein entschuldigendes Lächeln, ehe er sich abwendet und mich mit Patrick und Lloyd alleine in der Küche stehen lässt.

»Dann kannst du dir die Jacke und die Schuhe wieder ausziehen«, sage ich seufzend zu Patrick und will ihn aus der Küche schieben, um ihm klammheimlich zu folgen. Patrick hat aber andere Pläne. Er dreht sich erwartungsvoll zu Lloyd um.

»Kannst du uns nicht fahren?«

Nein. Definitiv Nein.

Panisch blicke ich Patricks Hinterkopf an.

»Ich weiß nicht, Patrick ...«, erwidert Lloyd verhalten.

Bitte, lass ihn einfach Nein sagen, bete ich stumm.

»Lloyd ... Biiitteeee«, fleht der Junge nun mit zuckersüßer Stimme. »Du musst doch nur dein Handy nehmen und schon kommt das Auto.«

»Was für ein Auto?« Erst als mich beide anblicken, merke ich, dass ich die Frage laut gestellt habe.

»Ein schwarzes, das von einem alten Mann gefahren wird.«

»Ich glaube kaum, dass Lloyd in dem Auto Blumenerde haben möchte. Wir holen die Pflanzen ein andermal«, sage ich schnell, als mir bewusst wird, dass Patrick von einem Towncar samt persönlichem Chauffeur spricht.

»Du hast doch nichts dagegen, Lloyd, oder?«

Ich hebe den Kopf und blicke Lloyd geradewegs ins Gesicht. Er hält von dem Vorschlag genauso viel wie ich – nämlich nichts. Anscheinend bringt er es aber nicht fertig, einem bettelnden Kind ein Nein ins Gesicht zu sagen.

»Ich gebe Walter Bescheid«, sagt er schließlich mit einem Seufzen und weicht meinem Blick aus, während er sein Handy aus der Hosentasche zieht.

»Nein, das geht nicht«, versuche ich dennoch mein Glück, die Katastrophe aufzuhalten.

»Maisie«, spricht Patrick tadelnd meinen Namen aus, »wenn dir etwas Gutes im Leben passiert, nimm es mit beiden Händen an«, zitiert er einen von Hettys Leitsätzen und hält dabei beide Hände nach oben.

Immerhin hat Lloyd so viel Anstand innezuhalten und meine Reaktion abzuwarten.

»Fein«, erwidere ich missmutig, da Patrick einen langen

Atem hat, was solche Diskussionen anbelangt. Und da Lloyd ihm praktisch schon grünes Licht gegeben hat, habe ich mit keinem Argument der Welt eine Chance, die Angelegenheit glimpflich zu lösen. Vor allem will ich auf gar keinen Fall, dass ich die Böse bin und Lloyd der gute Part in dieser Diskussion ist.

Lloyd und ich stehen in einem von Olivers Gewächshäusern und schweigen uns an. Die Luft ist stickig und heizt sich durch die hellen Sonnenstrahlen weiter auf. Hinzu kommt der schwere Geruch der feuchten Erde, in der bereits junge Pflanzen stehen. In den meisten Behältern zieht Oliver Stiefmütterchen und Nelken groß, da diese Blumen die Bestseller zu dieser Jahreszeit sind. Um mich von der seltsamen Stille zwischen Lloyd und mir abzulenken, zähle ich die einzelnen Pflanzen durch.

Bei 269 bin ich bereits angekommen.

Seitdem wir in das Auto seines Chauffeurs eingestiegen sind, haben wir kein Wort miteinander gewechselt. Patrick hat den Fahrer unentwegt mit Fragen gelöchert, weswegen es keinen Grund für uns gab, Smalltalk zu betreiben. Wir wurden schließlich gut unterhalten.

Nun warten wir auf die Rückkehr von Oliver und Patrick.

Warum bin ich nicht mitgegangen?

Weil es unhöflich gewesen wäre. Und ich einen Fremden

nicht alleine in Olivers Gärtnerei herumlaufen lassen wollte.

»Du bist also Pädagogin?«, bricht er schließlich die Stille. Er hat sich mit den Armen nach hinten auf einer Ablage abgestützt, weswegen ich überdeutlich erkennen kann, wie durchtrainiert sein Körper ist. Ein Körper, der bereits sehr viele Frauen sehr glücklich gemacht haben wird. Heute trägt er ein dunkelblaues Hemd, dessen Stoff in der Position gefährlich an den Oberarmen spannt.

Ich wende den Blick wieder ab und widme mich den Pflanzen, da mich das Zählen nicht mehr ausreichend von dem männlichen Geschöpf ablenkt. Mit bloßen Händen setze ich die zu nah aneinandergewachsenen Sprösslinge auseinander.

»Gärtnerin?«, fragt er weiter, obwohl ich nicht reagiert habe. An der Strategie habe ich auch nicht vor, etwas zu ändern.

»Innerhalb der letzten Stunde verstummt?«

»Nein.«

»Was machst du dann bei der Hexe?«

Ich brauche einen Moment, um Hetty als ›die Hexe‹ zu identifizieren. Mir liegt eine Antwort auf der Zunge, trotz der Beleidigung über Hetty presse ich jedoch die Lippen aufeinander und verkneife mir die Worte.

»Du redest nicht gerne. Schon klar«, seufzt er schließlich und vertritt sich die Beine. Als er sich ein paar Meter von mir entfernt hat, streckt er sich, wodurch sein Hemd nach oben rutscht und ich einen perfekten Ausblick auf seinen Waschbrettbauch erhasche. Ich spanne alle Muskeln an, um die körperliche Reaktion auf den Anblick zu unterdrücken. Mein Blut rauscht mir trotzdem in den Ohren und ich spüre die verräterische Hitze in meinem Gesicht.

Ich balle meine Hände zu Fäusten und drücke mir die feuchte Blumenerde dadurch schmerzhaft unter die Fingernägel. Erst als ich der Überzeugung bin, mich wieder unter Kontrolle zu haben, lockere ich den Griff.

Die letzten Jahre habe ich nicht durchgehalten, um mich jetzt von jemandem wie Lloyd beeindrucken zu lassen. Er scheint die Fähigkeit zu haben, mir unter die Haut zu gehen, ohne dafür etwas tun zu müssen. Früher bin ich solchen Typen häufig begegnet und habe mich von ihnen beeindrucken lassen. Von dem speziellen Etwas, das zwischen uns unausgesprochen in der Luft hing. Am Ende war das spezielle Etwas nicht mehr als heiße Luft, die durch ein bisschen Pusten weggeweht werden konnte.

»Was sind das?«

Unbemerkt hat sich Lloyd neben mich gestellt und zeigt auf die Gewächse.

»Pflanzen«, erwidere ich nüchtern und nehme meine Beschäftigung wieder auf.

»Was für Pflanzen?«

Ich trete einige Schritte zurück, um dem traumhaften Geruch seines Aftershaves zu entfliehen. All das hier weckt Erinnerungen an ein Leben, das ich hinter mir gelassen habe.

Das Herzrasen.

Die Spannung.

Das Flirten.

Ich halte mich von Freundschaften genauso wie von Romanzen fern. Schwierig wird es, wenn jemand so hartnäckig wie Ben oder Hetty ist. Was ich auf gar keinen Fall brauche, ist jemand wie Lloyd, zu dem sich alle meine Körperteile magisch hingezogen fühlen. Am Anfang dachte ich, es wäre Einbildung. Da es mit jeder Begegnung zunimmt, ist es Tatsache.

»Du bist seltsam«, sagt Lloyd schließlich und geht wieder auf sicheren Abstand. »Aber eigentlich sind alle in dem Haus seltsam.« Ich unterbreche meine Arbeit, starre aber noch meine mit schwarzer Erde verschmierten Hände an. »Aber weißt du, was das Seltsamste ist?« Nun hebe ich den Kopf und blicke ihm direkt ins Gesicht. »Den ganzen seltsamen Leuten fühle ich mich momentan mehr zugehörig, als ...«

Sein Selbstgespräch wird von Olivers und Patricks Rückkehr unterbrochen. Lloyd blickt den beiden entgegen, ich klebe förmlich an seinen Lippen und hänge der Hoffnung hinterher, dass er den Satz beendet. Das tut er natürlich nicht. Seine Mundwinkel heben sich zu einem verhaltenen Lächeln, als er Patrick begrüßt.

Der Junge strahlt über das ganze Gesicht, weil Oliver ihm eine alte Schaufel geschenkt hat. So einfach kann man Kinder glücklich machen.

»Hey Kumpel«, begrüßt Lloyd ihn sofort und hält ihm seine Faust hin. Patrick stößt mit seiner kleinen Faust dagegen. »Hat der alte Mann dir eine rostige Schaufel geschenkt?«

»Ja«, haucht Patrick ehrfürchtig.

»Hast du dich artig bedankt?«, frage ich nach, um von Lloyds unpassender Frage abzulenken.

Patrick nickt.

»Du kannst ja doch mehr als ein Wort reden«, stellt Lloyd amüsiert fest, während ich seinen Blick auf mir spüre. Das Kribbeln im Nacken versuche ich bestmöglich zu ignorieren.

»Wir haben alles in den Kofferraum bekommen. Auch wenn es ein bisschen schwierig war«, sagt Oliver und kratzt sich am Hinterkopf. Wenn ich das nächste Mal hier bin, werde ich ihm eine Menge Fragen beantworten müssen. Das entnehme ich seinem fragenden Blick in meine Richtung. Warum ich zum Beispiel mit einem Lackaffen wie Lloyd in der Gärtnerei auftauche und die Blumen in einem über 100.000 Dollar teuren Wagen transportiere.

»Super. Dann können wir uns wieder auf den Weg machen«, sagt Lloyd und bietet Oliver die Hand an, die er irritiert schüttelt. Danach bekomme ich den Blick mit den tausend Fragezeichen von ihm frontal ab. Für den Moment habe ich nur ein verlegenes Lächeln für ihn übrig.

»Danke«, erwidere ich und umarme ihn.

»Bis demnächst«, verabschiedet er sich von uns.

Patrick winkt ihm noch einmal zu, ehe wir das Gewächshaus verlassen.

»Der Onkel war richtig nett«, sagt Patrick und springt sofort auf den Beifahrersitz zu dem Fahrer, der die Tür bereits aufhält. Eigentlich wollte ich alles daran setzen, dass Patrick auf der Rückfahrt neben mir sitzt. Das kann ich jetzt wohl vergessen.

Ich halte inne und spule in wenigen Sekunden alle meine Optionen ab. Den Zug nehmen? Mich notfalls von Oliver fahren lassen? Selbst laufen wäre eine bessere Alternative, als erneut neben Lloyd eine Fahrt auf der Rückbank zu verbringen. Nicht, nachdem er Gefallen daran gefunden hat, Gespräche mit mir zu führen. Auch wenn es eher Monologen gleicht, da meine Reaktionsquote gegen null geht.

»Die Dame«, sagt Lloyd und hält mir die Tür auf.

Ich zögere immer noch und starre mit gemischten Gefühlen in das Innere des Autos. Mit einem Ruck drehe ich mich um, da ich nicht vorhabe, in das Auto zu steigen und stattdessen Oliver zu helfen. Bei der Bewegung pralle ich aber frontal gegen Lloyd.

Lloyd fasst mich am Oberarm an, um mir Halt zu geben, damit ich nicht zu Boden falle. Augenblicklich erstarre ich bei der Berührung zur Salzsäure. Ich fühle das Blut in meinen Adern und höre meinen Herzschlag, der eindeutig zu schnell ist. Erst als ich Luft schnappe, beginne ich wieder zu atmen und meinen Kopf einzuschalten.

Abrupt löse ich mich von ihm und steige dann doch in das Auto ein. Mit leicht zitternden Händen schnalle ich mich an und starre die Innenverkleidung der Tür an, nachdem Lloyd sie von außen geschlossen hat.

Der Wagen setzt sich in Bewegung und die immer gleiche

Frage taucht in meinem Kopf auf.

Warum breitet sich von der Stelle, die Lloyd berührt hat, ein angenehmes Kribbeln und keine Panik aus? Berührungen sind für mich bei Fremden nach wie vor ein Tabuthema, aber bei Lloyd setzen alle Regelmäßigkeiten, die ich zu wissen geglaubt hatte, aus.

Warum bin ich verdammt noch mal nicht zusammengezuckt?

»Alles okay?«, fragt Lloyd mit einer Spur Beunruhigung in der Stimme in meine Richtung.

»Ja«, erwidere ich schnell, ohne ihn anzusehen. Im Nebel meiner Gedanken nehme ich wahr, wie Patrick dem Fahrer die Schaufel zeigt und nicht müde wird, über das Geschenk zu reden. Das Gespräch verblasst wieder im Hintergrund, während ich mich in meinem eigenen Minenfeld der Probleme befinde. Allen voran die unbeantwortete Frage in meinem Kopf, warum Lloyd der erste Mensch seit einer halben Ewigkeit ist, der mich berühren konnte, ohne dass unangenehme Gefühle in mir hochsteigen. Vielleicht war es einfach ein Versehen? Dass mein Körper nicht schnell genug reagieren konnte?

Schwachsinn ...

Für einen kurzen Augenblick bin ich gewillt, ihn absichtlich anzufassen, um der Frage nachzugehen. Aus den Augenwinkeln schiele ich auf seine Hand, die zwischen uns liegt und mit der er sich abstützt.

Den Gedanken vergesse ich schnell wieder und blicke erneut aus dem Fenster.

Es hat nichts zu bedeuten, Maisie.

Den Satz sage ich mir immer wieder, bis wir am Regenbogenhaus ankommen und ich vor dem Idioten fliehen kann.

9. Kapitel

Lloyd

»Die Dame mag Sie nicht sonderlich, Sir.«

»Danke, Walter«, antworte ich resignierend. Als ob mir dieses kleine Detail entgangen wäre.

Widerwillig hat mir Maisie gestattet, ihr beim Tragen der Pflanzen in den Garten zu helfen. Sobald die letzte Palette ausgeladen war, hat sie sich umgedreht und ist ohne ein weiteres Wort im Haus verschwunden. Kein »*danke*«, kein »*nett, dass du geholfen hast*«, kein »*sollen wir mal einen Kaffee zusammen trinken?*«.

Zugegebenermaßen habe ich nicht wirklich eine Ahnung, wie der letzte Satz in die Gleichung passt. Walter anscheinend schon.

»Sie mögen sie.«

»Nein«, kommt es sofort über meine Lippen. Ich kenne sie schließlich nicht einmal. Ihre Wortkargheit wird an dem Zustand auch nichts ändern.

»Lassen Sie es mich anders formulieren – Sie finden sie interessant, weil sie Ihnen die kalte Schulter zeigt.«

Für einen Moment denke ich tatsächlich über seine Worte nach, verabschiede mich von dem Gedanken aber sofort wieder. Sie ist anscheinend die einzige Person in dem Haus, die nicht studiert hat, um die Psyche anderer

Menschen zu analysieren. Patrick ist zwar ein netter Zeitgenosse, aber er ist immer noch ein Kind, das ohne Punkt und Komma redet. In manchen Augenblicken wäre es tatsächlich angenehm, einen normalen Menschen in dem Haus zu haben, mit dem man ein Wort wechseln kann. Obwohl Maisie nicht gerade in die Definition von ›normal‹ passt. Auf irgendeine Art und Weise ist sie seltsam. Oder einfach nur schüchtern. Wahrscheinlich haben Jungs sie bereits in der Schule nicht wahrgenommen, und wenn ein gut aussehender Mann wie ich ihr Aufmerksamkeit schenkt, ist ihr Kopf damit ein bisschen überfordert. Aber das kann man ändern. Für einen Augenblick bin ich selbst über die Gedankengänge in meinem Kopf erschrocken. Maisie passt weder in mein übliches Beuteschema, noch macht sie im Ansatz den Eindruck, als wäre sie in irgendeiner Art und Weise an meiner Person interessiert. Abgesehen von ihrem Bemühen, so schnell und so weit wie möglich von mir wegzukommen.

»Waren Sie in Ihrem vorherigen Leben Psychologe?«, frage ich Walter.

»Nein, Taxifahrer«, erzählt er mit einem Lächeln. »Da bekommt man die eine oder andere Geschichte erzählt.

»Ach?«, frage ich erstaunt nach und vergesse sofort meine Gedanken an Maisie. »Hätten Sie zufällig Zeit, morgen nicht den ganzen Tag im Auto auf meinen Anruf zu warten?«

»Soll ich Blumen für die Dame organisieren?«

»Oh nein. Die schmeißt sie mir um die Ohren. Schwelgen Sie ein bisschen in alten Zeiten.« Ich klopfe ihm auf die

Schulter und nehme auf dem Beifahrersitz Platz. Seit dem Abend auf dem Friedhof habe ich mich nicht mehr nach hinten gesetzt, sondern leiste Walter vorne Gesellschaft. Überraschenderweise ist er ein sehr unterhaltsamer Zeitgenosse, der leider Gottes mit seinen Kommentaren zu gewissen Frauen nicht hinter dem Berg halten kann.

»Nur damit Sie es wissen – ich finde die Dame wirklich charmant.«

»Über Ihren Frauengeschmack reden wir noch einmal, Walter.«

Er startet den Wagen und ich verabschiede mich für den heutigen Tag vom Regenbogenhaus.

»Walter?«

»Ja, Sir?«

»Ich müsste die Tage in die Stadt.«

Walter blickt stur geradeaus und behält die Kreuzung im Blick, an der wir wegen einer roten Ampel halten mussten.

»Wäre es möglich, die Tage in die Stadt zu kommen?«

Nun wirft er mir einen Seitenblick zu. Er weiß, worum ich ihn bitte. Eine Fahrt, die offiziell nicht existiert. Da ich mich nach wie vor nicht hinters Steuer traue und mein Großvater alle Fahrzeuge aus dem Fuhrpark mit GPS überwachen lässt, ist Walter für den Moment meine einzige Möglichkeit, wenn ich nicht Gefahr laufen will, erwischt zu werden. Ich könnte vom Regenbogenhaus auch ein Taxi nehmen. Das würde Hetty misstrauisch machen. Und wer weiß, welche Verbindungen sie zu meinem Großvater hat. Sie hat schließlich von Anfang an keinen Hehl daraus gemacht, dass sie mich am liebsten wieder in mein goldenes Schloss schicken würde, als mich den Schweinemist im Garten wegmachen zu lassen.

»Das sollte möglich sein«, sagt Walter schließlich.

»Danke«, erwidere ich ein Wort, das ich in den letzten Wochen öfter benutzt habe, als in meinem gesamten Leben vorher.

Walter fährt mich in seinem Privatwagen. Ein alter Ford, der genauso gehegt und gepflegt wirkt wie sein Dienstwagen. Der Hexe habe ich etwas von einem wichtigen Termin in der Stadt erzählt, der etwas mit den Sozialstunden zu tun hat. Sie kennt das Rechtssystem wahrscheinlich so gut, dass es für sie das kleinere Übel war, mich ziehen zu lassen, als mich noch länger ertragen zu müssen, sollte ich einen solchen Termin verpassen. Mein heutiges Outfit – lässige Chino samt Shirt und Sakko – untermauerte meine Aussage perfekt.

»Wir sind da, Sir.«

Walter setzt den Blinker und hält an einem beliebten Café an der Lexington Avenue.

Ich schnalle mich ab. »Tun Sie mir bitte einen Gefallen, Walter, und hören Sie auf mich ständig ›Sir‹ zu nennen.«

»Ich wünsche einen angenehmen Aufenthalt, Si…«

»Walter«, ermahne ich ihn mit einem eindeutigen Blick.

»Haben Sie Spaß.«

»Den werde ich haben«, murmle ich eher zu mir selbst und steige endlich aus.

Kats Andeutungen haben mich die letzten Tage nicht mehr losgelassen. Ich schaffe es momentan, meine Nerven zu behalten, weil ich mein altes Leben in wenigen Wochen wieder haben werde und genau da weitermachen kann, wo ich durch den Unfall herausgerissen wurde. Mit meiner Karriere, die steil Richtung Vorstand zeigt. Irgendetwas passt aber nicht zusammen. Und um herauszufinden, was genau das ist, brauche ich Informationen.

»Lloyd. Gut siehst du aus.« Declan begrüßt mich mit einem festen Händedruck. Ehe ich mich ihm gegenüber auf den freien Stuhl in dem Café setze und er ebenfalls wieder Platz nimmt.

Ich öffne den obersten Knopf meines Sakkos und bestelle mir einen Espresso. Etwas, das ich endlich wieder trinken darf, nachdem ich die meisten Tabletten absetzen konnte.

Declan betrachtet mich schweigend. Vor zwei Jahren zog er dank einer unerwarteten Beförderung in das Büro mir gegenüber. Wir verstanden uns gut, die Rivalität hielt sich in Grenzen. Immerhin hatte er bereits all das erreicht, was er wollte. Einen gut bezahlten Job, der ihm einige Türen öffnete, aber nicht zu viele. Mit dem, was er hatte, war er zufrieden. Er wollte nie mehr. Somit konnte er mir auch nicht in die Quere kommen. Er ist der Typ, der sich immer gerne im Hintergrund hält und das Rampenlicht scheut.

Weswegen ich auch kaum etwas über sein Privatleben weiß. Außer, dass er eine Frau hat, die viel im Ausland unterwegs ist und die ich deswegen noch nie zu Gesicht bekommen habe. Die perfekte Ehe für manch einen.

Und nun ist er doch im Vorstand, weil ich zuhause saß und mir von einer beschissenen Ergotherapeutin beibringen lassen musste, mein Leben wieder in den Griff zu bekommen.

Ich sehe ihm an, dass er nicht weiß, was er sagen soll. Er hatte mir einige Nachrichten auf die Mailbox gesprochen. Beantwortet habe ich sie nie. Als ich ihn anrief und um ein Treffen bat, klang er sichtlich überrascht, sagte aber sofort zu. Jetzt sitzen wir hier und er will wissen, warum ich ihn nach all der Zeit angerufen habe.

»Wie läuft es?«, frage ich.

»Gut.« Er rührt seinen Kaffee um. Schwarz. Das beschreibt ebenfalls seinen Charakter. Gradlinig, zielstrebig, verlässlich. Keine Milch, kein Zucker, die den Geschmack beirren. »Ich war überrascht, dass du angerufen hast.«

Noch entkomme ich einer Antwort, da mir der bestellte Espresso serviert wird. Ich kippe Zucker hinein. Zu viel für meinen Geschmack, aber ich kann es nun nicht mehr ändern. Mit dem kleinen Löffel rühre ich die beinahe schwarze Flüssigkeit um. »Mein Großvater will, dass ich zurückkomme.« Ich blicke ihm direkt in die Augen und sehe genau die Verwunderung, die ich erwartet habe. »Ich nehme nicht an, dass er darüber gesprochen hat.«

Declan rührt sich nicht. Er kennt meinen Großvater

ebenfalls zu gut. Wenn es etwas gibt, das er nicht tun sollte, ist es, mit mir hier zu sitzen und genau dieses Gespräch zu führen. Ich wusste, dass es ihn in Verlegenheit bringen würde. Bis gerade eben war ich mir unschlüssig, ob ich ihn tatsächlich fragen sollte. Wir hätten einfach belanglosen Smalltalk führen können. Sobald ich ihm aber gegenüber saß, wusste ich, dass es nicht die Alternative sein wird, für die ich mich entscheide.

»Hör zu«, setze ich mit einer beschwichtigenden Geste an. »Ich weiß, was ich von dir erwarte und dass du jedes Recht hast, mir den Gefallen nicht zu tun. Es ist lediglich eine Bitte. Wenn du Nein sagst, respektiere ich das und es wird unsere zukünftige Zusammenarbeit nicht beeinträchtigen.« Ein Satz, der vor fünf Monaten nie über meine Lippen gekommen wäre. Damals dachte ich, dass ich unantastbar bin. Seit der Nacht, in der ich eines Besseren belehrt wurde, muss ich jeden Tag ums Überleben kämpfen. Alles, was ich tue, ist mit einem inneren Kampf verbunden. Das Resultat ist ein Weichei. Jemand, der die Härte verloren hat, die mein Großvater für unabdingbar hält.

Declan seufzt auf. »Peter sollte gehen, falls du zurückkommst. Mir sind aber Gerüchte zu Ohren gekommen, dass das Gegenteil der Fall ist. Dein Großvater trifft sich häufig mit ihm. Grundlos. Es ist davon auszugehen, dass ...«

»Ich verstehe«, entgegne ich knapp. Er braucht es nicht auszusprechen. Ich weiß allzu genau, was es bedeutet. Warum zum Teufel sollte mein Großvater mich dann aber zu den Sozialstunden verdonnern und mir eine reine Weste bescheren, wenn er nicht die Absicht hegt, mir tatsächlich seine Nachfolge anzuvertrauen?

Ich nehme einen kräftigen Schluck von meinem Espresso.

»Willst du tatsächlich zurückkommen?« Declans Interesse an der Antwort ist aufrichtig.

Mir liegt das Wort ›Ja‹ auf der Zunge. Aussprechen tue ich es dennoch nicht. Mein Blick schweift aus dem großen Fenster auf die Straße. Von Anfang an stand für mich fest, mein Leben wieder in den Griff zu kriegen. Mit jedem Tag, den ich in diesem Albtraum aufwache, verschwimmen die Grenzen zwischen den Dingen, die ich immer wollte und die nie auf meiner To-do-Liste standen.

»Ich weiß es nicht«, sage ich schließlich.

Declan nickt. »Ich würde dir gerne mehr sagen.«

Ich winke mit der Hand ab. »Schon gut. Außer meinem Großvater weiß nie jemand, was er tatsächlich im Schilde führt. Danke für deine Zeit«, sage ich, erhebe mich und lege einen Schein auf den Tisch, der die Kosten unserer beider Bestellungen deckt.

»Lloyd?«, ruft Declan, als ich mich gerade von ihm abgewandt habe. »Du siehst wirklich gut aus.«

Ich schenke ihm ein wortloses Lächeln und verlasse den Laden.

Auf dem Weg zurück zum Regenbogenhaus denke ich wieder über so viele Dinge nach. Mein Leben vor dem Unfall, mein Leben jetzt, meine beiden ehemals besten

Freunde, die Menschen, die mich jetzt jeden Tag umgeben.

Eine Sache ist sicher – ich werde noch sehr viele Autofahrten benötigen, um über alles ausreichend nachgedacht zu haben.

Walter wünscht mir wie immer einen schönen Tag, als er mich am Regenbogenhaus absetzt. Ich nehme meinen Rucksack mit der Wechselkleidung von der Rückbank und werde bereits von meinem neuen besten Freund auf der Treppe sehnsüchtig erwartet.

»Hey Kumpel«, begrüße ich Patrick.

Anstatt einer überschwänglichen Begrüßung und der Frage, was wir heute machen, sitzt er nach wie vor geknickt auf der Treppe.

»Was ist los, Patrick?«, frage ich leicht alarmiert nach.

»Ich glaube, Erica geht es nicht gut. Könntest du mal nach ihr gucken?«

Verwundert gehe ich vor ihm in die Hocke. »Was hat das Schwein denn?«

»Ich weiß es nicht. Aber irgendetwas ist komisch mit ihr.«

Ich lasse meinen Rucksack stehen und gehe mit ihm im Schlepptau in den Garten. »Das nächste Mal solltest du mit so etwas nicht auf mich warten, sondern jemandem von den anderen Bescheid geben.« Für den Hinweis ernte ich lediglich ein müdes Schulterzucken.

Am Schweinegehege angekommen, bemerke selbst ich, dass mit dem Schwein etwas nicht stimmt. Emilia suhlt sich im Schlamm, wohingegen Erica unglücklich in der Ecke liegt.

»Frisst sie?«

Patrick zuckt wieder mit den Schultern. »Wird sie sterben?« Drei Worte, die aus seinem Mund plötzlich so viel Gewicht bekommen.

»Quatsch. Schweine sterben nicht so schnell«, sage ich, während ich mich auf den Weg zum Schuppen mache, um einen Apfel zu holen. Mit dem Obst in der Hand versuche ich, Erica zu mir zu locken, sie bewegt sich aber nicht. Dann werfe ich ihr den Apfel zu. Das interessiert sie genauso wenig. Dann vernehme ich ein Schluchzen neben mir.

»Sie wird sterben ...«, wimmert Patrick und wischt sich mit dem Ärmel seines ausgewaschenen Pullovers über das Gesicht.

»Wird sie nicht. Und weißt du, warum?«

Er schüttelt den Kopf.

»Weil wir jetzt einen Tierarzt anrufen werden. Und Tierärzte sind dafür da, um Schweine wieder heil zu machen.« Schnurstracks gehe ich zu meiner Lieblingsperson in dem Haus. Die Tür zu ihrem Büro steht offen. Ich klopfe an den Türrahmen, warte aber kein ›Herein‹ ab, sondern betrete den Raum einfach. Patrick folgt mir. Sobald die Hexe Patricks Tränen sieht, bekomme ich den Todesblick von ihr ab, den ich in den verschiedensten Intensitätsstufen bereits von ihr gewohnt bin.

Abwehrend hebe ich direkt die Hände. »Mit einem der Schweine stimmt etwas nicht. Sie sollten einen Tierarzt rufen.« Da damit meine gute Tat beendet ist, will ich mich wieder umdrehen, um so schnell wie möglich aus der

Angriffszone zu kommen. Nachher bin ich noch am kranken Schwein schuld.

»Kümmern Sie sich darum. Ich habe dafür gerade keine Zeit.« Ihr angespannter Gesichtsausdruck deutet mir an, dass ihre miese Laune einmal im Leben nichts mit mir zu tun hat, sondern mit etwas anderem.

Ich nicke einfach nur und schiebe Patrick mit aus dem Büro. »Dann finden wir eben einen Tierarzt«, sage ich, während ich mein Handy nach Tierärzten in der Gegend suchen lasse. Während ich einen Arzt nach dem anderen anrufe, lässt Patrick mich keine Sekunde aus den Augen. Bei der fünften Nummer lege ich ebenfalls seufzend auf. Wieder kein Erfolg.

Ich wage es nicht einmal, Patrick anzublicken. Was soll ich ihm sagen? Keiner der Tierärzte hat Bock herzukommen und einen Hausbesuch bei einem Schwein zu absolvieren?

»Lass uns nach Erica schauen.« *Vielleicht ist sie ja wieder munter...*

Stumm stehen wir nebeneinander und starren das arme Schwein an. Vor wenigen Monaten hätte ich noch geschworen, dass ich niemals so etwas wie Mitgefühl für ein Hausschwein entwickeln würde. Und jetzt stehe ich hier und habe tatsächlich ein ziemlich dummes Gefühl beim Anblick von Erica.

Ich höre Schritte und drehe mich Hetty erwartend um. Es ist aber nur Maisie, die irritiert mitten auf der Wiese stehen bleibt und skeptisch zu uns herüberblickt. Sobald

Patrick sie sieht, rennt er schluchzend zu ihr.

»Erica wird sterben!«, schnieft er.

Wenn der Junge das weiter verkündet, werde ich selbst noch daran glauben.

Widerwillig kommt sie mit Patrick an der Hand zu mir herüber.

»Ich finde keinen willigen Tierarzt«, sage ich und halte mein Handy hoch.

Sie streckt die Hand aus und nimmt mir das Gerät aus der Hand. Sie tippt auf dem Display herum. Als sie bei Google anscheinend das gefunden hat, was sie sucht, hält sie sich mein Handy ans Ohr und entfernt sich ein paar Schritte, während sie telefoniert. Fasziniert beobachte ich sie. Nach ein paar Minuten kommt sie zurück und drückt mir das Handy wieder in die Hand.

»Dr. Mayfield ist in einer halben Stunde hier.«

»Wer ist Dr. Mayfield?«

»Der behandelnde Landtierarzt.«

»Oh ...«, gebe ich von mir, als mir mein Fehler klar wird. Wenn es nicht gerade ein Meerschwein ist, gehören Schweine nicht zur Klientel normaler Tierärzte für Katze und Hund.

Maisie beachtet mich nicht weiter und geht zu einem der Beete, um ihrer Arbeit nachzugehen. Einen Großteil der Pflanzen hat sie bereits mit den Kindern eingesetzt, aber nicht alles. Sie kniet im Dreck und wischt sich immer wieder mit dem Handrücken über die Stirn.

»Für den Moment können wir nichts für Erica tun. Sollen

wir stattdessen Maisie helfen?«, frage ich Patrick. Ich weiß selbst nicht, aus welchem Winkel meines Gehirns der Vorschlag kam. Wenn sie Abstand will, sollte ich ihren Wunsch respektieren und nicht wie ein verhaltensgestörter Idiot hinter ihr herlaufen. Gerade als ich den Vorschlag wieder zurücknehmen will, nickt Patrick verhalten und stakst auf Maisie zu.

Ich hole tief Luft und folge dem Jungen.

10. Kapitel

Maisie

Aus den Augenwinkeln kann ich beobachten, wie Lloyd und Patrick auf mich zugeschlendert kommen. Bis zum letzten Moment ignoriere ich sie, da ich hoffe, sie würden zurück ins Haus gehen, statt in meine Richtung.

»Wir helfen dir, bis der Tierarzt da ist«, verkündet Lloyd.

Mein Blick fällt auf seine Designerklamotten, die er aus irgendeinem Grund heute wieder trägt. Zumindest die extrem teure Variante. »Sicher, dass du dich schmutzig machen willst?« Ich zeige auf seine Hose. Er scheint über den Wortschwall aus meinem Mund im ersten Moment irritiert zu sein, fängt sich aber schnell wieder.

»Wofür gibt es Wäschereien mit qualifiziertem Personal?«

Und da ist es wieder. Sein blödes Grinsen, das mich nicht im Geringsten beeindrucken sollte. Und doch tut es das.

»Wie du meinst«, erwidere ich, da ich vor Patrick mit ihm keine unnötige Diskussion führen will. Der Junge hat bereits seine rostige Schaufel zur Hand genommen und buddelt ein paar Löcher. Sie passen zwar nicht in die Reihe, sollten die Pflanzen am Ende doch mehr Platz brauchen, pflanze ich sie einfach um. Patrick buddelt weiter Löcher, ich setze die Pflanzen ein und Lloyd steht immer noch herum und guckt uns zu.

»Wolltest du nicht helfen?«

»Ich warte auf Anweisungen.«

Versuch dich noch einmal an den Fenstern, bin ich versucht zu sagen, verkneife mir den Spruch aber. Ich habe bereits viel zu viele Worte mit ihm gewechselt, die eine völlig falsche Message an ihn senden – dass ich eventuell so etwas wie Interesse an Kommunikation mit ihm habe.

»Du kannst die anderen Pflanzen holen. Das schont vielleicht auch deine Kleidung«, schlage ich vor, um ihn zumindest für einen kurzen Augenblick loszuwerden. Mit ein bisschen Glück kommt Dr. Mayfield ehe er zurück ist und ich bin von seiner Anwesenheit erlöst.

Anstatt loszugehen und die restlichen Pflanzen zu holen, bückt er sich, nimmt einen Haufen Erde und schmiert ihn sich auf den teuren Stoff seiner Hose. Diese weist nun am Oberschenkel einen hässlichen Matschfleck auf. Mit aufgerissenen Augen starre ich auf das absichtlich herbeigeführte Malheur.

»Wie gesagt – Wäschereien mit fähigen Mitarbeitern«, sagt er in meine Richtung, ehe er sich die Hände abklopft und die fehlenden Pflanzen holt.

Unschlüssig blicke ich ihm hinterher.

»So etwas macht man nicht«, sage ich zu Patrick gewandt, um meinem Kopf irgendeine Beschäftigung zu geben, die nichts mit Designerklamotten tragenden, gut aussehenden Typen mit Verhaltensauffälligkeiten zu tun hat.

»Ich weiß«, flüstert Patrick bedrückt und buddelt das

nächste Loch. Mitfühlend betrachte ich ihn. Als er vom Jugendamt hergebracht wurde, saß er nur auf seinem Zimmer, starrte einen Punkt an der Wand an und sprach kein Wort. Er aß nichts, ignorierte alles in seiner Umwelt. Eines Abends wollte Rachel noch nach ihm sehen, er war aber verschwunden. Wir stellten das ganze Haus auf den Kopf, bis ihn jemand bei den Schweinen fand. Er stand am Gehege und fütterte Erica und Emilia das Essen, das er selbst nicht anrühren wollte.

Eine der Pädagoginnen ging mit ihm einen Deal ein – er darf die Schweine jeden Tag füttern, wenn er selbst etwas isst. Er begann langsam wieder etwas zu sich zu nehmen, nach wenigen Wochen sprach er wieder. Wenige Monate nach seiner Aufnahme verhielt er sich wie ein normales Kind. Zumindest so normal, wie es in seiner Situation möglich war.

»Dr. Mayfield hat sie bislang immer gesund bekommen«, sage ich zu ihm mit einem einfühlsamen Lächeln.

»Ich weiß«, erwidert er nüchtern. »Aber dieses Mal geht es ihr viel schlechter als sonst.«

»Warten wir einfach ab, was Dr. Mayfield sagt, und stecken nicht bereits vorher den Kopf in den Sand.«

Zaghaft nickt Patrick und widmet sich dem nächsten Loch. Mit Sorge beobachte ich ihn weiter. Als Lloyd mit dem letzten Karton Pflanzen zurück ist, stehe ich auf. »Gleich wieder da«, sage ich und gehe zum Haus, um Rachel Bescheid zu geben, dass sie ein Auge auf Patrick haben soll. Ich finde sie im Wohnzimmer und gebe ihr einen kurzen

Abriss. Sie verspricht, sofort zu ihm zu gehen, sobald sie fertig ist. Als ich zurück in den Garten gehe, ist Dr. Mayfield bereits eingetroffen und begutachtet Erica. Lloyd und Patrick stehen zusammen am Zaun.

Irgendetwas in mir zieht mich zu ihnen hin. Ich besinne mich aber eines Besseren und gehe zurück ins Haus. Die Arbeit im Garten kann bis morgen warten. Die Fenster nicht, rede ich mir ein, und hole die Putzutensilien aus der kleinen Rumpelkammer unter der Treppe. Immerhin hat Lloyd es geschafft, die Sachen an ihren Platz zurückzulegen. Dann beginne ich damit, die Fenster zu putzen. Für den Moment ist mir alles recht, um Lloyd aus dem Weg zu gehen.

»Du bist noch da?«, gähnend betrachtet mich Rachel. Mit der Zahnbürste und einem Handtuch in der Hand steht sie in einem Pyjama gekleidet im Flur.

»Ich hatte noch zu tun«, gebe ich vage von mir. Erst habe ich einen Großteil der Fenster geputzt, dann die Rumpelkammer mit den Putzsachen aufgeräumt und bis eben die leer stehenden Zimmer auf Vordermann gebracht. Und damit meine ich: jedes Staubkorn aus der hintersten Ecke beseitigt. Alles, um heute nicht noch einmal Lloyd begegnen zu müssen. »Ich bin aber schon weg«, füge ich schnell hinzu.

»Gute Nacht«, wünscht mir Rachel und torkelt von dem Tag erschöpft Richtung Bad.

Ich gehe ins Erdgeschoss und hole meine Jacke. Ehe ich gehe, werde ich die Sachen von der Gartenarbeit noch wegräumen müssen. Die Sonne ist schon lange untergegangen und kühle, frische Luft begrüßt mich, sobald ich nach draußen trete. Aus Gewohnheit ziehe ich mir die Jacke enger um die Brust. Verdutzt bleibe ich vor dem Beet stehen. Die restlichen Pflanzen sind alle ordentlich eingepflanzt worden. Lediglich Patricks Löcher stechen aus der Reihe hervor. Und alle Gartenutensilien sind verschwunden. Ich gehe zu der Holzkiste, in der ich alles aufbewahre und finde die Sachen dort vor. Leise schließe ich die Box und blicke wieder die Beete an.

Plötzlich fällt mir das Licht am Schweinegehege auf. Eine Lampe der Außenbeleuchtung ist eingeschaltet und wirft einen dämmrigen Lichtkreis ins Gehege.

Patrick verdammt ...

Rachel wird nicht begeistert sein, wenn ich sie gleich wecken muss, um den Jungen ins Bett zu bekommen. Mit schnellen Schritten gehe ich auf das Gehege zu. Unglücklicherweise ist es nicht Patrick, den ich im Schlamm bei den Schweinen sitzend vorfinde.

»Hi«, sagt Lloyd, während er Ericas Schwarte tätschelt.

Ich erwidere wie immer nichts.

»Der Arzt hat gesagt, sie hat irgendeinen Infekt. Mit den richtigen Medikamenten und ein bisschen Liebe ist sie in ein paar Tagen so gut wie neu.«

»Und das bisschen Liebe gibst du ihr jetzt?«, fliegt es über meine Lippen, ehe ich meiner Strategie der Ignoranz treu bleiben kann.

Lloyd lächelt mich müde an. »So sieht's aus.«

Er hat sich eine dünne Regenjacke übergezogen. Seine teuren Klamotten sind jetzt völlig hinüber. Die Wäscherei, die die Sachen wieder sauber kriegt, will ich sehen.

»Ist dir nicht kalt?«

»Machst du dir etwa Sorgen um mich?«

»Ja. Mein ganzes Leben dreht sich um dein Wohlbefinden«, erwidere ich mit einem Augenverdreher.

»Na, immerhin bist du hergekommen, um nach mir zu schauen.«

»Ich dachte, Patrick wäre hier.«

»War er auch. Bis ich ihn ins Bett geschickt habe. Er ist aber nur gegangen, als ich ihm versprochen habe, hier sitzen zu bleiben.«

»Wann war das?«

»Vor einer halben Ewigkeit.« Er reibt sich über die leicht geröteten Augen und hinterlässt dabei eine Schmutzspur auf der Wange.

»Wie lange hast du noch vor, da zu sitzen?«

»Von stumm auf gesprächig. Ich überlege noch, wer von euch beiden mir besser gefällt.«

Ich schüttle genervt den Kopf und will mich abwenden, als Lloyd einen versöhnlicheren Tonfall anschlägt und mir meine Frage beantwortet. »Bis Patrick mich morgen Früh ablöst. Ich hab's ihm versprochen.« Diesmal umspielt ein sanftes Lächeln seine Lippen. Ein Lächeln, das ich vorher an ihm noch nicht gesehen habe.

»Ich hätte dich nicht für jemanden gehalten, der viel Wert auf Versprechen gibt. Vor allem nicht einem Kind gegenüber.« Ich weiß selbst nicht, warum ich ihm das sage.

»Ich ehrlich gesagt auch nicht«, seufzt er. »Aber nun sitze ich hier und streichle einem kranken Schwein den Bauch.«

Wir fallen in ein Schweigen. Lloyd blickt in den Himmel, ich beobachte ihn dabei.

»Ich geh dann mal«, sage ich und wende mich ab. Für einen Tag habe ich tatsächlich genug mit ihm gesprochen.

»Maisie?« Aus irgendeinem dummen Grund bleibe ich stehen und drehe mich wieder um. »Ich weiß, du kannst mich nicht leiden. Aber würde es dir etwas ausmachen, noch einen Moment zu bleiben?« Eine ungeahnte Traurigkeit streift seine Gesichtszüge. Er sieht mir meine Unentschlossenheit an. »Einer meiner besten Freunde ist heute gestorben«, fügt er schließlich hinzu. »Auch wenn die Schweine eine nette Gesellschaft sind, wäre es nett, sich mit jemanden zu unterhalten, der nicht nur zurückgrunzt.«

Ohne ein Wort zu sagen, betrete ich das Gehege und setze mich in den Schlamm ihm gegenüber.

11. Kapitel

Lloyd

Ich las Kats Nachricht, als ich Walter Bescheid geben wollte. Heute Nachmittag hatten sie es getan. Sie haben Davids lebenserhaltenden Maßnahmen beendet.

Einfach so.

Jemand drückt ein paar Knöpfe oder zieht einen Stecker und ein Mensch ist tot.

Auch wenn ich Kat den Satz an den Kopf geworfen habe, war David für mich im Moment des Unfalls gestorben. Ich wusste, dass er niemals ein Leben hätte führen wollen, in dem er nicht Herr über seinen Körper oder seine Sinne ist. Lieber wäre er tot gewesen. Aber was wäre gewesen, wenn er einfach aufgewacht wäre, als wäre nichts gewesen? Mit einem seiner blöden Anmachsprüche einer heißen Krankenschwester gegenüber?

Ich versuche mit der Tatsache, dass er dafür nie die Chance erhalten wird, Frieden zu schließen. Aber es fällt mir verdammt schwer.

Mein Blick ruht auf Maisie. Sie scheint selbst nicht zu wissen, warum sie mir gegenüber im Dreck sitzt.

»Was ist passiert?«, fragt sie schließlich, ohne mich aus den Augen zu lassen.

Für einen Moment weiß ich nicht, ob ich tatsächlich

darüber reden will. Die Erinnerungen noch einmal durchleben möchte. Ich werde sie aber immer und immer wieder erleben. Ob ich will oder nicht. Immerhin sind sie Teil meiner Vergangenheit. »Vor einem halben Jahr war ich in einen Autounfall verwickelt. Meine beiden besten Freunde saßen mit im Auto. Mark war sofort tot, David lag im Koma. Und heute haben sie ...« Ich schaffe es nicht, den Satz laut auszusprechen. Stattdessen blicke ich wieder in den Himmel. Früher habe ich von Gott nichts gehalten. Das tue ich immer noch nicht. Seit Marks Tod frage ich mich aber immer wieder, ob es so etwas wie ein Leben danach gibt. Ob etwas an den Geschichten dran ist, dass tote Menschen vom Himmel auf uns herabblicken.

»Das tut mir leid«, höre ich Maisie sagen. Es ist das erste Mal, dass sie mir gegenüber etwas Nettes äußert. Ich bin sowieso von ihrer Gesprächigkeit überrascht. Ich habe sie weder mit dem Typen von der Gärtnerei noch mit jemand anderem hier im Haus jemals so viel reden gehört.

Mir liegt sofort ein blöder Spruch dazu auf den Lippen, den ich aber wieder herunterschlucke. Ich habe das Gefühl, mit jedem Tag zu einer anderen Person zu werden. Eine Person, die sich doch einen Scheiß kümmert und die darüber nachdenkt, was gesagte Worte anrichten können. Und dann kommt die Frage über meine Lippen, die mich in den letzten Tagen immer häufiger beschäftigt.

»Warum bist du hier?« Für einen Moment lasse ich die Frage zwischen uns stehen. »Hetty findet es toll, die Hexe zu sein, die Pädagogen wollen Gutes tun ... aber du? Du passt nicht ins Muster. Also – warum bist du hier?«, wiederhole ich sie.

»Dir scheint es besser zu gehen«, sagt sie und steht auf. Sie klopft sich den Dreck von der Hose und verlässt, ohne mir noch das geringste Maß an Aufmerksamkeit zu schenken, das Gehege.

Damit habe ich wohl ihren wunden Punkt getroffen.

Ich lehne den Kopf zurück und blicke wieder in den klaren Himmel.

»Wo warst du gestern?«

»Unterwegs.«

»Es ging um deinen besten Freund. Hättest du nicht bei ihm sein sollen?«

Würde ich nicht noch ein kleines bisschen an meinem Leben hängen, wäre Kat schon längst hinter der Villa meines Großvaters im Garten verscharrt.

»Willst du etwas Bestimmtes, Katherine?«, gehe ich direkt auf Angriff.

Sie betrachtet meine blanke Brust. Wenn sie sich in mein Zimmer schleicht, während ich dusche, muss sie mit dem Anblick leben. Und zwar ohne ihren Gelüsten nachzugehen.

»Vielleicht ...«, säuselt sie plötzlich und zieht mich mit ihren Blicken wieder vollends aus. Glücklicherweise habe ich mir im Bad bereits eine Jogginghose angezogen. Wann kommt der Punkt, an dem ich in ihrer Gegenwart einfach loskotze? Ihre Anwesenheit wird für mich immer unerträglicher. Da hocke ich lieber noch eine Nacht zwischen zwei stinkenden Schweinen.

»Geh einfach. Bitte«, sage ich mit Nachdruck, während ich mir ein T-Shirt über den Kopf ziehe.

»Sollten wir uns nicht gegenseitig trösten?«

Kat trägt einen kurzen Jeansrock. Sie rutscht bis zur Bettkante und spreizt ihre Beine, sodass ich eindeutig sehen kann, was sie darunter trägt – nämlich nichts.

Bevor ich mich heute Abend in das Bett lege, werde ich eine der Haushaltshilfen bitten müssen, es neu zu beziehen.

»Ernsthaft?«, frage ich fassungslos nach, während ich angewidert ihre kleine, nuttige Show beobachte.

Kat beißt sich auf die Unterlippe, ehe sie ihren Zeigefinger in den Mund steckt und mit der Zunge darum herumfährt. Dann kann ich in Zeitlupe beobachten, wie sie mit der Hand zwischen ihre Beine wandert.

Bevor mir bei dem Anblick tatsächlich ein paar Gehirnzellen absterben, verlasse ich wieder einmal fluchtartig das Zimmer. Diesmal aber nicht, ohne mein Handy mitzunehmen. Kat ruft meinen Namen, ich bleibe aber nicht stehen. Selbst wenn sie die letzte Frau auf der Erde wäre, würde ich sie nicht mit der Kneifzange anfassen. Barfuß laufe ich schnurstracks durch die offen stehende Eingangstür und atme erst einmal tief durch. Sobald ich Kats Absätze auf den Stufen im Treppenhaus klackern höre, schlage ich den Weg ein, auf dem sie mir niemals folgen wird – ich gehe zu den Garagen, in dem der gesamte Fuhrpark meines Großvaters steht. Sollte Kat dennoch auf die dumme Idee kommen, mir folgen zu wollen, gibt es dort genug Versteckmöglichkeiten. Mir klebt das feuchte Gras an den Füßen. Das nächste Mal denke ich am besten noch an Schuhe, ehe ich wieder die Flucht ergreife. Hätte ich mir aber noch Socken und Schuhe zusammengesucht, würde mein Gehirn jetzt von Bildern geflutet werden, die ich nie wieder loswerden würde. Zumindest nicht ohne harte Medikamente.

Ich öffne die Tür zu der Garage, in der bis zu zwölf Wagen Platz haben, und schließe sie eilig hinter mir. Dann schlendere ich an den verschiedenen Luxuswagen vorbei. Maybach, Ferrari, Audi, Porsche. Mein Großvater hat eine durchaus ansehnliche Sammlung. Beim letzten Auto bleibe ich stehen.

Es ist mein Porsche.

Mit den Fingerkuppen fahre ich über die Motorhaube. Das Auto war das perfekte Symbol für meinen Lifestyle. Jetzt ist es nicht mehr als ein Haufen Blech für mich. Ich kann mich noch genau an den Moment erinnern, als ich den Anruf vom Händler bekam, dass der Wagen endlich da ist. Mark war im Ausland, also fuhr ich mit David in die Stadt, um das Schmuckstück abzuholen. Wir ignorierten auf dem Highway jede Geschwindigkeitsbegrenzung und rissen abends ein paar heiße Mädels in einem Club auf.

Ich klopfe auf das schwarze Blech in der Hoffnung, dass

sich irgendetwas tut.

Natürlich passiert nichts.

Mein Blick fällt auf den Metallkasten rechts von mir, der in die Wand eingelassen ist. Langsam gehe ich darauf zu und öffne ihn. Dahinter befindet sich der Tresor mit allen Autoschlüsseln. Wie in Trance gebe ich den Code ein und nehme den Schlüssel für meinen Porsche in die Hand. Ohne weiter darüber nachzudenken entriegle ich das Auto und setze mich hinter das Lenkrad. Zaghaft berühre ich das Leder. Auch wenn das Autofahren für mich als Beifahrer kein Problem mehr ist, kosten mich die ersten Sekunden nach wie vor eine enorme Überwindung. Verschwommene Bilder von dem Unfall streifen jedes Mal meine Gedanken. Was ist, wenn ich erneut in einen Unfall verwickelt werde? Wenn ich es verhindern könnte, in dem ich jetzt wieder aus dem Auto aussteige? Wenn …

Ich schüttle den Kopf.

Es ist jedes Mal das Gleiche. Ich frage mich, ob ich irgendeine Entscheidung damals hätte anders treffen müssen, um die Katastrophe zu verhindern. Ich verdränge das Chaos und drehe den Schlüssel in der Zündung um. Der Motor heult auf und das gesamte Auto beginnt rhythmisch zu vibrieren. Ein Gefühl, das mir lange Zeit sehr vertraut war und mir in diesem Moment nicht fremder sein könnte.

Plötzlich klopft jemand an die Scheibe der Fahrertür und ich zucke zusammen. Sofort schalte ich den Motor aus.

»Alles in Ordnung, Sir?«, fragt Walter mich. Er hält einen Putzeimer in der Hand. Wahrscheinlich ist er gerade dabei, einen der anderen Wagen auf dem Vorhof zu putzen und hat sich gewundert, welches Auto ein Eigenleben entwickelt hat.

»Sicher«, gebe ich mit erstickter Stimme von mir und steige aus dem Wagen.

Walters Blick wandert sofort auf meine nackten Füße, an denen immer noch Grashalme kleben.

»Das geben Sie besser mir«, sagt er und nimmt mir den Schlüssel aus der Hand.

»Ich habe nichts genommen«, sage ich. Meinem Auftreten nach zu urteilen könnte man das vermuten.

»Das habe ich auch nicht behauptet.« Walter verriegelt den Porsche und hängt den Schlüssel an seinen Platz zurück. Ich weiß, dass der Code für den Safe nun geändert werden wird. Walter arbeitet immer noch für meinen Großvater und ihm ist er Rechenschaft schuldig. Nicht mir. »Wenn Sie sich hier vor der reizenden Miss Katherine versteckt haben, kann ich Sie beruhigen. Die Dame ist soeben abgereist.«

Ich reibe mir mit der Hand über die Stirn. »Die Frau ist die Pest«, murmle ich eher zu mir selbst.

»Ihre Mutter ist aber soeben eingetroffen.«

»Großartig.«

»Möchten Sie meine Dienste in Anspruch nehmen?«

Verwirrt blicke ich zu Walter. Wo soll ich in diesem Aufzug hinwollen? Ich sehe ihm aber sofort an, was er mir eigentlich anbietet – eine Möglichkeit, hier wegzukommen und dem ganzen Drama zu entfliehen.

»Ich brauche ein paar Schuhe«, sage ich mit einem Lächeln. »Also fahren wir ein paar Schuhe kaufen«, verkünde ich erfreut.

»Wie Sie wünschen, Sir.«

»Was habe ich Ihnen zu diesem dämlichen ›Sir‹ gesagt?«

»Manche Gewohnheiten bekommt man so schnell nicht ausgetrieben.«

»Macht nichts, Walter«, erwidere ich und klopfe ihm auf die Schulter. »Ich erinnere Sie liebend gerne immer wieder daran.«

Zwanzig Minuten später halten wir vor einem Supermarkt. Auf der Fahrt habe ich mit einer Packung Taschentücher versucht, meine Füße sauber zu bekommen. Es ist mir mehr schlecht als recht gelungen. Walter begleitet mich in den Laden. Die seltsamen Blicke entgehen mir nicht.

Immerhin trägt Walter seine Uniform und ich Jogginghose, T-Shirt und wohlgemerkt keine Schuhe. Zielstrebig gehe ich auf die Textilabteilung zu. In meinem gesamten Leben war ich noch nie in so einem Laden Kleidung kaufen.

Für alles gibt es schließlich ein erstes Mal.

Ich nehme ein paar Turnschuhe in die Hand und halte sie prüfend Walter hoch. Er zieht eine Augenbraue nach oben. Das beantwortet meine Frage. Auf zum nächsten Paar.

Nachdem ich einmal quer durch die gesamte Abteilung gelaufen bin, entscheide ich mich für ein paar dunkelblaue Turnschuhe. Auf dem Weg zur Kasse kommen wir an der Kinderabteilung vorbei. Vor einem T-Shirt mit einem Spiderman-Print bleibe ich stehen. Sofort kommen mir Patricks verwaschene und teilweise löchrige Klamotten in den Sinn. Außerdem könnte der kleine Mann eine Aufmunterung gebrauchen nach dem Drama mit Erica gestern.

»Passt das Patrick?«, frage ich Walter und halte ihm eins der Shirts hoch.

»Sie sollten darüber noch einmal nachdenken«, antwortet mein personifiziertes gutes Gewissen.

Ich verdrehe die Augen. »Es ist nur ein T-Shirt«, spiele ich es herunter. Die Regeln der Hexe habe ich mittlerweile verinnerlicht.

Keine Geschenke für die Kinder.

Bei einem T-Shirt für Patrick kann sie mir nicht den Kopf abreißen. Und wenn sie es macht, ist es mir das wert.

»Wir kaufen das und werden es ihm sofort vorbeibringen«, teile ich Walter mit, damit er sich die schnellste Route von hier bis zum Regenbogenhaus überlegen kann. Zurück zu meinem Großvater kriegt mich niemand, solange die Wahrscheinlichkeit gegeben ist, dass Kat es sich doch anders überlegt hat und mein Bett belagert.

Mit einem zufriedenen Grinsen bezahle ich die beiden Teile. Die Turnschuhe ziehe ich mir direkt hinter dem Kassenbereich an, das T-Shirt verstaue ich in einer kleinen

Plastiktüte. Unter vielen seltsamen Blicken steige ich mit Walter in die schwarze Limousine ein. Zum ersten Mal in meinem Leben kümmere ich mich nicht um die Blicke, die mir zugeworfen werden, sondern beschäftige mich mit der Vorfreude auf Patricks Gesicht, wenn ich ihm das T-Shirt präsentiere.

Ich sitze alleine im Büro der Hexe und befürchte, dass ich mich tatsächlich wie ein kleines Häufchen Elend fühlen werde, sobald sie auftaucht und mit mir fertig ist. In dem kleinen Raum steht die muffige Luft, deren Sauerstoffgehalt am unteren Ende der Skala sein wird. Die Bretter der Regale biegen sich bereits unter dem Gewicht dicker Fachbücher und die Farbe platzt an einigen Stellen von den Wänden. Ich würde es keine fünf Minuten aushalten, hier Papierkram zu erledigen.

Mit dem Fuß wippend warte ich nach wie vor auf die Hexe. Selbst wenn sie das Unmögliche schafft und mich ordentlich zusammenstaucht, war es Patricks Freude wert. Er hat das T-Shirt direkt angezogen. Dummerweise ist es ihm drei Nummern zu groß. Entweder füttere ich ihn die nächsten Wochen noch ordentlich oder er muss einfach hineinwachsen. Zumindest hat er sehr lange etwas davon, sofern die Hexe es ihm nicht wegnimmt. Aber selbst sie würde es nicht über sich bringen, einen ihrer Schützlinge absichtlich zum Weinen zu bringen.

Ich höre Schritte, die Tür fliegt auf und Hetty bleibt schnaufend vor mir stehen. Wäre sie ein Drache, würden jetzt Feuer und Qualm aus Nasenlöchern und Ohren kommen.

»Regel Nummer 1 …«

»*Halten Sie sich von den Kindern fern, Mr. Lawso*n«, plappere ich los, bevor sie die Worte aussprechen kann. »*Regel Nummer 2 – keine Geschenke für die Kinder. Regel Nummer 3 – halten Sie sich von den Kindern fern*«, wiederhole ich die erste Regel, die in ihrem Universum die Luft zum Atmen zu sein scheint.

»Augenscheinlich haben Sie genug Gehirnzellen, um meine Ansagen abzuspeichern, aber es fehlen Ihnen die restlichen für die Ausführung.«

Für einen kurzen Moment gehe ich in mich und führe eine Auseinandersetzung mit mir selbst, ob ich diskutieren oder die Sache auf sich beruhen lassen soll. Der Teufel gewinnt leider.

»Ich habe mich von den Kindern ferngehalten. Zumindest bis Patrick perfekte Stalkerqualitäten entwickelt hat. An dieser Stelle möchte ich Sie daran erinnern, dass ich wegen dieses Problems zu Ihnen gekommen bin und Sie mich nicht ernst genommen haben. Da ich den Jungen nicht ewig ignorieren konnte, sind wir mittlerweile so etwas wie Freunde geworden. Und Freunde schenken sich auch mal etwas. Ich kann mir vorstellen, dass Sie mittlerweile in Ihrem Freundeskreis jeden verklagt haben, weil er sich nicht an eine Ihrer ach so tollen Regeln gehalten hat und Sie deswegen von dem Konzept Freundschaft nicht mehr allzu viel verstehen. Ich wollte Patrick eine Freude machen und das ist mir augenscheinlich gelungen. Wenn Sie mich dafür bestrafen wollen, ein Kind glücklich gemacht zu haben, dann bitte«, fordere ich sie schließlich auf und hebe herausfordernd die Hände.

Sie betrachtet mich schweigend. Nichts an ihrer Mimik rührt sich. Im Kopf überlege ich, was ich in den letzten dreißig Sekunden von mir gegeben habe und ob in der Spontaneität der Sache etwas über meine Lippen gekommen ist, das ich lieber nicht hätte aussprechen sollen. Zumindest nicht in ihrer Gegenwart.

»Was ist mit den anderen Kindern?«, fragt sie plötzlich seelenruhig und setzt sich mit ihrem dicken Hintern mir gegenüber auf den durchgesessenen Bürosessel.

»Was?«, erwidere ich perplex, da ich jetzt tatsächlich mit Feuer, Rauch und Weltuntergang gerechnet habe. Aber nicht mit der Ruhe vor dem Sturm.

»Die anderen Kinder. Das Konzept von Freundschaft spielt in diesen vier Wänden eine ungeheuer wichtige Rolle. Genauso wie das Konzept von Fairness.«

»Es gab leider nicht elf T-Shirts. Und ich bezweifle, dass jedes Kind hier ein Spiderman-T-Shirt hätte haben wollen.«

»Evelyn hätte sich furchtbar über etwas von Hello Kitty gefreut. Lynn etwas mit Hasen oder Einhörnern. Lucas liebt Star Wars. Wenn Sie sich die Zeit nehmen wollen, jedes Kind einzeln kennenzulernen, deren Freund werden und dann Geschenke verteilen, tun Sie sich keinen Zwang an«, beteuert sie mit einladender Geste. »Aber das, was Sie gemacht haben, unterminiert jedes bisschen Arbeit, das wir hier leisten.«

»Verstehe ich das gerade richtig? Sie regen sich darüber auf, dass ich nicht jedem Kind etwas geschenkt habe?«

Sie beantwortet die Frage nicht. Sie nickt auch nicht oder schüttelt den Kopf. Ihr Blick ist wie immer extrem unterkühlt und ihre schmalen Lippen zu einem Strich zusammengepresst, wenn sie sich mit mir beschäftigt.

»Wenn das Ihr einziges Problem ist ...«, erwidere ich kopfschüttelnd und ziehe mein Smartphone aus der Hosentasche. Zwei Klicks auf dem Display und mein Handy baut eine Verbindung zu Eva auf. Jemand, der sich mit Mode auskennt. Und perfekt Schwänze blasen kann.

»Hast du heute Nachmittag Zeit?«, komme ich nach etwas Smalltalk zum Punkt.

»Für dich doch immer«, erwidert sie mit einem koketten Lachen. Ja, ich war mit ihr im Bett. Und das nicht nur einmal. Wofür schickt der Stylist schließlich seine heiße Assistentin vorbei, wenn es nicht darum geht, die Kunden glücklich zu machen?

»Ich schick dir die Adresse. Und setz dich am besten vorher mit Kindermode auseinander. Danke«, säusele ich noch hinterher und beende das Gespräch.

»Zufrieden?«, frage ich die Hexe.

»Womit soll ich zufrieden sein?«

»Alle Kinder dürfen sich heute Nachmittag wie Paris

Hilton beim Termin mit ihrem Personal Shopper fühlen. Sie dürfen sich gerne später dafür bedanken.« Mit den Worten stehe ich auf.

»Mr. Lawson«, ruft sie mich zurück an den Schreibtisch, als ich mich schon ein paar Schritte entfernt hatte. »Ich freue mich für Sie, dass *Sie* das Konzept von Freundschaft endlich begriffen haben.« Sie erhebt sich und kommt auf mich zu. »Und danke für die neue Kleidung für die Kinder. Die können wir gut gebrauchen.« Ihr süffisantes Lächeln schlägt in meinem Kopf mit einer Bruchlandung ein. Sie hat mit mir gespielt und gewonnen, ohne auch nur einen Finger krumm zu machen.

Sie ist tatsächlich eine Hexe.

12. Kapitel

Maisie

Dem Schwein geht's wieder gut, obwohl es die Nacht mit Lloyd verbringen musste. Das gleicht einem Wunder. Ich hätte es nicht überlebt. Mir sind aber bereits fünf Minuten mit dem Mann zu viel. Als ich heute Morgen im Regenbogenhaus erschien und Hetty mir verkündete, dass sie Lloyd nach Hause geschickt hat, weil sie ihn in der Früh übersät mit Schweinemist im Garten vorgefunden hat, hätte meine innere Freude nicht größer sein können.

Aber wie hat Oliver immer gesagt? Man soll den Tag nicht vor dem Abend loben.

»Glaubst du das? Sie hat einen Scheck im Wert von 20.000 Dollar einfach so vor meinen Augen zerrissen. Und jetzt muss sie solche Spielchen treiben, um an ein paar Klamotten für die Kinder zu kommen?« Seit über zehn Minuten steht Lloyd mit einer Schüssel Cornflakes im Türrahmen, beobachtet mich beim Fensterputzen und redet ohne Punkt und Komma. Wenn ich nicht immer wieder auf die Uhr blicken würde, könnte ich schwören, dass er dort bereits seit einer Stunde steht.

»Das kann ich wirklich nicht glauben«, spotte ich und widme mich dem letzten Fenster im Raum. Noch weniger kann ich glauben, dass ich mit dem Kerl tatsächlich eine

Konversation führe, anstatt meinem Vorsatz treu zu bleiben und ihn endgültig zu ignorieren. Irgendetwas an diesem Plan ist jedoch noch nicht in jede Zelle meines Gehirns vorgedrungen, weswegen viel zu viele Worte über meine Lippen kommen.

»Die Frau hat wirklich ein Problem«, sagt er nun mit vollem Mund.

»Mit vollem Mund spricht man nicht.«

»Mir egal. Hier ist kein Kind.«

»Was machst du überhaupt hier?«, frage ich schließlich. Ich kann mir nicht vorstellen, dass Hetty ihn angerufen hat, weil wir ihn hier brauchen. Sie war wahrscheinlich selbst froh, dass sie ihn nach Hause schicken konnte, ohne ihr Gesicht zu verlieren. Lloyd antwortet auf die Frage nicht, obwohl er bis gerade eben einen regen Redebedarf hatte. Mit dem Lappen in der Hand drehe ich mich zu ihm um und sehe, wie er den nächsten Löffel Cornflakes in sich hineinstopft. Erst jetzt fällt mir auf, was er anhat. Ein schlichtes T-Shirt, eine Jogginghose und Turnschuhe.

»Hast du dich ausgesperrt?«, frage ich amüsiert nach, da mir ansonsten keine vernünftige Erklärung einfällt, wieso er in diesem Outfit hier auftauchen sollte. Nicht, nachdem ich die letzten Tage viel zu sehr damit beschäftigt gewesen bin, ihn von oben bis unten zu mustern. »Ach, ganz vergessen«, füge ich schnell hinzu und drücke mir die freie Hand auf die Stirn. »Du hast ja zwanzig Bedienstete, die dir die Tür wieder hätten aufmachen können.«

»Zwölf, wenn du es genau wissen willst«, antwortet er.

»Zwölf mehr, als jeder andere normale Mensch auf diesem Kontinent.«

»Ich hatte eben nichts Besseres zu tun.« Er zuckt mit den Achseln, fixiert einen Punkt neben mir und isst seine Cornflakes weiter.

»Lass Hetty hören, dass wir für dich ›*nichts Besseres*‹ sind und sie schmeißt dich tatsächlich raus. Was mir nebenbei gesagt sehr entgegenkommen würde.«

»Eigentlich magst du mich doch«, entgegnet er. »Immerhin habe ich dich noch nie mit jemanden so viel reden hören, wie mit mir.«

Mit diesen Worten hat er sich meine Aufmerksamkeit wieder geangelt. Ich lasse den Putzlappen auf die Fensterbank fallen und wende mich ihm zu. »Ich soll dich mögen? Wenn du die tote Kakerlake unter meinem Schuh wärst, würde ich dich mögen. Und warum ich so viel mit dir rede, weiß ich selbst nicht.«

»Wusstest du, dass du Kakerlaken nicht zertreten darfst? Die Eier überleben und du hast danach eine ganze Kolonie im Haus. Hat mir Patrick erzählt.«

»Versuchst du jetzt auch noch witzig zu sein?«

»Ich bin witzig.«

Ich hole tief Luft und widme mich wieder dem letzten Fenster. »Vielleicht solltest du weniger witzig sein, sondern deine Arbeit beim nächsten Mal besser erledigen, damit andere dir nicht hinterherputzen müssen.«

»Wir beide wissen, wer von uns besser mit den Fenstern kann. Und ich bin das definitiv nicht.«

»Dann geh raus zu den Schweinen und beschwere dich bei denen darüber, dass Hetty dein Bestechungsgeld verschmäht hat.«

»Du hast mir ja doch zugehört.«

»Ich kann dich leider nicht auf stumm schalten«, murmle ich und schicke ein Stoßgebet in den Himmel, dass ich das doch irgendwann kann.

»Dafür, dass du mich nicht magst, redest du aber heute ziemlich viel mit mir.«

»Das bereue ich gerade, da dich das zu animieren scheint, immer mehr zu reden.«

Plötzlich steht Ben in der Tür. »Störe ich euch?« Sein fragender Blick wandert zwischen Lloyd und mir hin und her.

»Nein. Lloyd wollte gerade nach Erica schauen.«

Lloyds Miene nach zu urteilen, gefällt ihm meine Antwort gar nicht. Abschätzig betrachtet er Ben, der Lloyd wie immer keine Beachtung schenkt. Eine Taktik, die auch auf meiner Agenda stand.

»Ich grüß sie von dir«, sagt Lloyd schließlich, wirft einen letzten undefinierbaren Blick zu Ben und mir und zieht endlich von dannen.

Erleichtert atme ich auf, als er tatsächlich verschwunden bleibt und nicht zurückkommt. Ben tritt langsam auf mich zu.

»Was hast du mit dem Kerl zu schaffen?«, fragt er mich mit kritischer Miene und deutet zur Tür.

»Nichts«, erwidere ich mit einem Schulterzucken und

räume die Putzutensilien zusammen.

»Nach ›nichts‹ sah das für mich nicht aus.«

»Was wird das? Ein Verhör?«, gebe ich zickiger als beabsichtigt von mir.

Ich habe schlechte Laune, da ich mich am meisten über mich selbst ärgere, Lloyd so viel Beachtung geschenkt zu haben. Er ist wie ein Schwamm. Wenn man ihm einen Tropfen Aufmerksamkeit zollt, saugt er den Rest einfach auf.

»Nein«, erwidert Ben mit einem Seufzen. »Ich mache mir einfach Sorgen. Der Kerl bedeutet Ärger.«

»Bedeutet das nicht jeder Mann?« Ich lächle Ben verhalten an, in der Hoffnung, die Stimmung zu heben. Seiner versteinerten Miene nach zu urteilen, gelingt mir das nicht. »Wir reden manchmal miteinander. Er ist der Meinung, dass ich die einzige Person bin, mit der er hier sprechen kann, weil ich ihn nicht psychoanalysiere«, erkläre ich, »aber glaub mir – mir wäre es lieber, wenn er den ganzen Tag bei den Schweinen hocken würde.«

»Er ist mit Drogen involviert.«

Sofort setzt mein Herz einen Schlag aus. »Woher weißt du das?«, frage ich mit einem ungewohnten Beben in meiner Stimme nach. Ich umgreife den Griff des Putzeimers so fest, dass meine Knöchel weiß hervortreten. Hetty redet nie über die Menschen, die herkommen. Es sei denn, es geht um Dinge, die wir alle wissen müssen. Ansonsten überlässt sie es jedem selbst, über das Päckchen zu reden, das man zu tragen hat.

Bens Lippen sind zu einem geraden Strich zusammengepresst. »Ich habe da meine Quellen.«

Ein kalter Schauer läuft mir über den Rücken. Nicht, weil Ben Lloyd hinterherspioniert und herausgefunden hat, für welchen Mist er verantwortlich ist, sondern weil es ihn wahrscheinlich zwei Mausklicks kosten wird, über mich Bescheid zu wissen. Ben scheint meine Gedanken sofort zu erraten, als ich zu ihm aufblicke. Beschwichtigend hebt er die Hände.

»Maisie ...«, flüstert er meinen Namen. Ein Blick in sein Gesicht und mein Leben, das einem instabilen Kartenhaus gleicht, bricht über mir zusammen.

Er weiß es.

Panik durchflutet mich. Wenn er es weiß, wer weiß sonst noch davon? Hat er es Hetty erzählt? Jemandem auf dem Revier? Hat er es irgendeiner Behörde gemeldet?

Der Angstschweiß perlt über meinen Rücken und meine Hände beginnen zu zittern. Es ist das Gefühl, vor dem ich geflohen bin.

Die nackte Panik.

Die Unwissenheit.

Die Angst vor dem nächsten Moment.

»Du weißt es«, spreche ich meine Befürchtung laut aus.

»Ja.«

Ein Wort.

Eine Silbe.

Ein Laut, der mir den Boden unter den Füßen wegreißt.

Bis gerade eben, war Lloyds Geschwafel mein Problem.

Jetzt ist es meine Vergangenheit, die mich wie ein Hochgeschwindigkeitszug überrollt.

Ich lasse den Eimer in meinen Händen zu Boden fallen und will zur Tür eilen. Ein einziger Gedanke kreist in meinem Kopf – ich muss hier verschwinden. So schnell wie möglich.

»Maisie, verdammt!« Ben packt mich am Arm und hält mich fest.

»Lass mich los!«

»Nein.« Sein Tonfall ist bestimmend und duldet keinen Widerspruch. Etwas, das ihm als Polizist mit Sicherheit hilfreich ist. Bei mir funktioniert es nämlich.

Ich wage, ihm in die Augen zu blicken. »Wie lange weißt du davon?«

»Eine ganze Weile.« Er lockert den Griff um meinen Arm. »Ich habe mir am Anfang Sorgen um dich gemacht. Hetty hat dich ohne ein Wort der Erklärung hergebracht. Das ist sonst nie ihre Art. Du hast immer deinen Nachnamen verschwiegen, nie über deine Vergangenheit oder etwas anderes in deinem Leben gesprochen. Ich dachte, ich könnte dir helfen, wenn ich wüsste, wovor du davonläufst.«

Deswegen hat er immer wieder meine Nähe gesucht und mich subtil ausgefragt. In meinem Kopf machen so viele Dinge plötzlich Sinn. Ich habe mich hier im Regenbogenhaus zu wohlgefühlt und das Wichtigste schleifen lassen – meine Identität zu verheimlichen und nicht aufzufallen.

»Ich laufe nicht davon«, kommt die mieseste Lüge aller Zeiten über meine zitternden Lippen.

»Menschen, die nicht über ihre Vergangenheit sprechen wollen, laufen in der Regel vor etwas davon. Und Menschen, die Identitäten von verstorbenen Personen annehmen erst recht.«

Ich atme tief durch. »Ich …«

»Ich will keine Erklärung«, sagt er sofort und lässt mich endlich los. Er tritt ein paar Schritte zurück. »Hätte ich dich melden wollen, wäre das schon längst passiert. Ich kann dir helfen. Egal, in welchen Schwierigkeiten du steckst.«

»Nein, Ben. Du kannst mir nicht helfen«, erwidere ich und spüre die Tränen in meinen Augenwinkeln.

»Ich kenne viele Leute. Irgendjemand wird dir helfen können. Lass es uns einfach versuchen.«

»Hast du irgendjemandem davon erzählt?«, stelle ich die alles entscheidende Frage.

Er deutet ein Kopfschütteln an. »Das ist doch kein Leben, Maisie. Immer davonlaufen, nie jemandem vertrauen zu können. Du weißt, dass du mir vertrauen kannst.« Leichte Zweifel streifen seinen Gesichtsausdruck.

»Ja, das weiß ich«, erwidere ich mit einem schiefen Lächeln. »Und deswegen kann ich darüber nicht reden. Ich mag dich. Und Lynn. Und all die anderen hier. Halte dich bitte einfach von mir fern. Das ist das Beste für alle.«

Ich setze mich in Bewegung. Diesmal hält Ben mich nicht auf. Sobald ich die Tür passiert habe, laufen mir die Tränen über die Wangen. Unbeholfen wische ich sie schnell fort, damit niemand sie bemerkt.

Plötzlich pralle ich frontal gegen jemanden.

Natürlich ist es Lloyd.

»Du brauchst nur zu fragen, wenn du vollen Körperkontakt mit mir willst«, scherzt er. Das Lachen erstickt ihm aber sofort im Hals, als er meine Tränen erblickt. Sein Blick huscht zu Ben.

»Es ist nichts, mir geht es gut«, murmle ich mein persönliches Mantra. Dumm nur, dass es mir keiner von beiden abkauft. Ehe ich mich weiteren Nachfragen stellen muss, eile ich in den Flur, schnappe mir von der Garderobe die Handtasche, die ich vor zwei Jahren im Müll gefunden habe, und stürme aus der Haustür.

Mittlerweile regnet es, und bis ich in meiner Wohnung angekommen bin, werde ich bis auf die Haut durchnässt sein. Die Sonne hat sich heute noch kein einziges Mal blicken lassen, weswegen die Temperaturen für die Jahreszeit ungewohnt niedrig sind. Der eisige Wind peitscht mir die wenigen Wassertropfen in der Luft schmerzhaft ins Gesicht. Aber das ist mir momentan egal. Ich brauche Abstand zu allem, um einen klaren Gedanken fassen zu können. Um zu entscheiden, welche Schritte ich als Nächstes gehen muss, um niemanden in mein Verderben mit hineinzuziehen.

Sobald ich meine Wohnung erreicht habe, spüre ich meine Hände und Füße nicht mehr. Ich zittere wie Espenlaub, meine Nase läuft und meine Ohren schmerzen. Der Strom ist wieder weg, was bedeutet, dass ich weder die

Heizung noch warmes Wasser zur Verfügung habe, um mich unter die heiße Dusche zu stellen.

Erst als ich mir mit meiner eisigen Hand über das Gesicht fahre, bemerke ich die erneuten Tränen.

13. Kapitel

Lloyd

Seit Tagen regnet es und die Temperaturen fallen auf ein winterliches Niveau. Mir sind die wenigen Meter vom Hauseingang meines Großvaters bis zu Walters Wagen schon zuwider. Maisie scheint jedoch den Regen und die Kälte zu lieben. Sie schuftet wie eine Bekloppte bei dem Wetter im Garten. Seitdem Ben sie belagert hat und sie mit Tränen in den Augen vor ihm geflüchtet ist, habe ich sie nicht mehr im Haus gesehen.

Wenn ich mich um die Schweine kümmere, kehrt sie mir demonstrativ den Rücken zu. Sie grüßt nicht, betreibt keinen Smalltalk. Sie ignoriert mich auf ganzer Linie. In meinen ersten Wochen hatte es mir nichts ausgemacht. Nachdem sie aber angefangen hat, mehr als zwei Worte mit mir zu wechseln, habe ich mich schon fast an ihre Gesellschaft gewöhnt. Immerhin ist sie einer der wenigen Menschen im letzten halben Jahr gewesen, der mich nicht mit Samthandschuhen angefasst hat oder pausenlos versuchte, mich zu psychoanalysieren.

Als ob ich etwas für das Drama zwischen ihr und diesem Ben kann. Aber so sind Frauen. Ist ein Mann ein Arschloch, sind es plötzlich alle. Zumindest so lange, bis man mit dem Scheckbüchlein wedelt oder mit dem schicken Sportwagen vorfährt. Das scheint eine Massenamnesie beim weiblichen Geschlecht auszulösen.

Mit verschränkten Armen stehe ich vor der Glastür, die in den Garten führt, und beobachte die dicken Regentropfen dabei, wie sie gegen die Scheibe prallen und zerplatzen, ehe sie in einem Rinnsal der Schwerkraft zum Opfer fallen.

»Was machst du da?« Patrick stellt sich neben mich und drückt sich die Nase an der Scheibe platt, um überhaupt etwas sehen zu können, da der Regen in den letzten Sekunden stark zugenommen hat.

»Okay, das war's«, seufze ich schließlich, mache auf dem Absatz kehrt und schnappe mir irgendeine Regenjacke von der Garderobe, ziehe sie mir schnell über und stürme in den Garten. Patrick ruft mir noch etwas hinterher, das ich nicht verstehe. Ich drehe mich jedoch zu ihm um und deute ihm in eindeutiger Zeichensprache an, auf jeden Fall im Haus zu bleiben und nicht auf die dumme Idee zu kommen, mir zu folgen. Es regnet so stark, dass ich kaum die Hand vor Augen sehen kann. Ich bin wenige Meter gelaufen und fühle jeden einzelnen Tropfen durch alle erdenklichen Ritzen in meiner Kleidung auf meine Haut dringen.

»Maisie!«, rufe ich mehrmals ihren Namen, als ich an dem Beet ankomme. Es dauert einen Moment, bis ich ihre dunkle Jacke bei den schlechten Sichtverhältnissen ausmachen kann. Sie hockt im Beet und arbeitet einfach weiter, als wäre strahlender Sonnenschein.

Über das Trommeln des Regens hinweg hat sie mich

nicht gehört und bemerkt mich erst, als ich direkt vor ihr stehe und sie ihre Arbeit unterbrechen muss. Sie hebt den Kopf, dennoch kann ich nur ihren Mund und ihre Nase unter der Kapuze sehen. Obwohl sie nicht in mein Gesicht blicken kann, weiß sie ganz genau, wer vor ihr steht, da sie sofort aufsteht und vor mir flüchtet.

»Maisie!«, rufe ich über den Regen hinweg. Entweder hört sie mich nicht oder sie ignoriert mich. »Verdammte Frau ...«, murre ich, als ich ihr hinterher eile. Ich will sie packen, meine Finger rutschen aber an dem glitschigen Stoff ihrer Regenjacke ab. Dann bleibt sie mit einem ihrer Gummistiefel jedoch im Schlamm stecken und stolpert zu Boden. Ich falle beinahe über sie, kann mein Gleichgewicht im letzten Moment aber noch halten. Als ich bemerke, dass sie auf dem Gras liegen bleibt und keine Anstalten macht, gehe ich doch auf die Knie. Sie stützt sich mit den Händen auf der durchtränkten Wiese ab. Ihre Finger sind mit Schmutz überzogen und zittern.

»Komm mit rein!«, rufe ich in der Hoffnung, dass sie mich hört.

Ihre Kapuze ist bei dem Fall vom Kopf gerutscht, weswegen ich nun ihr Gesicht sehen kann. »Nein«, erwidert sie, rappelt sich auf und setzt ihren Weg im strömenden Regen fort.

»Jetzt warte doch!« Ich laufe ihr, so schnell es mir möglich ist, hinterher.

»Warum?«

»Du holst dir hier draußen den Tod!«

»Selbst wenn – ich wüsste nicht, was es dich interessieren sollte.«

Ich habe keine Lust auf die Spielchen. Mir ist kalt, meine Kleidung ist bis auf die verdammte Boxershorts durchnässt und meine Nerven sind zum jetzigen Zeitpunkt alle aufgebraucht. Wenn ich Maisie wie ein Neandertaler zurück ins Warme schleifen muss, werde ich das tun.

»Es ist doch meine Schuld, dass du seit Tagen hier im Regen hockst«, platzt es unvermittelt aus mir heraus. Ein letzter Versuch, ehe ich die Neandertal-Nummer durchziehen werde.

Abrupt bleibt sie endlich stehen und blickt mich unentschlossen an. Ihre langen blonden Haare kleben ihr im Gesicht und der Regen perlt ihr über die Stirn und tropft dann von der Nase. Sie öffnet den Mund, um etwas zu sagen, aber es kommen keine Worte über ihre Lippen. Ihr Blick hat plötzlich etwas Verletzliches. Alles, was an ihr vorher so unnahbar wirkte, ist für mich lesbar.

Und dann brennt in meinem Kopf irgendeine Sicherung durch.

Ich trete zwei Schritte nach vorn, ziehe ihren zierlichen Körper an mich und küsse sie. Meine Lippen landen wie von selbst auf ihren. Ihre Haut ist eiskalt, ihre Lippen jedoch warm. Zumindest fühlt es sich so an.

Plötzlich spüre ich einen brennenden Schmerz auf der Wange und die Wärme ihrer Lippen wird von dem kalten Wind ersetzt.

»Mach das nie wieder«, zischt sie mir mit Nachdruck

entgegen. Sie dreht sich um und stapft zurück zum Haus. Ich hingegen bleibe im strömenden Regen wie ein begossener Pudel stehen und versuche, mir einen Reim auf das eben Passierte zu machen.

Mir will dazu aber nichts Plausibles einfallen.

Außer, dass ich das erste Mal im Leben von einer Frau eine gescheuert bekommen habe, als ich sie küsste.

»Darf ich Sie etwas fragen, Walter?«

»Sicher«, erwidert er, während wir im Wagen vor dem Eingang zum Friedhof sitzen. Ich verspüre nach wie vor nicht den Wunsch, den Ort tatsächlich zu betreten, obwohl dort nun meine beiden besten Freunde begraben liegen.

»Wenn Sie eine Frau küssen und diese Ihnen danach eine scheuert – ist das ein gutes oder schlechtes Zeichen?«

Walters Mundwinkel zucken verdächtig nach oben und er lacht in sich hinein, anstatt mir eine Antwort zu geben.

»Schon klar«, seufze ich geschlagen und lehne mich in den bequemen Sitz zurück. »Fahren Sie mich nach Hause. Ich kann eine heiße Dusche vertragen.«

»Wie Sie wünschen.«

Er startet den Wagen. Und mit knirschendem Kies unter den Reifen verlassen wir den Parkplatz des Friedhofs. So sehr ich auch versuche, von dem Gefühl des Kusses loszukommen, es hat von jeder Faser meines Körpers

Besitz ergriffen. Und ob ich will oder nicht – es ist eines der wenigen Dinge in den letzten Monaten, die mich alleine bei dem Gedanken daran lächeln lassen.

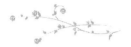

Am nächsten Tag komme ich deutlich zu spät zu meinem Dienst ins Regenbogenhaus. Seit Langem bin ich nicht mehr so oft in der Nacht aufgewacht und habe somit verschlafen. Der Berufsverkehr tat sein Übriges.

»Ich bin jetzt da. Der Verkehr …«, starte ich meine Entschuldigung, als ich in Hettys offen stehendes Büro laufe. Ich vergesse aber sofort, was ich sagen wollte, als ich in ihr Gesicht blicke. »Was ist passiert?«, frage ich sie.

Sie reagiert nicht, stattdessen lässt sie mich im Büro stehen. Ich laufe ihr sofort hinterher.

»Was ist passiert?«, frage ich alarmiert nach.

Sie ignoriert meine Frage und verlässt an mir vorbei ihre kleine Rumpelkammer. Ich folge ihr in die Küche, wo sie mit Ben ein paar Worte wechselt, die ich nicht verstehen kann. Ich kann aber deutlich seine besorgte Miene sehen. Ich trete näher heran und verstehe das Ende seines Satzes.

»Ich fahr sofort hin.«

»Moment!«, fahre ich dazwischen, als er sich schon auf und davon machen wollte. »Was ist los?« Ein ungutes Gefühl sticht mir in die Brust und breitet sich mit jeder Sekunde in weitere Körperregionen aus.

Ben bleibt stehen und blickt fragend zu der Hexe, die mich missmutig mustert. Schließlich scheint sie sich davon überzeugt zu haben, dass meine Besorgnis ehrlich gemeint ist, da sie mir meine Frage beantwortet.

»Maisie sah gestern nicht gut aus. Heute ist sie nicht erschienen.«

Alle meine Alarmglocken schrillen. »Ich fahr hin«, sage ich sofort und lasse es nicht als eine Diskussionsgrundlage klingen.

»Ich denke, dass Ben das wunderbar hinkriegt.«

»Es ist meine Schuld«, fahre ich ihr über den Mund. Ben und Hetty blicken mich beide perplex an. »Wir hatten einen Streit und …«

»Was für einen Streit?«, hakt Hetty misstrauisch nach.

»Ich bin ihr zu nah auf die Pelle gerückt«, versuche ich, die Wahrheit zumindest im Ansatz zu treffen.

»Ich denke nicht …«, beginnt Ben, ich lasse den Mistkerl aber nicht zu Ende sprechen.

»Es ist mir egal, was du denkst«, sage ich in seine Richtung, ehe ich mich wieder der Hexe zuwende. »Ich hab's verbockt. Lassen Sie mich das richten.«

Ihre Augen verengen sich zu Schlitzen.

»Hetty, ich regle das«, mischt sich das Arschloch wieder ein.

Ich wende mich ihm wieder zu und hole Luft, um ihm verbal mitzuteilen, was ich von ihm und seiner bescheuerten Einmischung in das Problem halte, als sie geschlagen aufseufzt. »Er geht«, sagt sie und zeigt auf mich. Ben will zu

Widerworten ansetzen, aber ein Blick von Hetty genügt und er behält seinen Missmut für sich. Ich kann mir ein süffisantes Grinsen nicht verkneifen, als ich an ihm vorbei der Hexe zurück in ihr Büro folge. Dort gibt sie mir Maisies Adresse.

»Geben Sie Bescheid, wenn Sie bei ihr sind«, ermahnt sie mich. Andere Leute hätten es als Bitte formuliert.

»Aye Aye, Chefin«, erwidere ich. Sie verzieht keine Miene. »Ja, werde ich tun«, füge ich in einem versöhnlicheren Tonfall hinzu.

»Danke. Und jetzt sehen Sie zu, dass Sie zu ihr kommen, um nach dem Rechten zu sehen«, scheucht sie mich mit ihrer üblichen Tonlage aus dem Büro.

Ich rufe Walter an und bin wenige Augenblicke später auf dem Weg in eine Gegend, die ich vorher noch nie betreten habe.

Als Walter den Wagen rechts ran fährt und mich fragend ansieht, weil ich nicht sofort aussteige, habe ich die Adresse auf Hettys Zettel bereits fünfmal kontrolliert. Maisie wohnt nie im Leben in dieser Gegend. Vor allem nicht in der Straße und dem Haus, vor dem ich mich gerade befinde.

»Sicher, dass wir richtig sind?«, frage ich zweifelnd Walter.

Er nickt.

»Wunderbar.«

Ich zögere. Wahrscheinlich wohnt sie hier gar nicht und hat Hetty eine falsche Adresse gegeben. Das würde zu ihrem seltsamen Charakter passen. Dann werde ich von einer der Gestalten, die hier herumlungern, in einer dunklen Ecke abgestochen, ohne Maisie überhaupt zu Gesicht bekommen zu haben.

»Soll ich Sie begleiten?«, bietet Walter mir an.

»Nein. Bleiben Sie hier und passen auf das Auto auf«, erwidere ich mit Blick auf ein paar Kerle, die auf einer Mauer abhängen und mit finsteren Mienen zu uns herüberblicken. »Wenn ich in zehn Minuten nicht wieder da bin, sehen Sie zu, dass Sie hier wegkommen«, witzle ich, obwohl mir absolut nicht zum Lachen zumute ist.

Ich steige aus dem Wagen, schließe die Tür und betrachte den heruntergekommenen Apartmentkomplex. Widerwillig setze ich einen Schritt vor den anderen, bis ich vor der Eingangstür stehe, die ihre besten Jahre bereits hinter sich hat. Ich kann sie ohne Mühe aufdrücken. Im Inneren riecht es muffig. Undefinierbare Flecken sind überall an den Wänden. Dass der Boden sich nicht bewegt, ist ein Wunder. In den Ecken erblicke ich Tierexkremente. Ich blinzle mehrfach und versuche, so wenig wie möglich zu atmen. Das kann nicht Maisies Ernst sein.

Ich blicke auf Hettys Zettel, um die Apartmentnummer herauszufinden. Sie hat mir aber keine aufgeschrieben. Genervt atme ich tief durch. Ich bemerke den Fehler erst, als mir der saure Geruch des Gebäudes in die Nase steigt.

Ich überlege, zurück zum Eingang zu gehen, um der Klingeltafel Maisies Apartmentnummer zu entnehmen. Das macht aber keinen Sinn, da ich ihren Nachnamen nicht kenne und ich ein paar meiner Luxusuhren darauf verwetten würde, ihren Namen, selbst wenn ich ihn wüsste, dort nicht zu finden. Wahrscheinlich gibt es nicht einmal so etwas wie Klingeln.

Verloren blicke ich mich in dem Flur um. Sie könnte in jedem dieser Drecklöcher, die irgendjemand als Wohnungen bezeichnet, hausen. Sofern sie tatsächlich hier wohnt und das kein schlechter Witz ist. Immerhin würde das erklären, warum die Hexe mich statt den Polizisten geschickt hat.

Während ich über meine Alternativen nachdenke – entweder an jeder Tür klopfen oder zurück ins Regenbogenhaus fahren –, kommt mir ein groß gewachsener Kerl mit mehreren Goldkettchen um den Hals und einer Hose in den Kniekehlen entgegen.

Es war immer mein Traum, von so jemandem in einem Armutsviertel abgeknallt zu werden.

Er sieht mich und greift mit einer Hand in den Rücken. Sofort zucke ich zusammen. Atme aber erleichtert auf, als er nur versucht, seine Hose hochzuziehen. Der Kerl betrachtet mich abschätzend von oben bis unten. An meinen Schuhen bleibt er hängen und grinst mich dann zufrieden an.

»Geiler Look, Alter«, sagt er und reckt mir den Daumen entgegen.

Ich erwidere die Geste.

»Hey«, rufe ich ihm hinterher, als er schon an mir vorbei ist. Er bleibt stehen und sieht mich fragend an. »Ich such eine Freundin von mir. So groß, blonde Haare, braune

Augen?«

Irritiert starrt er auf meine flache Hand, die ich hochhalte, um Maisies Größe zu beschreiben. Okay, ich hab's frauenfreundlich versucht. »Große Titten, geiler Arsch?«

»Blond sagst du?«

Ich nicke. Er überlegt einen Moment.

»Die in 14b hat große Titten und einen geilen Arsch.«

»Danke«, erwidere ich und verziehe mich. Sobald ich Maisies Knackarsch gefunden habe, werde ich sie packen und hier herausholen. So viel steht fest.

Ich suche nach Apartment 14b und werde im zweiten Obergeschoss fündig. Die 4 hängt schief an der Tür und das b fehlt gänzlich. Lediglich ein Schatten auf der Tür verrät, dass es dort einmal hing.

Ich klopfe an die Tür. Im ersten Moment tut sich nichts. Dann klopfe ich erneut. Dieses Mal knirscht das Holz unter meiner Faust. Mit jedem Klopfen spüre ich die Vibration meines Schlags auf der Tür deutlicher. Ich habe wirklich nicht vor, länger als nötig in diesem Gebäude zu sein. Gerade als ich darüber nachdenke, die Tür einzutreten, wird sie geöffnet.

Maisies Augen sind rot und geschwollen. Ihre Lippen und ihr gesamter Körper beben. Sie ist leichenblass und ihr Blick untypisch verschwommen.

»Ist alles okay?«, frage ich, obwohl das offensichtlich nicht der Fall ist.

Maisie antwortet nicht, stattdessen sacken ihr die Beine weg. Meine Hände schnellen nach vorne, um sie vor einem

Sturz zu bewahren. Sobald ich ihren Körper unter meinen Fingern spüre, beschleicht mich ein ungutes Gefühl. Sie glüht und zittert wie ein Vulkan kurz vor dem Ausbruch. Mit dem einen Arm halte ich sie, mit der anderen Hand berühre ich ihre schweißnasse Stirn.

»Scheiße«, fluche ich, hebe sie hoch und betrete die Wohnung. Es ist eiskalt. Wenn ich einen Lichtschalter finden würde, sähe ich mit Sicherheit meinen eigenen Atem. Ich ertaste im Halbdunkeln eine Matratze und lege Maisies schwächlichen Körper behutsam auf die Decke. Dann ziehe ich mein Handy aus der Hosentasche und suche mit der Taschenlampenfunktion einen Lichtschalter. Sobald ich an der Wand einen gefunden habe, drücke ich ihn mehrfach. Es tut sich aber nichts.

»Gottverdammt«, murre ich und eile zurück zu Maisie. »Maisie?«, spreche ich sie an. »Hey. Mach die Augen auf, Zuckerpuppe.« Sie reagiert aber weder auf ihren Namen noch auf das Kosewort. Ihre Lider flackern.

Sie muss sich in der Kälte der letzten Tage eine Einladung für den Tod geholt haben.

»Ich rufe einen Krankenwagen«, teile ich ihr in ihrem Delirium mit, damit sie es mir am Ende nicht vorwerfen kann. Ich wähle die Nummer des Notrufs, als sie mich am Arm packt.

»Keinen Krankenwagen«, bringt sie keuchend hervor. Sie schließt die Augen sofort wieder und lässt sich in die Kissen sinken.

»Dann fahre ich dich ins Krankenhaus.« Ich stecke mein

Handy weg und greife nach ihr.

»Nein«, murmelt sie, sobald ich sie berühre.

»Ich bin kein Arzt, dennoch ist selbst mir klar, dass es dir absolut nicht gut geht und du in ein Krankenhaus gehörst.«

»Kein Krankenhaus«, wiederholt sie sich.

»Ich diskutiere mit dir nicht«, erwidere ich und packe sie.

Obwohl sie so schwach ist, wehrt sie sich mit allen Kräften gegen mich. »Lass mich los!«

Ich lockere sofort meinen Griff. Trotz ihres Zustands blickt sie mich mit panisch aufgerissenen Augen an. Schneller als ihr lieb ist fallen ihr die Augen zu und sie sackt erschöpft wieder auf die Matratze. »Kein Krankenhaus ...«, flüstert sie wieder und wieder.

Unschlüssig lasse ich mich neben sie auf die Matratze sinken und starre sie an. Ihre Brust hebt und senkt sich immer wieder, während sie mit jedem Atemzug schwächer zu werden scheint. Mit den Händen fahre ich über mein Gesicht und versuche, einen klaren Gedanken zu fassen. Ich nehme den erstbesten, der mir in den Kopf kommt.

Entschlossen greife ich nach Maisie und hebe sie hoch.

»Lass mich ... los ...« Sie versucht wieder Gegenwehr zu leisten, mittlerweile schafft sie es kaum noch. »Kein ...«

»Kein Krankenhaus. Das habe ich bereits beim ersten Mal verstanden«, erwidere ich und trage sie aus dem Drecksloch von Wohnung in den Flur, der ihrem Apartment in nichts nachsteht.

Tausend Fragen schwirren mir durch den Kopf. Ehe ich auch nur eine aussprechen kann, flackert Maisies Blick wieder und ich bete einfach, dass ich nicht die größte Dummheit meines Lebens begehe, indem ich sie nicht in ein Krankenhaus bringe. Ihr Herz schlägt extrem langsam und ihre Atmung wird mit jedem Zug flacher.

Verdammter Mist.

Sobald Walter mich sieht, springt er aus dem Auto und öffnet mir die Autotür zur Rückbank. Ich lege Maisie behutsam ab und erkenne erst im Tageslicht, wie schlecht sie tatsächlich aussieht. Ich lege eine Decke über sie, die Walter mir aus dem Kofferraum reicht.

»Wohin soll ich Sie fahren?«, fragt mich Walter, sobald er hinter dem Steuer Platz genommen hat.

Ich kneife die Augen zusammen, um besser nachdenken zu können. Für einen Moment bin ich gewillt, Walter das nächste Krankenhaus anfahren zu lassen. Dann erinnere ich mich an Maisies flehentlichen Blick voller Angst.

»Fahren Sie mich in die 5th Avenue.«

Zögernd betrachtet Walter mich. Danach Maisie. Als ich meine Anweisung nicht korrigiere, startet er endlich den Motor und bringt uns von hier weg.

5th Avenue.

Dort befindet sich meine Wohnung, in die ich seit dem Unfall keinen Fuß mehr gesetzt habe. Es gibt jedoch für alles ein erstes Mal.

14. Kapitel

Maisie

Ich höre Stimmen, die ich nicht kenne.

Meine Finger schließen sich automatisch zu einer Faust. Statt meiner Haut spüre ich einen weichen Stoff. Krampfhaft versuche ich, meine Augen zu öffnen, es will mir aber nicht gelingen. Plötzlich verschwinden die Stimmen wieder, ich höre Schritte, die immer näherkommen.

»Maisie?«

Ich kenne die Stimme, kann sie aber nicht zuordnen. Mein ganzer Körper schmerzt und mein Kopf gleicht Wackelpudding. Jeder Gedanke scheint mir zu entrinnen, ehe ich ihn fassen kann. Dann spüre ich eine Berührung am Handrücken und sehe Lloyd plötzlich in die Augen. Ich wage nicht zu blinzeln. Die Angst, meine Augen nicht wieder öffnen zu können, ist zu groß.

»Wie geht's dir?«, fragt er und mustert mich mit einem kritischen Blick. Ich habe noch nie eine so steile Falte zwischen seinen Augenbrauen gesehen.

Meine Augen beginnen zu brennen und ich schließe sie notgedrungen.

»Wo bin ich?«, flüstere ich mit einer Stimme, die mir fremd ist. Mein Mund ist trocken und mein Hals schmerzt mit jedem Schlucken.

»Nicht im Krankenhaus«, erwidert er.

Erleichtert atme ich aus und lasse meine Augen geschlossen.

»Willst du etwas trinken oder essen?«

Ich deute ein Kopfschütteln an. »Ich glaube, ich will einfach nur schlafen ...«, erwidere ich erschöpft. Die Müdigkeit legt sich wie eine warme Decke über mich. Ich bin in keinem Krankenhaus. Egal wo ich bin – solange es kein Krankenhaus ist, bin ich sicher.

»Okay«, höre ich Lloyd antworten, ehe ich mich dem wohligen Gefühl des Schlafs hingebe.

Ich spüre jeden einzelnen Knochen in meinem Körper. Jede Bewegung schmerzt, weswegen ich einfach zusammengerollt in dem kuschelig warmen Bett liegen bleibe. Ich habe jedes Zeitgefühl verloren. Zum ersten Mal seit sehr langer Zeit fühle ich mich jedoch frei. Ich habe eine Pause vor der ständigen Angst gefunden zu werden. Beinahe hatte ich vergessen, wie befreiend ein Leben ohne Angst ist.

Ich seufze bei dem Gedanken schwer und massiere meine Handgelenke.

»Ich habe hier Pommes.«

Ruckartig drehe ich den Kopf und verziehe sofort das

Gesicht zu einer schmerzverzerrten Grimasse.

»Pommes scheinen deine Aufmerksamkeit mehr zu erregen, als ich«, sagt Lloyd, stellt mir einen Teller Pommes Frites auf den Nachtschrank und nimmt auf dem Sessel mir gegenüber Platz.

Mit einem zufriedenen Ausdruck beobachtet er mich dabei, wie ich mir in Zeitlupe den Teller nehme und mir ein paar Pommes in den Mund stecke. Ich starre unverhohlen zurück.

Wenn er Antworten will, muss er die Fragen stellen.

»Ist dir noch schwindelig?«, fragt er schließlich.

Ich schüttle den Kopf. »Ich fühle mich trotzdem, als hätte mich ein Güterzug überrollt. Und zwar zweimal.«

Seine Mundwinkel verziehen sich zu einem verhaltenen Lächeln. Dann beugt er sich nach vorne, ohne mich aus den Augen zu lassen. »Da du wieder Witze reißen kannst und ich nicht mehr damit rechnen muss, dass du jeden Moment tot umfällst ...«

»Danke«, unterbreche ich ihn. Verblüfft hält er inne. »Danke, dass du mich nicht in ein Krankenhaus gebracht hast.«

»Und ich dachte, du bedankst dich für die Rettung deines Lebens.« Sein theatralischer Unterton entgeht mir nicht.

»Auch dafür – danke.« Ich versuche mich an einem Lächeln. Mehr als eine müde Fratze bekomme ich aber nicht zustande.

»Ich frage dich das jetzt einmal. Entweder bekomme ich eine Antwort oder ich muss unwissend sterben.« Er holt tief

Luft, ehe er mich mit seinen betörenden Augen fixiert. »Was ist dein verdammtes Problem, Maisie?«

Ich lasse die Pommes in meiner Hand zurück auf den Teller sinken und blicke auf meine Finger, die manchmal immer noch zittern. Ich strecke sie mehrfach, ehe ich den Kopf wieder hebe.

»Ich kann es dir nicht sagen.«

»Okay«, erwidert er und hebt geschlagen die Hände. »Ich werde unwissend sterben.« Er stützt sich an den Armlehnen ab und steht auf. »Irgendwelche Wünsche für das Abendessen?«

»Pommes. Die sind gut.«

»Ich kann dir auch Hühnersuppe oder einen Eintopf besorgen.«

»Pommes«, wiederhole ich.

Kopfschüttelnd geht er zurück zur Tür. »Weißt du, warum die Pommes so gut sind?« Er legt eine Pause ein. »Weil sie von einem der besten Sterneköche New Yorks gezaubert wurden.« Er verlässt das Zimmer und lässt mich mit offen stehendem Mund zurück. Als die Tür ins Schloss fällt, blicke ich wieder die Pommes an. Zögernd nehme ich eins der frittierten Kartoffelstäbchen und stecke es mir in den Mund.

Sternekoch.

Der verarscht mich doch, denke ich, während ich den gesamten Teller verputze.

Ich kann wieder alleine auf Toilette gehen. Eine Freiheit, über die ich dankbarer nicht sein könnte. Lloyd hat zwar immer vor der Tür gewartet, aber ich wusste ganz genau, dass er mir beim Pinkeln zuhören kann. Glücklicherweise hat er daraus keine große Nummer gemacht.

Lloyd hat mir Kleidung besorgt. Designerteile, die ihn ein Vermögen gekostet haben müssen, die sich aber wunderbar auf meiner Haut anfühlen. Seit einer gefühlten Ewigkeit habe ich keine Kleidung mehr getragen, die wie angegossen gepasst hat. Lloyd muss mir meine Freude angesehen haben, da er ständig mit neuen Einkaufstüten bekannter Designer zurückkam. Er hat mich oft gefragt, ob ich an die frische Luft will. Ein Spaziergang. Ein paar Schritte aus seinem Apartment. Ich lehnte jedes Mal ab, da ich die Sicherheit, die ich seit meiner Ankunft hier verspüre, nicht aufgeben will. Es ist erlösend, frei von all den negativen Gefühlen zu sein.

Ich ziehe mir eine dunkelgraue, verwaschene Jeans von Armani und einen kuscheligen Pullover mit V-Ausschnitt von Calvin Klein an. Zögernd betrachte ich mich im Spiegel. Meine Haare sind immer noch von der Dusche feucht, ich lasse sie aber heute an der Luft trocknen. Ich kann mich nicht mehr daran erinnern, wann ich mich das letzte Mal so lange im Spiegel angesehen habe. Ich betrachte meine Augen, meine Nase, meine Lippen. Ich hebe die Mundwinkel zu einem Lächeln und kann beobachten, wie sich meine Nase ein Stück nach oben zieht und sich feine Lachfältchen an meinen Augen bilden. Sofort fallen meine

Mundwinkel wieder nach unten und ich erblicke den Ausdruck, der mir allzu bekannt ist.

Ich wende schnell das Gesicht ab und räume das Badezimmer auf, ehe ich es verlasse und meine persönlichen Dinge zurück in das Gästezimmer bringe. Danach betrete ich den einladenden Wohnbereich von Lloyds Apartment. Es verfügt über eine riesige Fensterfront, die einen Panoramablick über den Central Park bietet. Die Sonne geht gerade auf und wirft ein orangefarbenes Licht an die weißen Wände.

»Guten Morgen«, begrüßt mich Lloyd. Er sitzt auf einem Barhocker an der an die offene Wohnküche angeschlossenen Theke und isst Cornflakes, während er in der Times blättert.

»Morgen«, erwidere ich und gehe auf ihn zu.

»Dein Frühstück«, er deutet auf einen Teller neben dem Kühlschrank. Ich nehme mir einen Löffel aus der Schublade und beginne den Obstsalat im Stehen zu essen.

»Du solltest dich setzen.«

»Ich habe die letzte Zeit genug gesessen und gelegen«, erwidere ich, ehe ich mich wieder meinem Obstsalat mit Joghurt und Honig widme.

»Hast du heute etwa vor, diese vier Wände zu verlassen?« Er mustert mich von oben bis unten.

»Ich muss zurück ins Regenbogenhaus«, antworte ich, weiche aber seinem Blick aus. Ich höre, wie er seinen Löffel weglegt.

»Du *musst* nirgendwohin.«

»Doch.« Ich blicke ihn wieder an, was ich sofort bereue. Sein stechender Blick bohrt sich direkt in meinen Kopf.

»Hetty weiß, dass du hier bist, und sie wird mich einen Kopf kürzer machen, wenn du bei ihr auf der Matte stehst, obwohl es dir noch nicht gut genug geht.«

»Mir geht es gut genug«, lege ich sofort Widerworte ein und spüre die Falte auf meiner Stirn, die ich in Lloyds Gegenwart immer öfter bekomme. Vor allem, seitdem ich praktisch mit ihm zusammenwohne. »Es ist auch an der Zeit, zurück in meine Wohnung zu gehen.«

Lloyd lacht auf.

»Was ist so witzig?«, zische ich genervt und stelle meinen Frühstücksteller zur Seite. Das scheint ein längeres Gespräch zu werden. Ich verschränke die Arme vor der Brust und funkle ihn an.

»Glaubst du ernsthaft, dass ich dich in dieses Dreckloch zurücklasse?«

»Ja.«

»Dann teile ich dir hiermit mit, dass das nicht passieren wird.« Er nimmt seinen Löffel wieder in die Hand und isst seelenruhig weiter.

»Du kannst darüber nicht bestimmen.«

Er lässt den Löffel in der Schüssel liegen, ehe er sich wieder mir widmet. »Hast du die Typen gesehen, die da rumlaufen? Ich bin ein Mann, der sich verteidigen kann und mir war unwohl.« Ich verdrehe die Augen. »Ich meine das ernst, Maisie. Du wärst da beinahe verreckt und es hätte niemanden gekümmert. Oh doch. Die Ratten. Die hätten dann zumindest ein Frühstück gehabt.« Er spuckt mir die Worte förmlich entgegen.

»Selbst wenn! Es ist mein Problem!«

»Mir egal!«

Wir liefern uns ein wildes Blickduell, das er am Ende gewinnt, da ich den Kopf senke. Ich muss über meine Optionen nachdenken. Und das kann ich nicht, wenn Lloyd mich anstarrt und mich bemuttern will.

»Ich gehe«, kündige ich an, werfe ihm einen letzten Blick zu, den er ignoriert, während er sich wieder seinen Cornflakes widmet.

»Viel Spaß«, erwidert er und hebt sogar noch die Hand, um mir zu winken.

Ich ignoriere ihn und seine überhebliche Art, gehe in das Zimmer, das ich bis jetzt bewohnt habe, und sammle die wichtigsten Sachen ein. Dann stürme ich zur Eingangstür. Für einen Moment halte ich das kühle Metall der Klinke in der Hand und schließe die Augen. Ich sollte mich bei Lloyd ein letztes Mal bedanken. Auch wenn er ein selbstgefälliges Arschloch ist, hat er mir das Leben gerettet. Alleine aber der Gedanke, zurück zu ihm zu gehen und ihm das zu geben, was er gerade will, lässt mich mein Vorhaben ganz schnell überdenken.

Ich drücke die Klinke nach unten und will die Tür aufziehen. Sie gibt aber nicht nach.

»Abgeschlossen«, spricht Lloyd meinen Gedanken aus.

Ich drehe mich wütend zu ihm um. »Mach die Tür auf.«

»Nein.« Er lehnt sich gegen die Wand und steckt sich die

Hände in die Hosentaschen.

»Du kannst mich hier nicht festhalten.«

»Kann ich schon«, erwidert er seelenruhig.

Ich presse die Lippen fest zusammen, um genug Überwindung für die nächsten Worte zu finden. »Würdest du bitte die Tür aufschließen?«

»Du kennst meine Antwort – nein.«

Ich fasse mir an die Stirn. »Warum?«, platzt es aus mir heraus und ich starre ihn wütend an. Das scheint ihn aber nicht im Geringsten zu kümmern.

»Der nette Mann, der hier war, um dich zurück ins Leben zu holen. Kannst du dich noch an ihn erinnern?«

Ich antworte nicht. Natürlich kann ich das.

»8000 Dollar. Das hat er mich gekostet, weil du nicht in ein Krankenhaus wolltest. Wenn du mir den Grund dafür nicht nennen willst, ist das deine Sache. Es geht mich auch nichts an. Tatsache ist aber, dass ich nicht einen Batzen Geld dafür bezahlt habe, deinen hübschen Hintern zu retten, damit du schnurstracks zurück in dein Rattenloch kriechst und ich ihn in zwei Wochen wieder da heraustragen muss.« Sein Gesichtsausdruck ist ernst. Unter seinem Blick spüre ich die Röte, die sich auf meinen Wangen ausbreitet.

»Ich würde es dir zurückzahlen, wenn …«

»Ich will kein Geld von dir. Ich will, dass du vernünftig wirst und einsiehst, dass es gewisse Orte gibt, die eine Frau wie du nie betreten sollte. Weißt du, wie Hetty geguckt hat, als ich ihr davon erzählt habe? Als würde ihr gerade jemand sagen, dass das Regenbogenhaus abbrennt.«

Betreten starre ich die Sneakers an meinen Füßen an. Lloyd hat recht. Auf so vielen Ebenen hat er einfach recht. Ich kann meine Lebenssituation aber nicht ändern.

»Du verstehst das nicht.«

»Natürlich verstehe ich das nicht. Du redest mit mir ja auch nicht darüber. Was aber nicht bedeutet, dass ich mich aus deinem Leben heraushalte.«

»Du kannst nichts tun. Niemand kann das«, erwidere ich aus Verzweiflung den Tränen nahe. Meine Fingernägel graben sich schmerzhaft in meine Handinnenfläche.

»Ich weiß«, gibt er in einem sanften Tonfall wieder. »Du willst dir schließlich nicht helfen lassen. Alle anderen haben dir das durchgehen lassen, bei mir bist du damit aber an der falschen Adresse.« Er greift in seine Hosentasche und zieht ein kleines Plüschtier heraus. »Hier.« Er wirft es mir herüber. »Du kannst so lange bleiben, wie du möchtest.« Mit den Worten dreht er sich um und geht zurück zu seinen Cornflakes.

Ich halte das kleine Plüschzebra in Händen und fühle jetzt erst den Schlüssel, der daran hängt.

Ich drehe mich zurück zur Tür, schließe sie auf und verlasse Lloyds Apartment.

15. Kapitel

Lloyd

Am Nachmittag sitze ich mit einer Schüssel Popcorn auf dem Sofa und sehe mir die Wiederholung eines Baseballspiels im Fernsehen an, als ich einen Schlüssel in der Tür höre. Ich blicke zum Flur, in dem wenige Momente später Maisie auftaucht. Sie trägt verschiedene Tüten in den Händen, die augenscheinlich Habseligkeiten aus ihrer Wohnung beinhalten. Unschlüssig bleibt sie stehen und starrt mich an. Darin sind wir mittlerweile bestimmt Weltmeister – im wortlosen gegenseitigen Anstarren.

Sie wendet sich ab und verschwindet im Gästezimmer. Wenig später höre ich die Tür zum Badezimmer und kann mir ein zufriedenes Grinsen nicht verkneifen.

Gelassen schaue ich das Spiel zu Ende. Erst als die Kommentatoren über einige Spielzüge diskutieren, fällt mir auf, dass Maisie aus dem Badezimmer nicht wieder herausgekommen ist. Zumindest habe ich es nicht gehört.

Ich schalte den Fernseher aus und stelle die halb leere Popcornschüssel auf den Wohnzimmertisch, ehe ich mich erhebe. Erst werfe ich einen Blick in das Gästezimmer. Es ist aber leer.

Dann klopfe ich an die Badezimmertür. Ich vernehme aber keine Antwort.

»Maisie?«, rufe ich ihren Namen. Als ich wieder keine Antwort erhalte, drücke ich die Türklinke nach unten und kann sie öffnen.

Maisie liegt mit geschlossenen Augen in der Badewanne. Langsam gehe ich auf sie zu. Vor der Badewanne gehe ich in die Hocke und beobachte sie. Ihre Atemzüge, das sanfte Heben und Senken ihres Brustkorbs, ihr friedlicher Gesichtsausdruck, wenn sie schläft.

»Maisie?«, flüstere ich und fahre mit dem Rücken meines Zeigefingers über ihre Schläfe und dann ihre Wange hinab. »Maisie«, wiederhole ich ihren Namen nun fordernder. Langsam ziehen sich ihre Brauen zusammen und ein leises Stöhnen kommt über ihre Lippen. »Hey, wach auf«, versuche ich es weiter, sie zu vollem Bewusstsein zu bekommen. Ich beobachte jede ihrer Gesichtsregungen, bis sie ihre nasse Hand an ihre Stirn führt und langsam die Augen öffnet. Erst blinzelt sie verwirrt ins Leere, ehe sich ihre Augen auf mich fixieren. Sie braucht einen Moment, um zu realisieren, wer vor ihr sitzt. Sobald ihr Gehirn wieder in Gang gekommen ist, setzt sie sich abrupt aufrecht hin und hält sich ihre Arme vor die Brust.

Ich hebe abwehrend die Hände. »Nichts, was ich nicht schon gesehen habe.«

»Was hast du hier drin zu suchen?«

»Ich wollte nach dem Rechten sehen.«

»Das hier ist ein Badezimmer! Und ich bin nackt!

»Wie gesagt – nichts, das ich nicht schon gesehen habe«, wiederhole ich mich und blicke ihr provokativ auf die Arme, die ihre wohlgeformten Brüste verdecken. »Außerdem war die Tür nicht abgeschlossen.«

»Was nicht einer Einladung gleich kommt!«

Ich erhebe mich und hole mehrere flauschige Handtücher aus einem der Badezimmerschränke. »Bitteschön«, sage ich und hänge sie über den Wannenrand. »Und ehe du mich als Spanner beschimpfst, gestatte ich dir ebenfalls den Anblick auf meinen wundervollen Körper.« Ich ziehe mir T-Shirt und Jogginghose aus und lasse die Kleidungsstücke achtlos auf die dunklen Fliesen fallen. Die Boxershorts ziehe ich erst in der Duschkabine aus und werfe sie über den Sichtschutz. »Nur damit du Bescheid weißt – ich bin jetzt auch nackt.«

Ich warte einen Moment, das Wasser einzuschalten, damit ich keine ihrer bissigen Antworten verpasse. Es kommt aber keine. Ich höre lediglich, wie sie langsam aus der Wanne klettert. Wenige Sekunden später öffnet und schließt sich die Tür zum Badezimmer.

So viel dazu.

Ich schalte die Dusche an und genieße das heiße Wasser auf meinem Körper. Ich hatte nicht geplant zu duschen. Eine Dusche erschien mir nach dem Anblick ihres nackten Körpers aber angebracht. Ich starre auf meine Latte.

Herrgott noch mal.

Ich blicke zur Tür.

Sie wird mit Sicherheit nicht zurückkommen, weswegen ich die Chance nutze, mich dem Problem zwischen meinen Beinen zu widmen.

Maisie sitzt im Schneidersitz auf dem Sofa, blickt nach draußen und isst die Reste meines Popcorns.

»Schmeckt's?«, frage ich, während ich mir eine Flasche Sprudelwasser aus dem Kühlschrank nehme. Als ich mit der Flasche neben ihr stehe und einen kräftigen Schluck trinke, beachtet sie mich immer noch nicht.

»So funktioniert das zwischen Mitbewohnern nicht.«

Sie funkelt mich genervt an. »Du hast meine Privatsphäre verletzt.«

»Für meine Begriffe hättest du auch tot in der Wanne liegen können.«

»Würdest du dir bitte etwas anziehen?« Ihr Blick klebt magisch auf meinem Brustkorb fest. Ich habe mir lediglich meine Jogginghose wieder angezogen. Ich wollte mir ein frisches T-Shirt holen, mein Interesse an Maisies Verbleib war aber größer.

»Nein«, erwidere ich amüsiert und setze mich neben sie. Sie konnte sich immer noch nicht von dem Anblick losreißen. »Willst du es mal anfassen?«, frage ich und zeige auf mein Sixpack. Endlich wandern ihre Augen wieder zu meinem Gesicht. Die leichte Röte auf ihren Wangen entgeht mir nicht. Von ihrem Bad stammt sie mit Sicherheit nicht. »Warum bist du zurückgekommen?«, frage ich schließlich und greife in die Schüssel auf ihrem Schoß.

Sie lässt ihre Hände sinken und blickt in die Ferne. »Kennst du das Gefühl, weglaufen zu wollen, aber der

Abstand zwischen dem, was dich verfolgt, und dir selbst wird einfach nicht größer? Stattdessen hast du das Gefühl, je schneller du rennst, desto näher kommt es?« Sie dreht den Kopf und sieht mich mit einer Verletzlichkeit an, die ich nur zu gut kenne. Seit dem Unfall habe ich versucht, vor dem Geschehenen davonzulaufen, es holte mich aber jeden Moment meines Lebens wieder ein. Bis ich im Regenbogenhaus anfing und plötzlich das Gefühl verspürte, wieder frei atmen zu können. Auch wenn es nur wenige Augenblicke am Tag waren. Aber ich fühlte mich wieder wie ein Mensch und nicht wie ein Wrack.

»Ich weiß, was du meinst«, erwidere ich.

»Ich bin einfach so müde von der Flucht«, flüstert sie. »Hier zu sein, ist wie eine Pause. Sobald ich meine Wohnung betreten habe, war alles wieder da. Die Angst, die Panik, das Gefühl, ersticken zu müssen. Ich will dir nicht zur Last fallen. Wenn du also …«

»Ich sagte dir bereits, du kannst so lange bleiben, wie du willst. Das meine ich ernst.«

Sie lächelt mich verhalten an, ehe sie erneut aus dem Fenster blickt und sich mehrere Haarsträhnen hinter das Ohr streicht.

»Ich war seit dem Unfall nicht mehr hier gewesen«, kommt es plötzlich über meine Lippen. Verblüfft sieht sie mich wieder an. »Ich habe es nicht ertragen. Zu viele Erinnerungen hingen an diesem Ort.«

»Wieso bist du dann wieder hier?«

»Du wolltest in kein Krankenhaus. Das war der einzige

Ort, der mir einfiel. Und sobald ich einmal die Türschwelle übertreten hatte, kam ich mir für mein Verhalten idiotisch vor«, gestehe ich.

»Wie ist das mit dem Autounfall passiert?«

»Wir hatten gekokst. Es war irgendein billiges Zeug von der Straße, dem ein Stoff untergemischt war, auf den ich allergisch reagiert habe. Ich verlor kurz vor dem Unfall das Bewusstsein und kann mich kaum noch an etwas erinnern.«

»Es tut mir leid, dass du deine Freunde verloren hast.«

»Auf eine Art und Weise waren wir selbst schuld, auch wenn der Lkw-Fahrer eine rote Ampel übersehen hatte. Aber wenn das Koks nicht gewesen wäre, hätte es eventuell ...«

»Mach dich nicht mit solchen Gedanken kaputt«, fällt sie mir ins Wort. »Sie können nichts ändern. Sie setzen uns lediglich Schuldgefühle in den Kopf.« Sie stellt die Popcornschüssel zwischen uns und steht auf. »Bei dir ist es das Koks, bei mir eine E-Mail, die ich nie hätte sehen dürfen.« Ein schwaches Lächeln umspielt ihre Mundwinkel. »Fahren wir morgen gemeinsam ins Regenbogenhaus?«

Ich nicke. Immerhin scheint es ihr gut genug zu gehen, dass die Hexe mir nicht den Kopf abreißt. Zumal sie mir die Füße küssen müsste.

»Ich ruh mich aus, damit du mich morgen Früh auch aus der Tür lässt«, sagt sie auf dem Weg zu dem Gästezimmer.

»Du hast doch jetzt einen Schlüssel«, rufe ich hinterher.

»Du bist trotzdem stärker als ich.«

Wo sie recht hat, hat sie recht.

16. Kapitel

Maisie

Verantwortungslos.

Gedankenlos.

Unachtsam.

Absolut bescheuert.

Das sind die Wörter, die mir Hetty an den Kopf knallt, sobald ich das Regenbogenhaus betrete. Ein Wortschwall nach dem anderen fliegt über ihre Lippen. Ich lasse alles über mich ergehen. Schließlich hat sie mit jedem Wort recht.

Es war eine Dummheit.

Und auch wenn ich es vermeiden wollte, gibt es Menschen in meinem Leben, die sich um mich sorgen.

»Du dummes Mädchen«, tadelt Hetty mich schließlich mit Tränen in den Augenwinkeln und umarmt mich so fest, dass mir die Luft schmerzhaft aus den Lungen gedrückt wird.

»Hetty«, stöhne ich. Sie lässt mich sofort los. Und während sie sich die Augenwinkel abtupft, reibe ich meine Brust, um den Schmerz zu lindern.

»Du wirst hier einziehen«, stellt sie mit einer Tonlage klar, die keine Widerworte duldet.

»Nein, werde ich nicht«, seufze ich.

»Das wird nicht ein zweites Mal passieren.«

»Du brauchst den Platz hier.«

»Du brauchst auch einen Ort zum Schlafen. Glaub ja nicht, dass Lloyd mir nicht erzählt hat, wo du gehaust hast.«

Er hat mich vorgewarnt. Man könnte fast meinen, dass Hetty und er in meiner Abwesenheit beste Freunde geworden sind. »Ich weiß«, gebe ich geschlagen von mir. »Aber ich habe ein Arrangement gefunden, das vorerst für mich funktioniert.«

Hetty hebt fragend ihre Augenbrauen. »Was für ein Arrangement?«

Ich knibble an meinen Fingern herum. »Es hat nichts mit Prostitution oder Drogen zu tun.«

»Spuck's aus, Maisie«, fordert sie nun.

»Lloyd hat mir angeboten, vorübergehend bei ihm zu wohnen«, gestehe ich schließlich. Was soll ich auch um den heißen Brei herumreden? Sie wird es früher oder später erfahren, weil Lloyd augenscheinlich eine Labertasche ist und ich zu seiner Wohnung nicht laufen kann, sondern auf eine Mitfahrgelegenheit angewiesen bin. Immerhin dauert die Fahrt mit dem Auto eine gute Stunde.

Hetty sagt dazu nichts. Ihren Blick kenne ich aber zu gut. Sie hat zu dem Thema eine Meinung, behält sie aber für sich. Sie kann die Situationen gut abschätzen, in denen es besser ist, den Dingen ihren freien Lauf zu lassen. Auch wenn ihr das nicht passt.

»Die Tür steht dir immer offen.«

»Sollte ich ihm nachts an die Gurgel gehen, werde ich das

Angebot dankend annehmen.«

»Mich überrascht es, dass du ...« Sie spricht den Satz nicht zu Ende. Ich weiß aber, was sie sagen will.

»Mich überrascht es nicht weniger«, erwidere ich gedankenverloren. Mir kommen die Erinnerungen an die letzten Tage vor Augen. Ich war der Meinung, das richtige Bild von Lloyd zu haben. Es hat mittlerweile aber so viele Kratzer, dass es nicht mehr viel mit meiner ersten Meinung von ihm gemein hat. »Hast du den Umschlag noch, den ich dir damals gegeben habe?«, wechsle ich das Thema.

Hetty nickt.

»Möglicherweise brauchst du ihn demnächst«, kündige ich an.

»Maisie, wenn ...«

»Es ist alles gut, so wie es ist«, fahre ich ihr über den Mund.

»Du hast dich verändert, seitdem er hier ist«, stellt sie fest.

Mir ist bewusst *was* und *wen* sie meint. Es ist mir selbst nicht entgangen. Mit jedem Tag erkenne ich mich selbst ein Stück wieder. Mein früheres Ich. Die Person, die ich war, bevor mir mein Leben genommen wurde. Ich kann nur nicht einschätzen, ob es eine gute oder schlechte Sache ist.

»Du lächelst wieder.«

Ich reagiere auf ihre Feststellung nicht. Ich wollte mir längst einen Plan zurechtgelegt haben, der mich von hier fortbringt. Als ich das letzte Mal planlos aus meinem alten Leben verschwunden bin, fand mich Oliver verwahrlost in einem seiner Gewächshäuser. Dieses Mal muss ich besser vorbereitet sein. Wenn ich aber darüber nachdenken will, zieht sich alles in mir zusammen und ich lasse es sein. Ich gebe dem einen Gefühl nach, das ich nicht haben sollte.

Hoffnung.

Hoffnung, dass ich hier bei Hetty und den Kindern bleiben kann. Dass alles irgendwann ein Ende hat und ich hier einen Neuanfang starten kann.

Ohne die Angst.

Den ständigen Blick über die Schulter.

Stattdessen mit einem Lächeln.

»Ich mach mich dann an die Arbeit«, sage ich.

»Wenn du in die Kälte gehst, schleppe ich dich eigenhändig wieder in die Wärme. Und wenn du dich überanstrengst, stecke ich dich in eins der Betten oben.«

»Verstanden«, erwidere ich mit einem Lächeln.

Das Gefühl eines Lächelns im Gesicht ist so viel schöner, als der Missmut, den ich mir die letzten Jahre aufgezwungen habe.

Ich schaue den Kindern bei den Hausaufgaben über die Schulter, lese Geschichten vor und helfe in der Küche. Sehnsüchtig blicke ich in den Garten. Die Kinder wussten, dass es mir nicht gut geht und haben ihr Bestes getan, sich um die Beete zu kümmern. Wenn ich ehrlich bin, gleichen sie aber eher einem Trümmerfeld als einem gepflegten

Garten. Die Kälte ist verschwunden und hat der Sonne wieder Platz gemacht. Draußen herrscht eine angenehme Wärme und ich bin an das Haus gefesselt.

Als ich nach dem gemeinsamen Kochen die Kompostreste einsammle, gehe ich mit dem Eimer in den Garten und betrachte das Schlachtfeld von Nahem. Sollte Hetty mich jemals wieder an die frische Luft lassen, wartet jede Menge arbeitet auf mich. Ich kippe den Inhalt des Eimers in das Schweinegehege. Erica und Emilia freuen sich über die unverhofften Leckereien und machen sich sofort darüber her.

Ich lehne mich an das Gehege und beobachte die beiden für einen Moment.

»Du hältst nicht viel von deiner Gesundheit, oder?«

Lloyd stellt sich direkt neben mich.

»Ich habe die Schweine mit den Resten aus der Küche gefüttert«, rechtfertige ich mich und wende mich ihm zu. Er hat die Arme vor der Brust verschränkt und taxiert mich kritisch. »Du tust fast so, als würde mich ein Regentropfen umbringen.«

»Ich gehe vom Worst-Case-Szenario aus.«

Ich lache auf. »Du spinnst.«

»Ich habe meine beiden besten Freunde verloren, weil ich mich nicht genug gekümmert habe. Das wird mir bei dir nicht passieren.« Sein Tonfall steht seinem ernsten Blick in nichts nach.

»Du tust gerade so, als ...«

»Als wären wir Freunde?«, fährt er mir ungehalten über

den Mund. »Du bist momentan das Nächste, was ich an einer Freundin habe. Also verzeih bitte, wenn ich mich zu sehr in deine Angelegenheiten einmische. Aber Freunde machen das nun mal so.«

Bei seinen Worten beginnt mein Herz schneller zu schlagen. Es findet einen Rhythmus, den ich lange nicht mehr gespürt habe. Es fühlt sich aufregend, faszinierend und beflügelnd an. Reflexartig greife ich mir an die Brust und wende den Blick ab, da ich Lloyds bohrendem Blick nicht länger standhalten kann. Zu meinem heftig schlagenden Herz gesellt sich die Erinnerung an den Kuss. Ein Kuss, der sich in mein Gedächtnis wie Lava auf Stein eingebrannt hat. Ich fühlte den Kuss bereits, bevor er passierte. Lloyds Gesichtsausdruck hat ihn verraten. Für den Bruchteil eines Augenblicks malte ich mir aus, wie es sein würde, von ihm geküsst zu werden. Alle Möglichkeiten streiften meine Vorstellungskraft.

Bis auf die Realität.

Ich hatte einen harten und fordernden Kuss erwartet. Stattdessen fühlten sich seine Lippen so unglaublich warm und weich an. Er umfasste mich so sanft, als wäre ich das Kostbarste auf der ganzen weiten Welt für ihn. Seit diesem Moment versuche ich das Gefühl zu unterdrücken, aber es glimmt immer wieder auf, wenn ich in seiner Gegenwart bin.

Bevor der Funke in meiner Brust zu einem lodernden Feuer wird, drehe ich auf dem Absatz um und gehe zurück ins Haus. Als ich mir sicher bin, dass Lloyd mir nicht folgt, atme ich erleichtert auf.

Sein Angebot anzunehmen, war die dümmste Entscheidung, die ich hätte fällen können. Hetty will ich aber nicht zur Last fallen, und Lloyd war meine einzige Alternative. Wäre ich in meiner Wohnung geblieben, hätte Hetty mich an den Ohren aus den vier Wänden geschleift. Sofern sie Lloyd nicht zuvorgekommen wäre.

Eins der Kinder begrüßt mich bereits mit einem Buch in der Hand und will eine weitere Geschichte vorgelesen bekommen.

Dankbar für die Ablenkung komme ich der Bitte nach.

Am Abend wartet Lloyd bereits am Wagen auf mich. Er öffnet mir wortlos die Autotür. Ich begrüße Walter und kuschle mich in den weichen Ledersitz auf der Rückbank. Auch wenn ich es nie zugeben würde, hat der Tag mich heute geschafft. Ich fühle mich wieder schwächer, meine Glieder und mein Kopf schmerzen. Die Vorfreude auf ein erholsames Bad oder zumindest eine heiße Dusche lässt mich zaghaft lächeln.

»Alles in Ordnung?«, fragt mich Lloyd, nachdem er neben mir Platz genommen hat. Er hält nach wie vor nicht viel davon, sich nach vorne zu setzen. Auf der einen Seite finde ich das unglaublich süß, auf der anderen Seite wäre mir weniger Nähe lieber.

»Es war anstrengend«, gestehe ich. Ich kann ihm eh nichts vormachen. Er hat augenscheinlich nichts anderes zu tun, als mich den ganzen Tag zu beobachten und kann mich mittlerweile besser als Hetty lesen.

»Worauf hast du heute Abend Lust?«

Verwirrt blicke ich ihm in sein attraktives Gesicht.

»Was möchtest du essen«, spezifiziert er mit einem Lachen. »Und wehe du sagst jetzt Pommes.«

»Worauf auch immer du Lust hast. Ich bin nicht wählerisch.«

»Du bist die genügsamste Frau, der ich je begegnet bin.«

Ein zaghaftes Lächeln umspielt meine Mundwinkel. »Mein Lieblingsdesigner ist Hermés.«

Lloyds Augenbrauen ziehen sich skeptisch zusammen. »Du verarschst mich doch gerade.«

»1837 von Thierry Hermés gegründet, orangefarbene Tüte, schwarzes Logo. Und ich liebe die Tücher.«

Es war weder meine Absicht, so viel von mir preiszugeben, noch Lloyd sprachlos zu machen. Und doch habe ich beides getan.

Lloyd streckt seine Hand aus und berührt meine Stirn. »Hast du wieder Fieber?«

Ich stoße seine Hand weg. »Mir geht's prima, danke«, murmle ich und wende mich demonstrativ ab. Sofort bereue ich, ihm etwas aus meiner Vergangenheit erzählt zu haben. Ich kann die Reue aber nicht abschütteln und muss damit leben. Ein zweites Mal wird mir das bestimmt nicht passieren. Immerhin unterlässt er jede weitere Unterhaltung mit mir. Ich spüre lediglich seinen unerbittlichen Blick auf mir. Warum habe ich meine Klappe nicht gehalten? Ich konzentriere mich auf meine Atmung, um das Kribbeln auf meiner Stirn besser ignorieren zu können. Jedes Mal, wenn er mich berührt, sprüht er Funken, die ein Feuer in meinem Innern entfachen. Ein Feuer, das nicht da sein sollte. Nicht in dieser Situation und schon gar nicht bei dem Mann neben mir.

Als Walter den Wagen anhält, warte ich weder auf Lloyd noch auf Walter. Ich reiße die Tür auf und gehe mit schnellen Schritten in das Gebäude, um Lloyd zumindest für einen kurzen Augenblick entfliehen zu können. Ich ignoriere die freundliche Begrüßung des Personals und wähle die Treppe. Die paar Stufen werden meinem Kopf guttun. Ich unterschätze jedoch die körperliche Anstrengung und sacke nach wenigen Etagen erschöpft mit dem Hintern auf einen der Treppenabsätze und ringe keuchend nach Atem.

»Dir liegt deine Gesundheit nicht sehr am Herzen, oder?«

Ich hebe den Kopf. »Ich komme schon zurecht«, murre ich zu Lloyd.

»Ich möchte anmerken, dass ich bislang keine lästigen Nachfragen gestellt habe. Da du mir hier nicht abhauen kannst, bohre ich jetzt aber weiter.«

»Hattest du nicht versprochen, mich in Ruhe zu lassen?«, seufze ich.

»Das war, bevor du über einen Luxusdesigner philosophiert hast, als wäre er eines deiner Blümchen im

Garten.«

Ich blicke mich um. Die Treppen rauf überlebt mein Herz nicht, Lloyd versperrt mir den Weg nach unten. Bleibt mir nur noch der Sprung über das Geländer.

»Bist du eine Mafiaprinzessin?«, fragt Lloyd schließlich und meint die Frage todernst. »Ich finde, dass ich das Recht habe, darauf eine Antwort zu bekommen.«

»Wieso?«

»Ich habe dich geküsst. Wer weiß, wer mir da eine hübsche Kugel in den Kopf jagen möchte.« Er löst seine angespannte Haltung.

»Ich bin keine Mafiaprinzessin«, erwidere ich gelassener, als ich mich fühlen sollte.

»Dann kann ich wieder ruhig schlafen.« Lloyd tritt einen Schritt nach vorne und reicht mir seine Hand. Ich starre sie an. Entgegen meiner Vernunft, die tief in mir noch existiert, hebe ich meine und reiche sie ihm. Seine kräftigen Finger schließen sich um meinen Handrücken und er zieht mich auf die Füße. Er tritt aber nicht zur Seite, weswegen ich viel zu nahe an ihm stehe.

»Ich sollte …«, beginne ich, der Rest des Satzes wird aber von Lloyds intensivem Blick magisch aufgesogen. Er macht einen Schritt auf mich zu, ich weiche zurück. Das Spiel geht so lange weiter, bis ich die kühle Wand des Treppenhauses im Rücken spüre. Er legt seinen Kopf schief und blickt mir tief in die Augen. Seine Lippen verziehen sich zu einem verwegenen Lächeln, das nichts Gutes bedeutet. Zumindest nicht für mich und mein Wohlergehen. Sein Gesicht kommt meinem immer näher. Mit jedem Millimeter, der zwischen uns verschwindet, beschleunigt sich meine Atmung wieder, mein Herz beginnt zu rasen und alle vernünftigen Gedanken in meinem Kopf verblassen in einem Dunst aus Hormonen. Ich hebe die Hände und will ihn von mir schieben. Sobald ich seine Muskeln unter meinen Fingern spüre, verschwindet der Druck meiner Berührung. Statt eines vehementen Neins erkunden meine Hände seinen Oberkörper. Sein Atem beschleunigt sich und streift meine Wange. Ein heißer Schauer nach dem anderen jagt durch meinen Körper. Sein Mund verharrt den Bruchteil einer Sekunde über meinem, ehe er die Lücke zwischen uns endlich schließt und damit ein Feuerwerk an unterschiedlichsten Gefühlen durch meinen Körper jagt. Es fühlt sich beängstigend, gleichzeitig berauschend an. Die Emotionen verschmelzen zu einem Strom, der mich immer tiefer in den Abgrund zieht. War der letzte Kuss zurückhaltend, ist dieser geladen mit erotischer Spannung. Meine Hände vergraben sich in seinem dichten Haar, seine schieben sich unter meinen Pullover. Seine Berührungen bringen alles in mir zum Schmelzen.

Das hier ist so falsch.

Und doch raubt mir der Kuss jede Luft zum Widerstand.

Ich seufze wohlig auf, er stöhnt erregt.

Dann hören wir eine Tür knallen und fahren erschrocken auseinander. Sobald kein körperlicher Kontakt mehr zwischen uns besteht, schaltet sich mein Kopf ein und der Fluchtinstinkt ergreift von mir Besitz. Ich ducke mich an

Lloyd so schnell vorbei, dass er nicht reagieren kann, und flüchte in die Etage unter uns. Glücklicherweise ist gerade jemand aus dem Fahrstuhl gestiegen und ich schaffe es in die Kabine, ehe die Türen sich schließen. Meine Hand schwebt über dem Zahlenfeld.

Ich kann nicht weglaufen.

Ich wüsste nicht einmal wohin.

Geschlagen lehne ich mich an die verspiegelte Innenverkleidung, drücke den Knopf für Lloyds Etage und lege den Kopf in den Nacken.

Tief durchatmen.

Das sage ich mir immer wieder, um genügend Sauerstoff ins Gehirn zu bekommen, damit sich die Situation von eben nicht wiederholt.

Ich darf keine Freundschaften schließen.

Keine Liebschaften.

Ich darf niemandem vertrauen.

Absolut niemandem.

Die Türen öffnen sich mit einem Ping, der mich aus meinen Gedanken reißt. Verhalten trete ich aus dem Fahrstuhl und erwarte beinahe Lloyd. Ich kann ihn aber nicht sehen. Mit schnellen Schritten gehe ich auf das Apartment zu, ziehe auf dem Weg den Schlüssel aus der Handtasche und schließe in Windeseile die Tür auf.

Obwohl Lloyd nicht mehr in meiner Reichweite ist, lässt seine Wirkung auf mich nicht nach. Die Nachwirkung des Kusses pulsiert in meinem Blut. Ich reibe mir über die Arme, das Gefühl verschwindet aber nicht.

Ich lasse meine Schuhe achtlos im Flur auf den Boden fallen und eile in mein Zimmer, um die nötigen Utensilien für einen sehr langen Aufenthalt im Badezimmer zusammenzusuchen. Ehe ich alles beisammen habe, höre ich die Wohnungstür ins Schloss fallen.

Ich verfalle in eine Starre.

Mein Herz pocht viel zu schnell und ich höre das Blut in meinen Ohren rauschen. Ich warte darauf, dass Lloyd in mein Zimmer kommt. Das tut er aber nicht. Ich vernehme das Öffnen und Schließen des Kühlschranks und das Klappern von Geschirr.

Geschlagen lasse mich auf mein Bett sinken und blicke die blütenweiße Decke samt kleinem Kronleuchter an. Ich liebe das Funkeln der Steine, wenn das Licht eingeschaltet ist. Fünf Leuchten befinden sich zwischen den Glassteinen und lassen das gesamte Zimmer in wundervollen Lichtpunkten glitzern.

Ich schließe die Augen.

Wenn ich ehrlich zu mir bin, habe ich mich in den letzten Jahren nicht mehr so gut gefühlt. Das süße Pochen zwischen meinen Beinen ist lediglich eine Zugabe. Alle anderen Dinge, die mich jeden Abend beim Einschlafen und jeden Morgen beim Aufwachen begleitet haben, werden, seitdem ich Lloyd begegnet bin, immer unwichtiger. Vor allem verlieren sie ihren Schrecken.

Ich schüttle den Kopf.

Das ist irres Denken tadle ich mich selbst.

Der Hormoncocktail in meinem Blut verleitet mich zur

Unachtsamkeit.

Ich seufze schwerfällig auf und bleibe auf dem Bett in meiner Position liegen, bis ich eingeschlafen bin.

17. Kapitel

Lloyd

Ich lege eine Decke über sie. Mir gefällt der Gedanke, sie behaglich und warm zu wissen. Ich gehe vor dem Bett in die Hocke und streiche ihr vorsichtig eine Haarsträhne aus dem Gesicht. Bei der Berührung seufzt sie wohlig auf, öffnet die Augen aber nicht.

Sie ist die erste Frau, die ich geküsst, mit der ich bislang aber nicht geschlafen habe. Wenn es nach mir geht, bleibt es nicht lange bei dem Zustand.

Und sie ist die erste Frau, von der ich den Lieblingsdesigner kenne.

Verdammt ...

Ich rufe mir das Gespräch von der Rückfahrt zurück ins Gedächtnis. Sie hat jedes Wort davon ernst gemeint. Es war keine Lüge.

Ich reibe mir mit den Fingern über den Nasenrücken.

Was machst du mit mir?, denke ich, während ich wieder ihre sanften Gesichtszüge betrachte. Sie sieht so verdammt hübsch und unschuldig aus, wenn sie schläft. Wenn ich sie beobachte, verspüre ich das unbändige Verlangen, sie einfach zu beschützen. Egal wovor, egal vor wem. Ich will, dass sie diesen panischen Ausdruck verliert, der immer wieder ihre Gesichtszüge streift.

Ich verweile an ihrem Bett, bis der Drang, sie wach zu küssen, zu groß wird. Ehe ich mein Verlangen in die Tat umsetzen kann, erhebe ich mich und verlasse leise ihr Zimmer. Im Wohnzimmer angelangt, schalte ich einen Sportsender an und gehe zum Kühlschrank.

Ich suche die Zutaten für ein klassisches Beefsandwich zusammen und lege alles auf die Arbeitsplatte. Sobald ich den ersten Bissen von dem besten Snack der Welt genommen habe, widme ich mich auf der Couch meinem Handy. Neben den ganzen Arbeitsemails und mehrerer Nachrichten von Kat wartet eine Voice-Nachricht von meinem Großvater auf mich. Ich lasse mein Sandwich zurück auf den Teller sinken, klicke die Nachricht an und halte mir das Handy ans Ohr.

Er will mich sprechen.

Morgen Früh.

In weniger als acht Stunden.

Wahrscheinlich geht es um meine Rückkehr zur *Eastern Westfield*. Vor wenigen Wochen konnte ich diesen Anruf kaum erwarten, jetzt fühle ich gemischte Emotionen in meiner Brust.

Mir ist der Appetit vergangen, weswegen ich das Sandwich nicht weiter beachte und auf dem Teller liegen lasse. Stattdessen gehe ich zu meinem Spirituosenschrank. Ich entscheide mich für die erstbeste Flasche. Einen Cognac, bei dem alleine ein Glas mehr kostet, als ein Normalsterblicher für etwas zu trinken ausgeben würde. Ich fülle mir großzügig ein Glas.

Als ich den Drink beinahe geleert habe, spüre ich dieselbe Sentimentalität, die kurz nach dem Unfall mein ständiger Begleiter war.

Seitdem ich das letzte Mal auf die Uhr gesehen habe, scheinen sich die Zeiger nicht bewegt zu haben. Ich nehme mein Handy und schicke Walter eine Nachricht. Wie üblich antwortet er innerhalb von fünf Minuten. Selbst um diese Uhrzeit.

Ich ziehe mich warm und wetterfest an. Als ich das Foyer betrete, wartet Walter bereits auf mich.

»Wie geht es Miss Maisie?«

»Einfach nur Maisie, Walter«, korrigiere ich ihn. »Aber ihr geht's gut. Sie schläft.«

»Das freut mich.« Seine Tonlage ist neutral, und ich bin wie immer von seiner Fähigkeit zur Diskretion beeindruckt. »Wohin darf ich Sie fahren?« Er hält mir die Tür zum Beifahrersitz auf.

»Zum Friedhof«, antworte ich.

Seit Marks Beerdigung war ich nicht an seinem Grab. Heute habe ich zum ersten Mal das Bedürfnis, seinem kalten Grabstein tatsächlich einen Besuch abzustatten. Es nieselt wieder. Ich habe zwar keinen Schirm dabei, aber der Regenmantel hält mich dieses Mal trocken. Meine Haare sind dennoch feucht, auf dem wasserabweisenden Stoff sammeln sich langsam dicke Tropfen, die nicht mehr lange der Schwerkraft trotzen können.

Ich starre Marks Grabstein an, ohne mich einen Deut um den Regen oder den kalten Wind zu scheren.

Mark ist tot.

David seit wenigen Wochen ebenfalls.

Manchmal erwische ich mich dabei, wie ich ihre Kontakte in meinem Handy aufrufe und sie anrufen will. Erst Marks, dann Davids. Und dann wünschte ich, beide einfach anrufen zu können, um mich über all das lustig zu machen, was passiert ist. Wie blöd alles gelaufen ist. Dass uns so etwas nicht passieren sollte, weil wir unbesiegbar sind. Solche Sachen passieren anderen, aber nicht uns. Und nun hat es uns doch erwischt.

Die goldenen Zahlen auf dem Grabstein reißen mich in jeder Sekunde, die ich sie anblicke, in die Realität zurück. Mark war ein halbes Jahr älter als ich. Mit gerade einmal 29 Jahren ist er gestorben. In wenigen Wochen werde ich älter als er sein. Wir kannten uns seit unserer Geburt, da unsere Väter zusammen arbeiteten. Er war immer der Vernünftige. Er hat sich eine Ewigkeit geziert, es mit Gras und dann mit Koks zu probieren. David und ich mussten ihn förmlich zwingen. Beim ersten Mal hasste er es, beim zweiten Mal jammerte er weniger, ab dem dritten Mal begann er es zu schätzen. Wären David und ich nicht gewesen, würde er vielleicht noch leben.

Ich lege den Kopf in den Nacken und versuche, die Regentropfen zu beobachten, die auf mich herunterfallen.

Aber sie sind zu schnell. Genauso schnell, wie dieser Unfall passiert ist, an den ich mich nicht mehr erinnern kann.

Über ein halbes Jahr ist es her und die Erinnerungen kommen nicht zurück. Bruchstückhaft kann ich mich an den Club erinnern. Dort war ein Mädchen, dessen Gesicht ich immer vor mir sehe. Hatte ich Sex mit ihr? Eine der wenigen Sachen, an die ich mich erinnern kann, ist Kats SMS. Mark und David standen auf. Ich nahm das Koks und steckte es ein. Danach war alles schwarz. Hatte ich vielleicht tatsächlich versucht, Mark vom Fahren abzuhalten? Eine Frage, auf die ich wahrscheinlich nie eine Antwort bekommen werde.

Genau genommen ist es egal.

Selbst wenn es so wäre, würde es ihn nicht wieder lebendig machen.

Genauso wie der Wunsch, mich an die Nacht wieder erinnern zu können, sind viele Dinge in den Hintergrund gerückt, die ich vor ein paar Wochen noch für wichtig hielt. Meine Karriere, mein Ansehen, mein gesamtes Leben. Nach dem Unfall wünschte ich mir nichts sehnlicher, als endlich wieder hinter meinem großen Schreibtisch bei der *Eastern Westfield* zu sitzen, den Assistentinnen auf den Arsch zu starren und mein Leben in vollen Zügen zu genießen. Und jetzt? Jetzt will ich nicht einmal mehr das Bankgebäude betreten. Die letzten Monate habe ich die ganze Email-Korrespondenz mitverfolgt. Zudem hat mich Declan auf dem Laufenden gehalten. Keiner hatte es nach dem Unfall gewagt, mich aus irgendwelchen Verteilern zu nehmen. Die

Projekte, an denen ich damals gearbeitet hatte, sind mittlerweile alle abgeschlossen, die neuen interessieren mich einen Dreck.

Plötzlich beginne ich mit dem Grabstein zu reden. Erst hatte ich nicht bemerkt, dass ich meine Gedanken laut ausspreche. Dann sprudelt alles aus mir heraus. Ich erzähle Mark von Patrick und Maisie. Wie mir der kleine Kerl am Anfang tierisch auf die Nerven ging, ich mir mittlerweile einen Tag bei den Schweinen nicht mehr ohne ihn vorstellen kann. Im ersten Moment weiß ich nicht, was ich über Maisie sagen soll. Aber ein Gedanke an sie und ich lächle. Danach fliegen die Worte nur so über meine Lippen.

»Es ist seltsam, oder?«, frage ich schließlich ins Leere hinein. »Wie man sich verändern kann.« Ich erwarte keine Antwort und trotzdem warte ich auf eine. Ein Zeichen. Irgendetwas, das mir andeutet, dass ich auf dem richtigen Weg bin. Es passiert aber nichts. Die Sonne geht bereits auf und ich möchte vermeiden, bei meinem Großvater mit Verspätung zu erscheinen.

Ich blicke ein letztes Mal auf den Grabstein hinunter und gehe zurück zu Walter und dem Auto. Wie immer öffnet er mir die Tür.

»Haben Sie Antworten auf Ihre Fragen bekommen?«

»Auf meine Fragen gibt es keine Antworten«, erwidere ich.

»Das ist auch eine Antwort.«

Bei Walters Worten fliegt mir ein Lächeln über die Lippen. »Können wir noch einen kurzen Zwischenstopp einlegen? Ich möchte etwas für Maisie besorgen.«

»Sicher doch, Sir.«

»Walter ...«

Das erste Mal unterbricht er mich und sucht den Blickkontakt mit mir, ehe er sagt: »Sie haben sich meinen Respekt verdient, Lloyd. Also lassen Sie mich Ihnen den Respekt auch zollen.«

»Dagegen kann ich wohl nichts sagen«, antworte ich und halte ihm meine Faust hin. Nach kurzem Zögern geht Walter auf die Geste ein. »Habe ich von Patrick gelernt«, erläutere ich mit einem Zwinkern, das Walter ein amüsiertes Lächeln entlockt.

18. Kapitel

Maisie

Langsam öffne ich blinzelnd die Augen. Das Sonnenlicht scheint mir direkt ins Gesicht. Kein Wunder, da ich gestern einfach auf dem Bett eingeschlafen bin, ohne die schweren Vorhänge zuzuziehen. Mit der rechten Hand schirme ich meine Augen ab, damit ich mich überhaupt an die Helligkeit gewöhnen und wach werden kann. Ich drehe den Kopf und mein Blick fällt auf die Papiertüte, die auf meinem Nachtschrank steht und sich gestern definitiv noch nicht dort befand. Augenblicklich bin ich hellwach. Langsam richte ich mich auf, ohne die Tüte aus dem Blick zu lassen. Vorsichtig beuge ich mich ein Stück nach vorne und fahre mit den Fingerspitzen über das schwarze Logo.

Hermés.

Ich greife nach den schwarzen Kordeln und ziehe die Tüte auf meinen Schoß. Es befindet sich eine passende, orangefarbene Schachtel darin, die ich behutsam herausnehme. Dann öffne ich den Deckel und halte die Luft an.

In der Schachtel befindet sich ein Tuch. Ich kenne das Design. *Le Jardin de La Maharani.* Ein dezentes Farbenspiel, das von einem weißen Rand abgerundet wird. Ich nehme das Tuch aus der Verpackung. Meine Finger greifen in die feine Seide. Dabei fällt ein Zettel zu Boden.

Walter fährt dich ins Regenbogenhaus. Frag an der Rezeption nach ihm.

Kopfschüttelnd lege ich den Zettel fort und widme mich dem exklusiven Stoff in meinen Händen. Mit dem Anflug eines Lächelns vergrabe ich mein Gesicht in dem Tuch und atme den einzigartigen Duft ein. Es riecht wundervoll. Ich hebe den Kopf und blicke zur Tür. So als würde Lloyd jeden Moment in mein Zimmer kommen und einen blöden Spruch reißen. Die Tür bleibt aber geschlossen. Seufzend lege ich das Tuch zurück in die Box. Ich hätte einfach meine Klappe halten sollen. Mein Gehirn setzt aber jedes Mal aus, wenn er in meiner Nähe ist.

Ich strecke meine Glieder, die von der Liegeposition noch steif sind. Dann massiere ich meine Gelenke. Als ich damit fertig bin, gehe ich duschen.

Im Kühlschrank finde ich ein halbes Beefsandwich, das ich mir als Frühstück genehmige, ehe ich das Apartment verlasse und an der Rezeption nach Walter frage. Während ich auf den Wagen warte, fühle ich mich beinahe in die Vergangenheit zurückversetzt.

Ich lasse das Gefühl aber nicht von mir Besitz ergreifen und bin dankbar, als ich Walter entdecke. Er begrüßt mich freundlich und ich bin dankbar, dass er bemerkt, wenn ein Fahrgast keine Unterhaltung wünscht. Ich blicke aus dem Fenster und hänge dieser einen Frage nach, die mich seit dem Aufwachen beschäftigt.

Warum schenkt Lloyd mir ein Seidentuch von Hermés?

Es sollte nichts verändern und doch verändert es alles.

Ich bezweifle nämlich, dass er irgendeiner Frau vorher ein solches Geschenk gemacht hat. Zumindest keins, das den Bedeutungsgehalt von der orangefarbenen Box auf meinem Bett hat. Ich sollte bei dem Gedanken daran keine Schmetterlinge im Bauch fühlen. Und doch sind sie alle da und vermehren sich von Tag zu Tag.

Am Regenbogenhaus angekommen, laufe ich Ben in die Arme.

»Gut siehst du aus«, sagt er mit einem unsicheren Lächeln.

»Es tut mir leid«, bringe ich die Worte über meine Lippen, die er schon längst hätte zu hören bekommen sollen.

Er fasst sich verlegen in den Nacken. »Da haben wir beide wohl eine Dummheit gemacht.«

Ich nicke. »Du hattest jedes Recht...« Er bringt mich mit einer Handbewegung zum Schweigen.

»Schwamm drüber. Freunde?« Er hält mir seine Hand hin.

Ich zögere. Dann strecke ich die Arme auseinander und umarme ihn. Er ist genauso perplex über meine Reaktion wie ich selbst. »Freunde«, erwidere ich, als ich ihn loslasse.

»Ich muss leider los.« Er deutet zur Tür.

»Klar. Mach die Straßen New Yorks ein bisschen sicherer.«

Ich habe mich bereits abgewendet, als er das Wort erneut

an mich richtet. »Ich weiß, dass es mich nichts angeht. Und auch, wenn ich ihn nicht leiden kann, aber er scheint dir gutzutun. Immerhin lächelst du wieder.« Ben wartet keine Antwort ab. Die Tür fällt hinter ihm ins Schloss. Ich stehe verlassen im Flur und spüre lediglich die wohlige Gänsehaut auf den Armen, die mir seine Worte verursacht haben. Mit meinen kalten Fingern reibe ich über meine Arme und das Kribbeln verschwindet.

Ich lächle wieder.

Ich sollte nicht lächeln.

Ich sollte Angst haben.

Denn nur die Angst lässt mich vorsichtig genug sein, keine Spuren zu hinterlassen.

19. Kapitel

Lloyd

Ich bezahle den Taxifahrer und steige vor dem Hauptsitz der *Eastern Westfield* an der Wall Street aus. An dem Gebäude hat sich im letzten halben Jahr nichts verändert. Selbst die Gesichter vom Sicherheitsdienst und des Empfangs sind die gleichen. Ich bekomme verlegene, provokative und höfliche Begrüßungen zugeworfen, die ich allesamt ignoriere. Alleine auf die Aufforderung meines Großvaters bin ich hier.

»Guten Morgen, Mr. Lawson«, begrüßt mich Steve, einer der persönlichen Assistenten meines Großvaters. Er ist groß, schlaksig und eine Labertasche.

»Hallo Steve«, erwidere ich unmotiviert.

»Ich begleite Sie nach oben.«

»Dann folge ich Ihnen.« Es ist schließlich nicht so, dass ich das Gebäude nicht wie meine Westentasche kenne und genau weiß, wo ich meinen Großvater finde.

»Wie geht es Ihnen?«, fragt Steve, als wir den Fahrstuhl betreten.

»Mir geht's gut«, antworte ich mit einem unverhofften Lächeln. »Mir geht es tatsächlich gut«, wiederhole ich meine Antwort, weil es sich so gut anfühlt, die Worte auszusprechen.

»Das freut mich für Sie. Nach dem Unfall war es sicherlich schwer, wieder in ein normales Leben zurückzufinden.«

»Ja, das war es. Aber wenn man die richtigen Menschen kennenlernt, funktioniert das.« Ich klopfe ihm beim Aussteigen aus der Kabine aufmunternd auf die Schulter und gehe vor. Schließlich kenne ich den Weg und brauche keinen Babysitter. »Wissen Sie, was meinen Großvater dazu veranlasst hat, mich herzubestellen?«

»Nein, das weiß ich leider nicht.«

»Dann hoffen wir mal, dass es gute Nachrichten sind. Guten Morgen, Becky«, begrüße ich seine Chefsekretärin, als ich an ihrem Schreibtisch vorbeigehe. Sie erwidert nichts, blickt lediglich mit gemischten Gefühlen hoch. Immerhin weiß sie, weswegen ich hier bin, und ihrem Gesichtsausdruck nach zu urteilen, wird es mir nicht gefallen.

»Danke, Steve«, verabschiede ich mich von dem jungen Mann und betrete ohne anzuklopfen die Büroräume meines Großvaters. Er sitzt an seinem Schreibtisch und hebt verärgert über die Störung den Kopf. Sobald er mich aber erblickt, weicht die Verärgerung aus seinem Blick.

»Lloyd«, lautet seine schlichte Begrüßung.

»Großvater. Was kann ich für dich tun?«

»Hast du es eilig?«

»Du müsstest am besten wissen, wo ich täglich erwartet werde.«

»Touché. Da du direkt zum Thema kommst, ersparen wir

uns den Smalltalk.« Er erhebt sich und nimmt einen Umschlag vom Schreibtisch, als er auf mich zukommt. »Herzlichen Glückwunsch«, sagt er und reicht mir das weiße Kuvert.

Ich nehme es in die Hand und öffne es. Es sind jede Menge Blätter, die ich herausziehe. Mir reicht die Überschrift des ersten Blattes, um zu wissen, was ich in Händen halte. »Die Beförderung«, sage ich und stecke die Papiere zurück.

»Du hast es dir verdient«, erwidert mein Großvater und schenkt uns beiden einen seiner besten Whiskys zur Feier des Tages ein.

Ich hebe jedoch die Hand, als er mir mein Glas reichen will. »Nein, danke«, sage ich schlicht. Mein Großvater stellt ohne darauf einzugehen mein Glas beiseite. Schwächen kann er nicht leiden. Und ich habe gerade eine präsentiert, die ich wegen eines Fehlers noch mit mir herumzutragen habe.

»In drei Wochen endet deine Imagekampagne. Dann erwarte ich deinen vollsten Einsatz für das Unternehmen. Ich hoffe, du hast dich mit dem laufenden Geschäft bereits auseinandergesetzt.«

»Natürlich«, lüge ich. Ich habe seit Wochen keine der Emails mehr gelesen, geschweige denn darauf reagiert.

»Wunderbar. Ich erwarte dich dann in drei Wochen in alter Form zurück.«

Ich nicke lediglich. Mit dem Umschlag in der Hand will ich sein Büro gerade verlassen, als er mir noch hinterherruft:

»Du kannst den Vertrag direkt unterschreiben und bei Rebecka lassen. Dann ist der ganze Papierkram bereits erledigt, wenn du wieder für uns arbeitest.«

Ohne zu antworten öffne ich die Tür und verlasse den Raum. Erwartungsvoll blickt mich Becky an. »Ich reiche das später nach«, sage ich und zeige auf den Umschlag in meiner Hand, als ich an ihr vorbeigehe. Ihr scheinen meine Worte nicht zu gefallen. Das ist mir aber herzlichst egal.

»Lloyd!«

Bitte nicht ...

Ich drehe mich um und blicke geradewegs Kat in ihre perfekt geschminkten Augen. Anscheinend kann sie sich dank der Großzügigkeit meines Großvaters eine persönliche Stylistin samt Friseurin und Make-up-Artistin leisten.

»Ein kleines Vöglein hat mir gezwitschert, dass du etwas für mich hast.« Sie klimpert mit den Augen, während sie mir zu nahe kommt.

»Ich habe nicht die leiseste Ahnung, wovon du redest«, erwidere ich desinteressiert, während ich den Knopf für den Aufzug drücke und ungeduldig auf die Ankunft der Kabine warte.

»Es sollte in einer kleinen orangefarbenen Schachtel sein«, hilft sie mir auf die Sprünge.

»Du hast mit Eva gesprochen«, stelle ich treffend fest, als ich ihren zufriedenen Gesichtsausdruck sehe.

»Also ... wo ist mein Geschenk?«

Die Fahrstuhltüren öffnen sich und ich trete in die

Kabine. Kat folgt mir nicht, sie starrt stattdessen unschlüssig auf meine Hände, die definitiv keine Einkaufstüte von Hermés für sie halten. »Sorry, Kat, aber ich habe die kleine orangefarbene Schachtel nicht für dich gekauft«, erwidere ich mit einem zufriedenen Grinsen, als ich ihren perplexen Gesichtsausdruck betrachte. »Oh und richte Eva das nächste mal meine Grüße aus. Ich werde mir einen neuen Stylisten suchen«, füge ich noch schnell hinzu, ehe sich die Türen schließen. Indiskretion ist der Tod in dem Business. Wenn sie sich aber Kat als Kundin geangelt hat und mein Großvater sie mit einem stattlichen Budget austattet, sollte sie ausgesorgt haben.

Sobald ich alleine in der Kabine bin, lehne ich mich an die kühle Verkleidung und atme tief durch. Mich hält nichts mehr bei der *Eastern Westfield*. Alleine der Gedanke, gerade das letzte Mal das Gebäude betreten zu haben, hinterlässt einen ruhevollen Frieden in meiner Brust. Um kein Geld der Welt werde ich den Vertrag in meinen Händen unterschreiben. Ich muss nur noch einen Weg finden, die Entscheidung meinem Großvater mitzuteilen.

»Du singst neuerdings?«

Maisie wird mich nicht kommen gehört haben, da sie sich nicht einmal die Mühe gemacht hat, sich zu mir umzudrehen.

»Ich summe. Wenn ich singen würde, würden all diese hübschen Pflanzen ihre Wurzeln in die Hand nehmen und von hier verschwinden.« Sie erhebt sich und klopft ihre Hände an der Arbeitshose ab, die sie immer im Garten trägt.

»Es gibt Handschuhe, das weißt du.«

Sie nickt. »Und ich wühle lieber mit den Händen im Dreck.« Zur Anschauung hält sie mir ihre Hände hoch.

»Ich mag manche Dinge auch lieber ohne ein Hindernis.«

Sie wirft mir einen schiefen Blick zu. »Du schaffst es auch, jedes Thema in versaute Gewässer zu steuern.«

»Ich verstehe eben etwas von meinem Talent.« Anzüglich hebe ich meine Augenbrauen, was ihr ein dezentes Lächeln entlocken sollte. Ihre Mimik verändert sich jedoch nicht. »Und du stehst doch heimlich drauf«, flüstere ich, als ich näher an sie herantrete.

»Wenn du nicht willst, dass ich deine hübsche Kleidung mit Regenwurmscheiße besudle, solltest du dich jetzt von mir entfernen.«

»Vielleicht stehe ich ja auf Regenwurmscheiße ...«, erwidere ich und berühre sie endlich, um sie zu mir zu ziehen. Ehe meine Lippen auch nur ihre Haut berühren können, drückt sie sich vehement von mir weg. Ihr Blick spricht Bände.

»Was auch immer gestern im Treppenhaus passiert ist – vergessen wir das einfach, okay?«

»Vergessen?«, frage ich kritisch nach. »Für meine Begriffe sollten wir alles tun, nur nicht es vergessen.«

»Es war ein Fehler.« Ihr Tonfall deutet an, dass das

Gespräch an dieser Stelle für sie beendet ist. Dummerweise für mich aber nicht.

»Ihr Frauen redet euch gerne ein, dass alles ein Fehler ist. Und dann bemerkt ihr, wie dumm das Gerede ist.«

»Warst du schon bei Hetty?«, wechselt sie ohne mit der Wimper zu zucken das Thema.

»Sollte ich schon bei ihr gewesen sein?«

»Du bist heute zu spät gekommen. Und das mag sie nicht. Eigentlich mag sie gar nichts an dir, wenn ich genau darüber nachdenke.«

Ich seufze auf. »Solange du mich umso mehr magst, ist mir das egal.«

»Los«, sagt sie und deutet in Richtung Hexe.

»Wehe du läufst weg, ehe ich dir in dem Schuppen dahinten zeigen konnte, wie sehr ich dich mag.«

»Träum weiter, Lloyd.«

Ich drehe mich zu ihr um und laufe ein paar Schritte rückwärts. »Du wirst mich noch anflehen, an der Stelle weiterzumachen, an der wir gestern unterbrochen wurden!«

Sie hebt die rechte Hand und zeigt mir dann den Mittelfinger. Den habe ich wahrscheinlich verdient. Mit einem amüsierten Lächeln im Gesicht laufe ich direkt in die Hexe hinein. Heute wird selbst sie es nicht schaffen, mir schlechte Laune zu verpassen.

»Einen wunderschönen Guten Morgen, Hetty«, begrüße ich sie wahrscheinlich viel zu überschwänglich. Ich kann es mir gerade noch verkneifen, ihr einen Kuss auf die Wange zu drücken.

»Mitkommen«, erwidert sie und geht in ihr Büro vor. Ich will mich gerade auf einen der abgenutzten Besucherstühle auf der anderen Seite ihres Schreibtischs setzen, als sie mir einen weißen Plastikbecher auf den Tisch knallt. »Reinpinkeln. Sofort.«

»Was?«

»Ich will hier keine Drogen.«

»Drogen? Was …«

Sie nimmt den Becher und drückt ihn mir in die Hand.

»Ich habe keine Drogen genommen. Wie kommen Sie auf die irre Idee?«

»Ihre super gute Laune? Und die super gute Laune von Maisie? Wenn Sie irgendetwas mit dem Mädchen …« Sie braucht die Drohung nicht auszusprechen. Ich sehe ihrem Blick an, dass es etwas mit meinen Eiern zu tun hat.

»Ich schwöre Ihnen, dass keine Drogen im Spiel sind. Zumindest nichts Illegales.«

»Es ist mir völlig schnuppe, ob Sie legal an das Zeug kommen …«

»Hormone!«, brülle ich nun beinahe. »Glückshormone! Großer Gott!«

»Na, dann pinkeln Sie einfach in den Becher«, fordert sie mich heraus.

»Das werde ich definitiv nicht tun.« Was hatte ich noch über meine gute Laune gesagt? Diese Frau schafft das Unmögliche.

»Dann werde ich Sie bitten müssen, sofort das Grundstück zu verlassen.«

Das meint sie bitterernst. Wieder einmal ziehe ich den Kürzeren.

»Ich erwarte danach eine Entschuldigung!«, rufe ich ihr noch zu, als ich mit dem Plastikbecher in der Hand auf der Toilette verschwinde.

»Jetzt wäre der angebrachte Zeitpunkt für eine Entschuldigung.«

Ja, ich kann mir ein zufriedenes Grinsen nicht verkneifen. Immerhin wusste ich, was das Stäbchen anzeigen wird – nämlich nichts.

»Ich hatte einen begründeten Verdacht, dem bin ich nachgegangen.«

»Ich weiß. Trotzdem kann man sich danach entschuldigen«, bohre ich weiter nach den paar Worten, die die Hexe einfach nicht über die Lippen bringen möchte.

Hetty kneift ihre Augen zusammen und betrachtet mich einige Sekunden lang, ehe sie sich mit einem genervten Seufzen endlich meinem Willen beugt.

Oder auch nicht.

»Einige der Kinder in diesem Hause haben über Jahre miterlebt, wie ihre Eltern, Geschwister oder Freunde sich in den Tod gespritzt haben. Verzeihen Sie mir also die gründliche Überprüfung eines Verdachts.«

»Entschuldigung angenommen«, lasse ich verlauten, da

ich auf mehr nicht hoffen sollte.

»Wunderbar. Dann kann ich Sie wieder frei laufen lassen.« Mit einer Handbewegung schickt sie mich aus ihrem Büro. »Ach, Mr. Lawson?«, ruft sie mich doch noch einmal zurück. »Mir ist nicht entgangen, dass Patricks Leistungen in Mathematik wesentlich besser geworden sind, seitdem Sie ihm bei den Hausaufgaben helfen. Hier sind noch andere Kinder mit einer Schwäche für das Fach.«

»Ich soll Nachhilfe in Mathematik geben?« Diesmal steht mein Mund tatsächlich offen.

»Sie kommen mit den Schweinen zurecht, also sollte ein Haufen Kinder, die der Mathematik nichts abgewinnen können, keine Herausforderung mehr sein, oder?«

Ich atme tief ein. Es ist immer eine Herausforderung gewesen, Patrick den Sinn hinter den Zahlen zu erklären. Ich hatte teilweise das Gefühl, ich muss es einem der Schweine erklären. Wie soll ich das bei einem Haufen von Kindern schaffen, die wirklich andere Probleme als ihre Mathematikhausaufgaben haben?

»Ansonsten hätte ich noch andere Aufgaben für Sie.« Ihrem Blick entnehme ich sofort, dass ich die Hausaufgabenbetreuung übernehmen sollte, ehe ich noch mit einem Staubwedel durch das Haus hüpfe, um Spinnenweben zu entfernen.

»Ich werde die Kinder in die höhere Mathematik einweisen«, erwidere ich unschlüssig darüber, ob ich das tatsächlich will.

»Schön«, erwidert sie mit einem zufriedenen Lächeln.

Ich verlasse endlich die Rumpelkammer, die sie ihr Büro nennt, und brauche nach den wunderbaren Neuigkeiten erst einmal eine Portion Maisie. Immerhin haben wir die Sache mit dem Kuss noch nicht geklärt.

»Das Wohnzimmer liegt in der anderen Richtung!« Wieso habe ich die Bürotür offen stehen lassen? Richtig, um die Hexe zu ärgern ...

»Ich muss noch kurz ...«

»Ich wiederhole mich ungern!«

Auf dem Absatz drehe ich um und gehe nicht in den Garten zu Maisie zurück, sondern geradewegs ins Wohnzimmer, wo einige der Kinder bereits über ihren Hausaufgaben brüten.

»Hi Lloyd«, begrüßt mich Patrick sofort und winkt mir zu. Immerhin einer, der sich freut.

»Hey Leute«, erwidere ich, in der Hoffnung motiviert zu klingen. Die Kinder und Rachel blicken mich erwartungsvoll an. Normalerweise meide ich diese Gruppenversammlungen. Und nun stehe ich mittendrin. »Also ...«, beginne ich und blicke hilfesuchend zu Rachel, die mich aber genauso irritiert anstarrt wie die Kinder. Sie kann schließlich nicht wissen, wozu mich die Hexe vor wenigen Sekunden erst verdonnert hat. »Ich helfe euch bei den Mathehausaufgaben.«

Auf die Verkündung folgt Stille.

Was hatte ich auch erwartet? Jubelgesänge?

Glücklicherweise springt mir Rachel endlich bei. »Evelyn kann deine Hilfe mit Sicherheit gebrauchen.«

»Nein«, gibt das Kind sofort Widerworte. Rachel lässt diese aber nicht zu und legt dem Mädchen die Hand auf die Schulter.

»Ich glaube doch. Vor allem nachdem du so viel Unterricht verpasst hast«, sagt sie mit Nachdruck. Und Evelyn verkneift sich diesmal die Worte, die ihr auf der Zunge liegen.

Ich schnappe mir einen Stuhl und setze mich neben Evelyn. »Wo hängt es bei dir?«, frage ich in aller Freundlichkeit nach. Das Mädchen zieht aber immer noch eine missmutige Schnute und zeigt stumm auf ihre Hausaufgaben.

»Das ist doch total einfach.«

Als Antwort erhalte ich ein genervtes Schnauben.

Ich will wieder zu meinen Schweinen. Selbst die Spinnenweben würde ich jetzt liebend gerne nehmen.

»Evelyn, benimm dich«, ermahnt Rachel sie, die uns ganz genau im Blick hat.

»Das ist nicht einfach«, seufzt sie nun.

»Doch ist es. Und ich erkläre dir jetzt auch, warum.«

Nach zwei Minuten hat sie die erste richtige Antwort in ihrem Heft stehen und weiß meine Anwesenheit endlich mit einem Lächeln zu schätzen.

Ich stelle den halb vollen Teller neben die Spüle und öffne

ein eiskaltes Bier aus dem Kühlschrank. Auf ein Glas verzichte ich und setze die Flasche direkt an meine Lippen, während ich das Licht ausschalte. Mit dem Bier in der Hand schlendere ich zu der gigantischen Fensterfront, die mir einen einzigartigen Ausblick auf den Central Park ermöglicht. Ich beobachte Hunde, die an Laternenpfeiler pinkeln, Pärchen, die Händchen haltend durch den Park spazieren, Jogger, die entspannt über die asphaltierten Wege laufen. Und dann die Kerle, die auf dem Weg zum Feiern sind und nur ihren eigenen Spaß im Kopf haben.

Erneut nehme ich einen Schluck von dem Bier und wische mit dem Daumen einige der Wassertropfen vom Etikett. Ich ziehe mir einen der Hocker, die zum Sofa gehören, ans Fenster und setze mich darauf. Nach einigen Minuten ertrage ich die Normalität, die sich mir zeigt, nicht mehr und beginne das Etikett an der Flasche abzufummeln, um dem Anblick zu entgehen.

Ich hatte einen Plan.

So schnell wie möglich in mein altes Leben zurückzukehren. Nun muss ich feststellen, dass das nicht funktioniert. Meine beiden besten Freunde sind nicht mehr da und das Trümmerfeld, das sie hinterlassen haben, könnte sich für mich nicht fremder anfühlen. Ich will weder zur Bank zurück, noch meinen alten Lifestyle wieder haben.

Die letzten Wochen verbrachte ich mit Kindern, für die ein T-Shirt mit einer Disneyfigur das Größte auf der Welt ist. Die Jahre davor mit Menschen, die nie genug von dem haben konnten, was sie bereits besaßen.

Als ich bei Eva im Showroom heute Morgen auftauchte, um für Maisie ein paar Kleidungsstücke zu besorgen, wurde mir bereits beim Betreten des Ladens bewusst, dass kein Stück Stoff, das ich hier finden werde, zu ihr passen wird. Ihr ist es egal, was auf dem Label steht, welcher Promi das Kleidungsstück in der Boulevardpresse bereits vorgeführt hat und welchen Wert es dank seiner limitierten Stückzahl hat. Sie sieht die Funktionalität der Dinge. Genauso wie alle anderen im Regenbogenhaus. Ich wollte den Showroom mit leeren Händen wieder verlassen, bis mir die Hermèstücher ins Auge fielen.

Sobald meine Flasche leer ist, gehe ich zurück zum Kühlschrank, um mir eine neue zu holen.

»Bekomme ich auch eine?«

Ich drehe mich um und sehe Maisie im Dunkeln stehen. Mit zwei Flaschen Bier in der Hand gehe ich zu ihr und reiche ihr eine.

»Hast du mich so sehr vermisst, dass du nicht schlafen konntest?«

»Ich kann keinen Schlaf finden«, erwidert sie mit einem Schulterzucken.

»Soll ich über dich herfallen? Sex macht müde.«

»Mit dir ist es bestimmt zum Einschlafen.«

»Du würdest mich um eine Pause anflehen.« Ich blicke ihr auf die Umrisse ihres Hinterns, was nicht unbemerkt bleibt.

»Du hast bestimmt schon schönere gesehen«, sagt sie und setzt die Flasche an ihre Lippen. Ihr Haargummi hat sich bereits gelöst und einige ihrer blonden Haarsträhnen umrahmen ihr Gesicht.

»Dazu kann ich nichts sagen. Deinen durfte ich bislang nur eingepackt bewundern.«

»Sag bloß, du hast mir, als ich nackt in der Badewanne lag, nicht auf bestimmte Stellen gestarrt?«

»Möglicherweise doch.«

Sie quittiert meine Antwort mit einem müden Lächeln, setzt sich auf das Sofa und zieht die Beine an. Mit einem verklärten Blick schaut sie nach draußen in den Sternenhimmel. Ich nehme mit genügend Abstand neben ihr Platz. Wer weiß, was sie mit der Flasche anstellt, wenn ich ihr zu nah auf die Pelle rücke.

»Danke«, flüstert sie schließlich, ohne mich anzusehen.

»Wofür?«

»*Le Jardin de La Maharani.*«

»Ich dachte, es passt tatsächlich zu dir.«

»Warum?« Nun blickt sie mich an.

Ich zucke mit den Schultern. »Braucht man für alles eine rationale Begründung?«

»Es wäre mir lieber, wenn es die für alles gäbe.«

Mir auch, denke ich, während ich mit ihr zusammen in das nächtliche New York blicke.

20. Kapitel

Maisie

Eigentlich sollte ich nicht im Garten arbeiten. Die Arbeit mit den Pflanzen ist aber das Einzige, das mich nicht durchdrehen lässt. Hetty weiß das und hat mich doch rausgelassen. Aber nur mit dem Versprechen, dass ich genügend Pausen einlege und auf mich achtgebe. Langsam wird es Zeit für eine Pause.

Wenn ich aber aufhöre, meine Hände zu benutzen, werde ich anfangen nachzudenken.

Zum ersten Mal seit einer sehr langen Zeit will ich das vermeiden. Ich will nicht darüber nachdenken, was das zwischen Lloyd und mir zu bedeuten hat. Wohin mich das führen könnte. Vor allem, wohin das all die Menschen führen würde, die ich so sehr in mein Herz geschlossen habe. Ich sollte mich von ihm fernhalten. Mein Kopf begreift das, mein Bauch bringt jede Menge Schmetterlinge als Gegenargument auf. Seit dem Moment im Treppenhaus bin ich durch den Wind. Lloyd hat mich in einem meiner schwächsten Momente erwischt und ich habe nachgegeben. Das sollte auf keinen Fall noch einmal passieren.

Und dann sind wieder all diese Dinge im Kopf, die mich unwillkürlich lächeln lassen. Sein eindringlicher Blick, sein Duft, die Art, wie er mich berührt.

Das Hermèstuch.

Ich schüttle den Kopf, hoffend, dass dadurch all diese Gedanken das Weite suchen. Sie zementieren sich aber leider noch tiefer in mein Gedächtnis.

Ich höre jemanden auf mich zukommen und hebe den Kopf. Erlaubt mir das Schicksal nicht einmal eine Pause?

»Patrick sagt, du hast Ben umarmt?«

Bei Lloyds Tonfall seufze ich auf. »Wir haben geredet.«

»Ihr habt euch *umarmt*. Kinder lügen nicht.« Er ist definitiv nicht amüsiert darüber.

»Weil wir Freunde sind!«, stelle ich genervt klar.

»Wir zwei sind Freunde.«

Ich ziehe eine Augenbraue nach oben. »Hier im Garten und im Treppenhaus hat sich das nicht sehr freundschaftlich angefühlt.«

»Wir sind eben zwei Freunde, die sich sehr mögen.«

»Wir haben uns geküsst. Nicht geheiratet.«

»Wir haben geknutscht und gefummelt. Das ist mehr als küssen.«

»Es macht mich immer noch nicht zu deinem Besitz.«

»Es berechtigt dich aber auch nicht, mit anderen Kerlen …«

»Ben und ich haben uns umarmt! Herrgott noch mal!«, brülle ich Lloyd nun an.

Er verschränkt die Arme vor der Brust und blickt mich mit seinen durchdringenden Augen auf eine Art und Weise an, dass mir sogleich die Beine weich werden.

»Lass das einfach.«

»Was?«, frage ich nach, da ich nicht weiß, was ich lassen soll.

»Irgendwelche Leute umarmen.«

Ich reibe mir mit dem Unterarm über die Stirn. »Nein.«

»Nein?«

»Du hast mich richtig verstanden. Ich habe keine Ahnung, was im Treppenhaus in mich gefahren ist. Wahrscheinlich ein böser Geist aus einem vorherigen Leben«, philosophiere ich drauf los. Ehe ich aber mehr Unsinn von mir geben kann, tritt Lloyd einen Schritt nach vorne, legt seine Arme um mich und zeigt mir, weswegen ich gestern nicht genug von ihm bekommen habe.

Sofort ist es wieder da.

Das Gefühl in meiner Brust, das sich explosionsartig in meinem gesamten Körper ausbreitet und mich alles andere vergessen lässt. All die Vorsätze, mich von ihm fernzuhalten, aufzuhören, mich von ihm küssen zu lassen und vor allem, ihn aus meinem blöden Kopf zu bekommen.

Er löst den Kuss, der Geschmack nach Schokoladenkeksen bleibt in meinem Mund aber zurück.

»Schokoladenkekse?«, ist das Erste, was über meine Lippen kommt.

»Ich habe versucht, den Kindern das Universum der negativen Zahlen zu erklären. Da mussten eben Kekse verschwinden.«

»Was machst du bei Integralrechnung?«

»Bis die soweit sind, bin ich längst unter einer Palme und genieße einen netten Cocktail.«

»Was macht ihr da?«, ruft Patrick aus einem der Fenster. Augenblicklich entferne ich mich auf eine jugendfreie Distanz von Lloyd.

»Nichts!«, erwidere ich.

Ich sehe Lloyd an, dass er irgendetwas über den Garten rufen will, was weder für die Nachbarn noch Patricks Ohren geeignet sein wird.

»Wehe«, zische ich ihm zu und er hält glücklicherweise den Mund.

»Lynn hat Murphy wieder verloren!«, klärt Patrick uns auf.

Das erste Mal danke ich einer höheren Macht für Lynns Fähigkeit, den Hasen überall liegen zu lassen.

»Ich komme!« Ich räume provisorisch meine Sachen zusammen und eile zum Haus.

»Versuch das rechte Fenster oben im Gemeinschaftsraum hinter den Vorhängen!«, ruft mir Lloyd noch hinterher.

»Du weißt, wo Murphy ist und sagst es jetzt erst?«

»Mich hat vorher keiner gefragt.«

Idiot.

Mit einem Augenverdreher verschwinde ich im Haus, um einem kleinen Mädchen den Hasen wiederzubringen und weiter daran zu arbeiten, Lloyd aus meinem System zu bekommen. Auch wenn das mit jedem Augenblick, in dem ich mir das Vorhaben ganz oben auf die Liste meiner Prioritäten setze, unmöglicher wird.

Am Abend genieße ich das heiße Wasser auf meiner Haut. Nach der Arbeit im Garten heute tut mir die Dusche gut. Der heiße Wasserstrahl massiert meine angespannten Muskeln auf eine angenehme Art und Weise.

Als ich mit geföhnten Haaren und in einen kuscheligen Bademantel gewickelt ins Wohnzimmer gehe, begrüßt mich sofort ein Duft nach leckerem Essen.

»Ich hoffe, es schmeckt dir.« Lloyd schiebt mir einen dampfenden Teller mit asiatischen Köstlichkeiten über die Arbeitsplatte zu. Ich nehme mir eine Gabel und versenke sie noch im Stehen in die bunt garnierten Nudeln.

»Schmeckt gut«, erwidere ich nach dem dritten Bissen. Der erste Heißhunger ist besänftigt und ich fische nun nach den Gemüsestreifen.

»Ich habe es selbst gekocht«, eröffnet mir Lloyd und nimmt sich die Zeit, sich auf einen der Barhocker zu meiner Rechten zu setzen. Im Stehen zu Essen sagt mir nach wie vor mehr zu.

Mein Blick fällt auf den benutzten Wok und andere Küchenutensilien, die auf den Abwasch warten.

Ich wickle ein paar Nudeln auf meine Gabel und will sie zu meinem Mund führen, stattdessen fällt die Hälfte auf meine Wange, da ich mit den Gedanken wieder woanders bin.

Bei Küssen mit einem Typen, der auch noch kochen kann.

Ich will mir eine Serviette nehmen, um meine Wange abzuwischen. Lloyd ist aber schneller. Er drückt mir seine Serviette auf die Wange und wischt die Soße fort. Mit einem Lächeln setzt er sich wieder und betrachtet mich amüsiert.

»Was ist so lustig?«, frage ich nach, obwohl ich es mir denken kann.

»Dass die Kinder im Regenbogenhaus ihr Essen überall auf sich verteilen, kann ich noch nachvollziehen. Du solltest aus dem Alter raus sein.« Er lächelt mich an. Und ich kann einfach nicht wegschauen. Ich blicke ihm in diese verwegenen Augen, die mittlerweile viel zu viel von mir lesen können.

Es ist kein freundschaftliches Lächeln, das er mir schenkt. Ein leichtes Schmunzeln umspielt seine Mundwinkel und in seinem Blick liegt etwas Furchtloses. Etwas, das mir jedes Mal für einen Bruchteil der Sekunde die Angst nimmt.

»Du hast recht«, erwidere ich tonlos, ohne mich aus dem Blickkontakt winden zu können. Eine unangenehme Stille entsteht. Ich rühre mein Essen nicht mehr an, Lloyd ebenfalls nicht. Die Spannung zwischen uns ist beinahe mit den Händen zu greifen. Die Luft flimmert und das Kommando in meinem Kopf wird wieder einmal von den Hormonen übernommen. Ehe diese irgendetwas Unwiderrufliches anrichten können, wende ich mich endlich von Lloyd ab und stelle meinen noch halb vollen Teller auf die Spüle.

»Danke für das leckere Essen. Ich sollte aber schlafen

gehen.«

Um ihm nicht zu nahe zu kommen, nehme ich den längeren Weg, der mich um die gesamte Kochinsel bestehend aus Herd, Dunstabzugshaube und angeschlossener Theke herumführt. Ich will der Situation so schnell entkommen, dass ich nicht auf meine Schritte achte und auf den Fliesen stolpere. Reflexartig strecke ich die Hände aus und kann mich gerade noch an der Theke festhalten, ehe ich den Boden zu meinen Füßen küsse. In meinem ungeschickten Manöver fege ich Lloyds Post und einen dicken Din-A4-Umschlag auf den Boden. Sobald ich mein Gleichgewicht wiedergefunden habe, hebe ich die Sachen auf.

»Alles gut!«, sage ich viel zu laut, als ich aus den Augenwinkeln beobachten kann, wie Lloyd bereits von seinem Stuhl hochgesprungen ist, um mir zu helfen. Gebückt greife ich nach den Unterlagen, die meiner Unachtsamkeit zum Opfer gefallen sind. Ich will gerade die Papiere zurück in den dicken Umschlag stopfen, als mir ein Name auf dem Header ins Auge sticht.

Eastern Westfield.

Ein Name, der mir sofort das Blut in den Adern gefrieren lässt. Als hätten meine Hände Feuer gefangen, lasse ich alle Papiere in meinen Händen fallen und weiche vor dem unordentlichen Haufen zurück. Ich stolpere erneut und lande diesmal auf meinem Hintern.

»Alles okay?«, fragt Lloyd, als er endlich bei mir ist.

Ich wage es nicht, ihn anzublicken.

Ich will nicht dieses eine Detail in seinen Augen sehen, das meine Welt völlig zusammenbrechen lässt.

Dass er mir nur geholfen hat, weil er einer von denen ist.

Dass alles geplant war.

Dass er weiß, wer ich bin ...

Meine Hände versteifen sich, während ich fieberhaft überlege, was ich jetzt tun soll.

Es passt plötzlich alles zusammen.

Warum Lloyd bei Hetty auftauchte.

Die Art und Weise, wie er sich mir genähert hat, damit ich keinen Verdacht schöpfe.

Seine Verbissenheit, mich nicht aus den Augen lassen zu wollen.

»Maisie?«

Ich reiße die Augen auf, als ich seine Berührung an meinem Knie spüre. Er hockt vor mir und sieht mich unruhig an. Ich will weiter vor ihm zurückweichen, der Küchenschrank in meinem Rücken verhindert das. Meine Atemzüge geraten ins Stocken und ich spüre, wie die nackte Panik von mir Besitz ergreift.

Ich habe nicht hinterfragt, woher er die Mittel hat, um sich ein Apartment in dieser Lage zu leisten. Die einzige Person, die ich kenne und die das kann, arbeitet ebenfalls für die Bank. Und das Vermögen hat er definitiv nicht auf legale Weise erworben, weswegen ich vor ihm fliehe. Steckt Lloyd mit ihm unter einer Decke? Warum sagte mir sein Name nichts, wenn er ein so hohes Tier bei der *Eastern Westfield* ist?

»Was ist ...« Er kommt mir noch näher.

»Geh weg!« Ich will ihn von mir wegstoßen, er ist aber viel stärker als ich. Seine Hände umfassen plötzlich meine Handgelenke, sein Gewicht drückt mich nach unten.

Ich habe keine Chance, ist der einzige Gedanke, der mir noch durch den Kopf schießt.

Die Angst und die Hilflosigkeit sind zurück. Jede Faser meines Körpers erstarrt bei dem Gedanken, was Lloyd mir alles antun kann. Ich kneife die Augen zusammen und drehe den Kopf zur Seite.

Plötzlich lockert sich Lloyds Griff um meine Handgelenke, bis ich seine Finger nicht mehr spüre. Ich blinzle. Er hockt wenige Zentimeter von mir entfernt, ohne mich zu berühren.

Seine Gestik und seine Mimik deuten alles an – nur nicht das, was ich erwartet habe.

»Rede mit mir.« Seine Stimme ist nur ein Flüstern.

Mein Herz verkrampft sich in meiner Brust. Meine Hände werden eiskalt. Ich will einfach nur noch die Augen schließen und sie erst wieder öffnen, wenn alles vorbei ist. Ich kann mich aber nicht von Lloyds Blick losreißen.

Es sind seine Augen.

Ich sehe darin so viel, nur nicht die Emotionen, die gerade über mich hereinbrechen. Ich spüre Kälte und in seinem Blick liegt Wärme.

Ich hole tief Luft.

Er arbeitet für die, aber er ist keiner von ihnen.

Der Gedanke manifestiert sich in meinem Kopf wie ein

gleißendes Licht, das alles andere für einen Moment überstrahlt.

Meine Paranoia ist mit mir durchgegangen. Niemand ist so ein guter Schauspieler. Niemand würde es schaffen, mir so lange etwas vorzuspielen. Die Nähe, die Küsse, die Gefühle ...

Ich bemerke die Tränen erst, als sie mir vom Kinn tropfen. Lloyd greift vorsichtig nach meiner Hand. Und als ich keine Abwehrreaktion zeige, zieht er mich sanft in seine Arme. Meine Stirn liegt an seiner Brust, während die stummen Tränen immer weiter über meine Wangen laufen. Ich kann seinen Herzschlag hören, atme seinen Duft ein und spüre seine warmen Hände durch den Stoff hindurch an meinem Rücken.

»Rede mit mir. Bitte.« Seine Worte sind ein Flehen.

Ich schlucke. Meine Gedanken rasen nach wie vor panisch durcheinander. Wie ein Fischschwarm, der von Fressfeinden umzingelt ist. »Ich weiß Dinge, die ich nicht wissen sollte.« Meine Stimme ist so leise, dass es mich wundert, wie er die Worte überhaupt verstehen kann. Ich zittere bei der Vorstellung, was meine laut ausgesprochenen Worte für Konsequenzen haben könnten. Das erste Mal seit meiner Flucht erzähle ich jemandem von der Agonie, in der ich mich befinde.

»Was für Dinge?«

»Dinge, die einer Menge Leute eine Menge Probleme machen könnten ...« Sobald die ersten Worte über meine Lippen gekommen sind, fällt es mir mit jedem Atemzug leichter.

»Was für Leute?«, fragt Lloyd nach.

»Mächtige Leute ... Ich darf niemandem vertrauen.« Es soll eine Erklärung sein. Dabei ist es so viel mehr.

Er fragt nicht weiter. Er hält mich einfach in den Armen. Dafür bin ich ihm so unendlich dankbar. Meine Finger graben sich so fest in den weichen Stoff seines Poloshirts, dass ich befürchte, ihn zu zerreißen. Wir sitzen schweigend zusammen, ohne uns zu bewegen. Nach und nach versiegen meine Tränen. Ich zähle seine Herzschläge, bis ich der Überzeugung bin, dass unsere Herzen synchron schlagen.

»Du gehst mir nicht mehr aus dem Kopf«, sagt er plötzlich. »Egal, was ich tue, ich muss an dich denken.«

Ich hebe den Kopf und blicke ihm direkt in die Augen. »Das sollte nicht sein«, flüstere ich.

»Dass ich ununterbrochen an dich denke?«

»Nein, dass es mir genauso geht«, erwidere ich schließlich. Ich verliere mich in diesem einen Moment. Sein Mund liegt fast auf meinem. Alles, was mich befreit fühlen lässt, ist mir so nah.

Er legt seine Hand in meinen Nacken und zieht meinen Mund auf seine Lippen. Sobald sich seine Zunge vorsichtig in meinen Mund schiebt, stöhne ich vor Verlangen auf. Mein Bauch beginnt zu kribbeln und ich spüre jeden Flügelschlag der dort ansässigen Schmetterlinge. Mit unerträglicher Ruhe küsst Lloyd mich. Es gibt so viel, das ich erklären und sagen will. Ich bringe aber nichts weiter hervor, als in seinen Kuss hinein zu seufzen.

21. Kapitel

Lloyd

Ich will jede einzelne ihrer Tränen wegküssen. Ihr diese unsägliche Angst nehmen, die sie ständig fühlt. Jedes Mal, wenn ich sie berühre, scheint mir das für den Bruchteil eines Augenblicks zu gelingen.

Sie gibt sich dem Kuss diesmal vollkommen hin.

Ich sollte die Situation nicht ausnutzen.

Ich sollte sie gehen lassen.

Sie nicht zu irgendetwas von dem hier zwingen.

Ich kann aber nicht anders.

Sie ist überall. Jeder Gedanke an sie erfüllt mich mit einem leidenschaftlichen Verlangen, das ich in dieser Intensität vorher noch nie gespürt habe. Ich kann es nicht länger leugnen und kann es ebenso wenig zurückhalten.

Maisies Hände fahren unter mein Poloshirt. Jede ihrer Berührungen ist eine süße Folter. Ich will mehr. Viel mehr.

»Wir sollten das nicht tun«, bringen die letzten funktionierenden Zellen in meinem Gehirn hervor.

Maisies Berührungen verlangsamen sich. Ihr Atem nicht. Sie schluckt und hebt den Kopf, sodass ich ihr ins Gesicht sehen kann. Ihre Augen sind gerötet, ihre Wangen leicht aufgequollen. Dennoch hat sie mich nie mit so einem klaren Blick angesehen. »Ich will nicht in der Zukunft oder in der

Vergangenheit leben.« Ihre rechte Hand bleibt direkt auf meinem Herzen liegen. »Ich will in diesem einen Moment leben. Bitte, lass *uns* in diesem einen Moment leben.«

Ich streiche ihr eine Haarsträhne aus dem Gesicht und berühre ihre zarte Haut dabei mit meinen Fingerkuppen. Sofort schließt sie ihre Augen, um sich dieser einen Berührung völlig hinzugeben.

»Ich liebe dich«, fliegt es plötzlich über meine Lippen, als wäre es das Normalste der Welt, diese Worte auszusprechen. Dabei habe ich sie bislang noch nie einer Frau gegenüber so ehrlich gemeint wie in diesem Moment.

Maisies Mundwinkel zucken leicht nach oben, ehe sie langsam die Augen öffnet. »Es ist verrückt, aber ich glaube, ich dich auch ...«

»Ich wollte nur, dass du es weißt, bevor ...« Der Rest meines Satzes wird von Maisies Lippen verschluckt, als sie ihren Mund wieder gegen meinen drückt. Und dann geht alles so furchtbar schnell. Ich spüre ihre Hände überall. Die Küsse werden heißer und intensiver. Ihr zierlicher Körper drückt sich gegen meinen und meine Latte beginnt vor Erregung bereits zu schmerzen.

»Nicht hier«, murmle ich und halte ihre Hände sanft fest. Langsam stehe ich auf und ziehe sie mit mir auf die Füße. Sofort habe ich wieder vergessen, was ich tun wollte. Stattdessen küsse ich sie immer und immer wieder. Sie ist wie eine Sucht, die man niemals befriedigen kann. Mit jedem Moment, den man sie spürt, wird das Verlangen größer.

Ich öffne den flauschigen Bademantel, den sie mir vor einer halben Ewigkeit geklaut hat. Darunter trägt sie lediglich ein altes Baumwoll-T-Shirt und einen Slip. Ihre Brustwarzen drücken sich bereits sehnsüchtig gegen den Stoff. Ich streife ihr den Bademantel von den Schultern und ziehe sie an dem Stoff ihres T-Shirts wieder zu mir. Sobald ich ihre Haut wieder unter meinen Händen spüre, fühle ich mich gut. Mein Mittelpunkt gerät wieder ins Gleichgewicht.

Meine Finger umschließen den Saum ihres T-Shirts. Anstatt es aber hoch zu schieben, schlucke ich das Verlangen für einen Moment herunter.

Ich werde sie nicht in meiner Küche wie eine x-beliebige Bekanntschaft vögeln. Maisie hat so viel mehr verdient, als einen billigen Fick.

Während ich sie langsam küsse und das Lächeln ihrer Lippen spüre, ziehe ich sie mit mir Richtung Schlafzimmer. Ständig bleibe ich stehen, um sie zu küssen, zu berühren, zu spüren. Der Weg bis zu meinem Bett gleicht einer Reise zum Mond. Und vor allem in die Schwerelosigkeit. Alles, was ich wahrnehme, ist Maisie. Ihren warmen Atem auf meiner Haut, ihre begehrenswerten Lippen und die Sehnsucht in ihren Augen. Normalerweise war jedes Wort zwischen uns eine Gratwanderung. Ein Kampf mit dem Gewissen. Jetzt ist das alles verschwunden.

Unsere Vergangenheit.

Unsere Zukunft.

Nichts davon hat mehr eine Bedeutung.

Es gibt nur sie und mich in diesem einen Moment.

Blind greife ich nach hinten, um die Tür zu meinem Schlafzimmer zu öffnen. Wir stolpern lachend und küssend auf das Bett zu. Ehe wir endgültig das Gleichgewicht verlieren können, erreichen wir das Bett und lassen uns darauf fallen. Maisie liegt unter mir, während ich mich mit den Armen auf der Matratze abstütze und in ihre wunderschönen Augen sehe. Die Panik, die Angst, das Unbehagen – all das ist verschwunden. Ich sehe sie endlich ganz. Die wahre Maisie, die sie unter der Fassade ist. Ihre Haare bilden einen goldenen Fächer um ihren Kopf.

Ihre Hände greifen nach dem Saum meines Shirts und sie zieht es mir über den Kopf. Ich schiebe ihr Baumwoll-T-Shirt nach oben. Ihre Brüste sind für meinen Schwanz das achte Weltwunder. Ich senke meinen Mund auf eine ihrer bereits aufgerichteten Knospen und fahre mit der Zunge in kreisenden Bewegungen darüber. Sie seufzt, stöhnt und krallt sich in dem Laken fest. Meine rechte Hand wandert zwischen ihre Beine. Ich schiebe ihren feuchten Slip beiseite und berühre die empfindlichste Stelle ihres Körpers. Für einen kurzen Augenblick zuckt sie zusammen, ehe sie sich der Berührung völlig hingibt. Ihr Körper bebt vor Erregung. Mit der Zunge folge ich den Linien ihres Körpers und entlocke ihr mit jedem Zentimeter ein intensiveres Seufzen.

Ich ziehe meine Finger aus ihr und küsse sie wieder auf den Mund. »Ich will in dir sein, wenn ich dich das erste Mal zum Höhepunkt bringe«, flüstere ich, als ich ihren Widerwillen über die Unterbrechung meiner Liebkosungen spüre. Ihre Augenlider flattern, als ich mich erhebe, um ein Kondom aus dem Nachtschrank zu holen. Die Verpackung ist noch geschlossen. Ich hatte sie vor dem Unfall gekauft und danach nicht gebraucht. Ich verdränge die Wehmut, reiße die Verpackung auf. Maisie zieht mir mit beiden Händen die Shorts in die Kniekehlen. Ich drücke Maisie sanft zurück auf die Matratze und ziehe mir das Kondom über. Meine Hände wandern von ihren Knien über ihre Oberschenkel, bis hin zu ihrem Bauch.

»Folter mich nicht länger.« Ihre Stimme ist heiser und zittrig zugleich. Sie klingt nicht wie die Maisie, die ich bislang kennengelernt habe. Wenn ich ihr nicht langsam gebe, was ihr Körper sich wünscht, wird sie es sich nehmen. Dessen bin ich mir sicher.

Ich spreize ihre Beine. Noch habe ich Kontrolle über mich und will jede Sekunde mit Maisie genießen. Ich will sie schmecken, sie fühlen. Ein Teil von mir befürchtet, dass der Zauber vorbei ist, sobald wir miteinander geschlafen haben. Ihre Hände vergraben sich in meinem dichten Haar und sie zieht meinen Mund zurück auf ihre Lippen. Ihr Unterleib drängt sich gegen meinen und meine Selbstbeherrschung bröckelt augenblicklich. Sanft dringe ich in sie ein. Für diesen einen Moment muss die Erde aufhören sich zu drehen. Die Zeit bleibt stehen und es existiert nur die Verbindung zwischen Maisie und mir. Unsere Herzen schlagen im Gleichklang, unsere Atmung bebt im selben Rhythmus.

Ich bewege mich in ihr und wir verschmelzen zu einer

Einheit. Unsere Körper sind nicht mehr zu trennen. Wir fühlen das Gleiche. Dieses unendliche Glücksgefühl, das keine Höhe zu kennen scheint. In meinem Universum existiert gerade nur dieses Gefühl samt der Person, die es in mir auslöst.

Ich will all das, was in mir vorgeht, in die Welt hinausschreien. Aber selbst wenn ich es versuchen würde, käme in diesem Moment kein Ton über meine Lippen. Ich spüre, wie sich Maisies Körper anspannt. Im gleichen Augenblick fühle ich das Ziehen, das süß wie Sirup in meinen Eiern beginnt und langsam durch meinen gesamten Körper fließt. Alle Umrisse um mich herum verschwimmen, bis ich nur noch ihre halb geöffneten Augen sehe. Sie öffnet sie, als ihr Körper von einem intensiven Beben erschüttert wird. Ihre Hände greifen fest in mein Haar und doch scheinen sie überall auf meinem Körper zu sein, als ich in tausend Stücke zu zerfallen drohe.

Ich will nicht, dass es endet.

Mit aller Macht kämpfe ich dagegen an. Der Kampf ist aber aussichtslos. Die Welt um mich herum explodiert in eine Millionen Farben und ich kann es nicht aufhalten. Die Gefühle strömen durch mich hindurch und beleben jede Zelle meines Körpers.

Als die Farben verblassen, öffne ich langsam die Augen.

Sie sieht mich an.

Maisies aufrichtiger Blick ist geradewegs auf mein Gesicht gerichtet.

Meine Mundwinkel verziehen sich sogleich zu einem

Lächeln.
> Das hier ist nicht das Ende.
> Das ist erst der Anfang.
> Der Anfang von etwas Unbeschreiblichen.
> Etwas, das uns für immer verändern wird.

22. Kapitel

Maisie

Wir liegen im Dunkeln nebeneinander. Unsere Hände sind miteinander verschlungen. Lloyds Daumen fährt immer wieder über meinen Handrücken. Irgendwann schließe ich die Augen und lasse die Gefühle tief in mir auf mich wirken.

Ich bin wieder die Frau, die ich vor einer sehr langen Zeit einmal war. Die Schutzhülle, die sich um mein Herz gelegt hatte, ist in Zehntausende Teile zersprungen und hat mich freigegeben. Das Gefühl der Freiheit pulsiert mit jedem Herzschlag durch meinen Körper und zaubert mir ein Lächeln ins Gesicht, das niemand in diesem Moment sehen kann. Selbst Lloyd nicht.

Ich habe keinen blassen Schimmer, wie es morgen weitergehen soll. Vor wenigen Stunden hätte mich der Gedanke verängstigt. Jetzt habe ich dafür lediglich ein müdes Lächeln übrig.

Ich bin es leid, in der Zukunft zu leben. Dass mein gesamtes Leben sich um die Momente dreht, die womöglich nie passieren werden. Die in ihrer Grausamkeit lediglich in meinem Kopf existieren. Ich will wieder in der Gegenwart sein. Im Hier und Jetzt. In jedem Augenblick, den ich mit Lloyd teilen kann.

Seine Streicheleinheiten geraten ins Stocken. Dann greift

er meine Hand fester.

»Ich werde nicht zu denen zurückkehren«, sagt er in die Stille hinein. Es klingt, als würde er es nicht mir erzählen wollen, sondern in erster Linie sich selbst. »Ich kann es einfach nicht.«

Es raschelt und ich spüre selbst in der Dunkelheit seinen Blick auf mir. Wahrscheinlich denkt er, dass ich eingeschlafen bin. Ich schlucke kräftig, damit meine Stimme wiederkommt.

»Ich weiß«, flüstere ich.

»Ich wollte, dass du das von mir hörst. Ehe ...«

»Ehe was?« Nun drehe ich meinen Kopf ebenfalls zu ihm. Er atmet tief durch. »Ehe die Sonne aufgeht.«

Ich lasse seine Worte sacken. Es ist, als würden unsere Körper im selben Rhythmus funktionieren und unsere Gehirne das Gleiche denken.

»Wir könnten uns in ein Auto setzen und immer Richtung Sonnenuntergang fahren«, denke ich laut nach.

Lloyd lacht leise auf. »Es wäre einen Versuch wert.«

»Du würdest das tun?«, frage ich überrascht nach.

»Ich habe einen schicken Porsche. Der hat einige PS unter der Haube. Mit der Kiste könnte es sogar klappen.«

»Du hast einen Sportwagen und prahlst damit erst, nachdem du mich nackt gesehen hast?«

»Ich hatte nicht den Eindruck, dass er dich im Vorfeld beeindruckt hätte.«

»Nein, hätte er nicht«, gebe ich mit einem Schmunzeln wieder. »Aber die Nummer mit dem Sonnenuntergang beeindruckt mein Mädchenherz.«

»Lass uns einfach so tun, als würde die Sonne nie aufgehen ...«

Ich strecke langsam meine Hand aus und berühre mit den Fingerkuppen seine Wange. »Vielleicht geht sie auch nie auf«, flüstere ich und beuge mich nach vorne, um ihn zu küssen. Seine Lippen finden meinen Mund, als wären wir schon immer eine Einheit gewesen.

»Versprich mir, dass sich all das morgen noch genauso gut anfühlen wird.«

Ich nicke leicht mit dem Kopf. »Ich verspreche es dir«, sind meine letzten Worte, ehe Lloyd mir erneut zeigt, wie viel ihm diese drei kleinen Worte, die er mir vorhin zum ersten Mal gesagt hat, tatsächlich bedeuten.

Ich stehe mit einem von Lloyds Freizeit-T-Shirts in der Küche und bereite Frühstück zu. Summend brate ich Eier, wende den Speck im Ofen und wedle dabei mit dem Pfannenwender herum.

»Da hat aber jemand gute Laune.«

Ruckartig halte ich inne und drehe mich zu Lloyd um. Er steht auf der anderen Seite der Kücheninsel, lediglich mit Shorts bekleidet und betrachtet mich amüsiert.

»Wenn du etwas von dem Frühstück abhaben möchtest, solltest du dich benehmen«, erwidere ich. Er setzt sich ohne einen weiteren Kommentar auf einen der Hocker und lässt seine Augen über mich gleiten. »Und dir etwas anziehen«, füge ich hinzu, sobald ich das Knistern zwischen uns in meinem Unterleib spüre.

Seine Mundwinkel heben sich kurz. »Stört dich der Anblick?« Er breitet die Arme aus, um mir zu zeigen, was ich letzte Nacht mehr als deutlich fühlen konnte. Mein Blick bleibt an seinem wohldefinierten Oberkörper hängen und ich spüre eine wohlige Hitze in meinen Wangen, sobald mir all die Erinnerungen an letzte Nacht in den Kopf kommen.

»Meine hübschen Augen sind hier oben«, reißt Lloyd mich aus meinen Gedanken und zeigt auf sein Gesicht. »Und der Speck brennt an.«

»Oh Mist«, fluche ich und reiße die Tür zum Backofen auf. Mir kommt eine Rauchwolke entgegen und ich wedle hektisch mit dem Pfannenwender vor meinem Gesicht herum, um den Qualm zu vertreiben. Ehe ich auch nur eine Chance habe, mit dem Pfannenwender den Speck zu retten, nimmt Lloyd ihn mir aus der Hand und schiebt mich sanft fort. Mit wenigen Handgriffen hat er den Speck auf einen Teller verfrachtet und hält ihn mir stolz vor die Nase.

»Bitteschön.«

Ich nehme den Teller mit verkniffener Miene entgegen. »Das hätte ich auch alleine geschafft.«

»Ach ja?« Er kommt mir langsam näher. Ich umfasse den Rand des Tellers mit beiden Händen so fest, dass ich befürchten muss, ihn in der Mitte zu zerbrechen. »Ich hatte das Gefühl, du warst mit anderen Dingen beschäftigt.«

»Gefühle können auch falsch liegen ...«

»Diesmal lag ich vollkommen richtig.« Sein Mund ist meinem so nahe, dass er die Worte lediglich zu flüstern braucht, damit ich sie verstehen kann. Ehe das restliche Frühstück ebenfalls in die Tonne gehört, ducke ich mich unter seinem Arm hindurch und fliehe auf die andere Seite der Kücheninsel, um mich von dort aus um die Eier zu kümmern.

»Du weißt, dass ich schneller bin als du?« Lloyd hebt herausfordernd die Augenbrauen.

Ich nehme die Pfanne von der heißen Herdplatte. »Wer sagt, dass ich weglaufen würde?«

»Wenn du nicht vor mir weglaufen willst, warum stehst du dann auf der anderen Seite?« Er deutet auf die Kücheninsel.

»Damit wir gleich noch etwas zum Frühstücken haben.«

Er richtet sich auf und kommt zu mir. Seine Hände greifen nach meinen Hüften und ein sanfter Kuss landet auf meiner Schläfe. »Ich geh duschen. Und danach freue ich mich auf dein Frühstück.« Er zwinkert mir zu, löst sich von mir und verschwindet im Badezimmer. Wenige Momente später höre ich das Rauschen des Wasserstrahls in der Dusche.

Ich wende mich wieder der Pfanne zu und atme erst einmal tief durch.

Atmen.

Einfach nur atmen.

Und dann stiehlt sich wieder dieses zaghafte Lächeln in

mein Gesicht, das ein unglaubliches Gefühl von Wärme durch meinen Körper schickt. Ein Lied von Katy Perry summend richte ich das Frühstück für uns beide an. Ich werde gerade fertig, als Lloyd zurückkehrt.

»Das war eine schnelle Dusche«, stelle ich fest und bin froh, dass er sich ein T-Shirt übergezogen hat.

»Ich habe Hunger«, erklärt er, nimmt mir mit einem dankbaren Lächeln einen der Teller aus der Hand und setzt sich an den gläsernen Esstisch. Ich folge ihm.

Für wenige Augenblicke genießen wir schweigend das Frühstück, ehe Lloyd den Blick hebt. »Lass uns heute etwas unternehmen.«

»Wir müssen gleich ins Regenbogenhaus«, erwidere ich mit einem Blick auf die Uhr.

»Danach.«

»Okay«, höre ich mich schließlich antworten, ohne groß darüber nachgedacht zu haben. Einfach auf sein Herz hören zu können, fühlt sich verdammt gut an.

23. Kapitel

Lloyd

Sie lacht.

Ihr Lachen lässt mein Herz höher schlagen. Vor allem löst es in mir den Drang aus, sie in meine Arme zu schließen, sie zu küssen und ihr süße Worte ins Ohr zu flüstern, die sie zum Kichern bringen.

Ich beobachte sie bei der Gartenarbeit mit den Kindern. Als Walter uns am Regenbogenhaus absetzte, nahm sie mir das Versprechen ab, mich normal zu verhalten. Keiner soll bemerken, was zwischen uns passiert ist. Wie stellt sie sich das aber vor? Jeder, der zwei Augen im Kopf hat, sieht die Veränderung an ihr. Sie strahlt bis über beide Ohren, summt bei der Arbeit und lacht mit den Kindern, als hätte sie das schon immer getan.

Plötzlich hebt sie den Blick und sieht mich am Fenster stehen. Für einen kurzen Augenblick hält sie inne und ich erwarte eine tadelnde Geste über mein Verhalten. Am Fenster stehen und Maisie anstarren, gehört mit Sicherheit nicht zu ihrer Strategie für den heutigen Tag. Ihre Lippen verziehen sich entgegen meiner Erwartung jedoch zu einem Lächeln, ehe sie den Blick wieder abwendet und sich auf die Kinder um sich herum fokussiert.

Ich atme tief durch, ehe ich mich ebenfalls meiner

eigentlichen Arbeit wieder zuwende: der Hausaufgabenbetreuung. Ich bin jedoch mit den Gedanken nicht bei der Sache und die Kids müssen mich teilweise dreimal fragen, bis ich ihnen eine adäquate Antwort gegeben habe.

»Beschäftigt dich etwas?«, fragt mich Rachel, als die Kinder über ihren Aufgaben brüten und es alleine versuchen.

Ich will bereits verneinen, als ich es mir doch anders überlege. »Ja«, erwidere ich.

Ihre Augenbrauen wandern nach oben, während sie mich fragend mustert. »Was Privates?«

»Mehr oder weniger«, sage ich und fasse mir in den Nacken.

»Hat es etwas mit Maisie und dir zu tun?« Ihre Augen flackern amüsiert auf.

»Maisie und mir? Was soll mit Maisie und mir sein?«

Sie stupst mich spielerisch an. »Ach komm. Wir sind hier zwar nicht mit Geld gesegnet, aber mit ausreichend vielen Gehirnzellen.«

Ich lächle sie einfach nur debil an.

»Und bei dem Grinsen in deinem Gesicht hört man bereits das Zwitschern.«

»Was für ein Zwitschern?«

»Turteltauben«, raunt sie mir zu, ehe sie auflacht und damit die Aufmerksamkeit der Kinder auf sich zieht.

»Was ist so witzig?«, will Evelyn wissen.

»Nichts«, sage ich sofort.

»Wir haben nur darüber gesprochen, dass Lloyd es hier bei uns total klasse findet und sich nie hätte vorstellen können, wie toll es sein kann, euch bei Mathe zu helfen.« Sie zwinkert mir zu. Immerhin ist sie die Pädagogin, die mit den Kindern umzugehen weiß und die bereits vor meiner intelligenten Antwort erahnen konnte, dass es lediglich die Neugierde der Kids schürt, wenn sie auf etwas keine ordentliche Erklärung erhalten.

»Wieso bist du eigentlich so gut in Mathe?«, fragt Patrick mit seinen großen Kulleraugen.

»Ich habe bei einer Bank gearbeitet und da muss man rechnen können.«

»Was hast du da gemacht?«, fragt nun ein anderes Mädchen.

»Gewinne berechnet, Prognosen erstellt, Finanzprodukte bewertet.«

»Und dafür braucht man das alles?«, fragt Evelyn und zeigt auf ihr Mathebuch.

»Dafür brauchst du viel mehr als das«, erwidere ich.

»Genau! Und damit ihr mal genauso schlau werdet wie Lloyd, kümmert ihr euch jetzt um eure Hausaufgaben«, springt Rachel ein, ehe aus der Hausaufgabenstunde eine Fragerunde zu meiner Person wird.

»Wirst du wieder bei einer Bank arbeiten, wenn du nicht mehr hier bist?«, fragt Evelyn neugierig.

Ich schüttle den Kopf. »Nein, ich denke nicht.«

»Was machst du dann? Bleibst du dann hier?« Ich kann die Hoffnung in Patricks Augen förmlich ablesen.

Ehe ich darauf antworten kann, klatscht Rachel in die Hände und richtet die Aufmerksamkeit der Kinder wieder auf die Hausaufgaben.

»Mr. Lawson. Wie kann ich Ihnen helfen?« Hetty blickt nicht einmal von ihren Unterlagen hoch, als ich ihr kleines Büro betrete. Seitdem ich das letzte Mal hier gewesen bin, scheinen unzählige Mappen hinzugekommen zu sein.

Ich schließe leise die Tür und nehme auf einem der alten Stühle vor ihrem Schreibtisch Platz. Nach wenigen Sekunden, die sich wie Kaugummi in die Länge gezogen haben, hebt sie endlich den Blick.

Ich sehe ihr an, dass sie die Frage kein zweites Mal stellen wird. Also räuspere ich mich und ändere die Position auf dem Stuhl. Meine Unsicherheit entgeht ihr nicht. Sie nimmt die Lesebrille von der Nase und mustert mich mit ihren wachsamen Augen.

»Also?«, fragt sie.

»Hmmm ...«, erwidere ich, da ich nicht genau weiß, wie ich die Sache angehen soll. Bis ich an ihre Tür geklopft habe, hatte ich einen Plan. Jetzt ist er zu Rauch und Schall verpufft, als ich gezwungen werde, mein Anliegen laut auszusprechen. Zumal ich ganz genau weiß, dass Hetty mich wie eine Kakerlake unter ihrem Schuh zertreten kann.

»Ich habe nicht den ganzen Tag Zeit.«

»Ich weiß.«

»Wenn Sie etwas wollen, dann klären Sie mich jetzt auf. Ich habe gleich noch einen Gerichtstermin.«

Ich atme tief durch. »Ich dachte ... Da ...«

»Mr. Lawson, spucken Sie es einfach aus.«

»Wir zwei verstehen uns ja mittlerweile ganz gut. Trotz geringfügiger Differenzen. Und deswegen dachte ich, dass ich Ihnen meine qualifizierte Hilfe länger anbieten könnte. Sofern es von Nutzen wäre.« So viele Konjunktive habe ich das letzte Mal im Kindergarten benutzt.

»Nein.«

»Nein?«, frage ich fassungslos nach.

»Sie haben mich richtig verstanden – nein. Ich buchstabiere es aber gerne für Sie erneut – N-E-I-N.«

»Warum?«

»Weil Sie nicht hierher passen, Lloyd. Es freut mich für Sie, dass Sie sich mit den Schweinen angefreundet haben und offenbar etwas für Ihr eigenes Leben in den letzten Wochen lernen konnten. Aber Sie passen einfach nicht zum Regenbogenhaus.«

Ich öffne den Mund, um Widerworte zu geben, schließe ihn aber wieder, als ich keine Worte finde, die ich Hetty entgegenbringen könnte. »Okay«, sage ich schließlich.

»Nur weil Sie nicht hierher passen, heißt das nicht, dass es keinen anderen Ort für Sie gibt, an dem Sie Gutes tun können.«

»Ich werd's mir merken«, erwidere ich trocken. »Ich werde morgen später kommen. Ich habe ein paar Dinge zu klären«, teile ich Hetty mit – und ohne eine Antwort abzuwarten, verlasse ich ihr Büro.

Was habe ich eigentlich von dieser Konversation erwartet?

Augenscheinlich habe ich tatsächlich einen Teil meines Gehirns verloren, wenn ich in Erwägung ziehe, einen Tag länger als nötig hierzubleiben.

»Ist etwas passiert?«

Maisie blickt mich unsicher von der Seite an. Wir liegen zusammen auf dem Gras im Central Park. Die Sonne ist bereits hinter einem der Hochhäuser verschwunden, während wir die Eisshakes genießen, die wir uns an einem der Stände geholt haben.

Ich atme tief durch. »Nein. Alles gut«, erwidere ich wenig überzeugt. Seitdem ich denken kann, habe ich mir nichts so sehr gewünscht, als die jetzige Situation einfach beibehalten zu können. Maisie, ich, das Regenbogenhaus. Es sind nur noch sieben Tage, die ich offiziell dort bin. Wie es danach weitergehen soll, steht in den Sternen. Nach wie vor ist es für mich keine Option, zurück zur *Eastern Westfield* zu gehen. Declan versucht immer wieder, mich davon zu überzeugen. Augenscheinlich sagt ihm der Vorstandsposten nicht zu und er will dem Mittelpunkt der Aufmerksamkeit entfliehen. Schließlich sollte er nur so lange die Stellung halten, bis ich wieder zurück bin. Und das soll in sieben

Tagen sein. Declan ist auch der Einzige bei der Bank, dem ich bislang von meinem Entschluss erzählt habe. Ich hatte das Gefühl, es ihm schuldig zu sein. Er hat es mit gemischten Gefühlen aufgenommen.

»Lüg mich nicht an«, sagt Maisie und reißt mich aus meinen Gedanken. Ich sehe sie an. Ihre zusammengezogenen Augenbrauen bilden eine Falte über ihrer Stupsnase.

»Du hast dich verändert«, lenke ich von ihrer Frage ab. Ihre angespannte Haltung löst sich langsam. »Ich wusste, dass ich gut im Bett bin. Aber persönlichkeitsverändernd?« Meine Lippen kräuseln sich zu einem Lächeln, als sich ihre Wangen leicht rosig färben. Sie rollt sich wieder auf den Rücken und blickt in die Baumkrone. Jetzt ist sie es, die tief durchatmet. Sie legt ihre Hände auf den Bauch und verhakt sie unruhig ineinander. Ich greife nach ihrer rechten Hand und nehme sie in meine. Dann setze ich einen sanften Kuss auf ihren Handrücken.

»Mein Name ist nicht Maisie«, sagt sie plötzlich. Ihre Worte lassen mich innehalten.

»Wie meinst du das?«

Wieder höre ich sie schwer atmen und für einen Moment schließt sie die Augen. Als sie sie wieder öffnet, ist ihr Blick so klar wie selten zuvor. »Ich heiße Abigail. Eigentlich Abby ...« Ihre Stimme hat sich zu einem Flüstern gesenkt.

»Abby«, spreche ich den Namen irritiert aus und bemerke, wie ihr ganzer Körper auf den Namen reagiert.

»Maisie war meine Großmutter. Es ist also ... Irgendwie

ist es...«

»Nicht ganz erfunden?«, frage ich verdutzt nach.

Sie nickt.

»Du hast dich Maisie genannt, damit sie dich nicht findet«, stelle ich treffend fest. »Willst du darüber reden?«

»Ich will, dass es vorbei ist.« Ein trauriges Lächeln platziert sich in ihrem Gesicht. »Ich will, dass ich mit dir hier liegen kann, ohne Angst zu haben. Ohne fürchten zu müssen, dass ...«

Ich unterbreche ihre Ausführungen mit einem Kuss auf ihre Lippen. »Hast du gerade Angst?«, frage ich nach.

Sie deutet ein Kopfschütteln an. »Nein, ich ...«

»Dann ist doch alles perfekt«, flüstere ich an ihren Lippen.

»Du gibst mir das Gefühl, dass es das ist.«

»Kannst du dich noch daran erinnern, was wir uns gestern versprochen haben? Nur die Gegenwart zählt. Die Vergangenheit und die Zukunft spielen keine Rolle mehr. Lass uns von Augenblick zu Augenblick leben.«

»Es fällt mir einfach so verdammt schwer, loszulassen«, murmelt sie.

»Dafür bin ich da.« An meinem Mund spüre ich, wie sich ihre Lippen zu einem Grinsen verziehen. »Also Abby.«

»Ich mag es, wenn du mich so nennst«, gesteht sie plötzlich.

»Was hältst du davon, wenn wir zurück in das Apartment gehen und ich dir die Sache mit dem Loslassen noch einmal zeige?«

»Können wir noch einen Moment hier liegen bleiben?«

»Klar«, erwidere ich und küsse sie auf die Nasenspitze. Ihre Finger verschränken sich mit den meinen und wir lauschen beide dem sanften Rauschen der Blätter.

»Ich habe Hetty heute gefragt, ob ich im Regenbogenhaus bleiben kann«, kommt es plötzlich über meine Lippen.

»Und?«

»Sie hat Nein gesagt.«

Sie lacht leise auf. »Hast du etwas anderes erwartet?«

»Ich hätte mir eine andere Antwort gewünscht. Ich habe dir bereits gestern gesagt, dass ich nicht zur *Eastern Westfield* zurückgehe. Es wäre ...«

»Nicht die einfachste Lösung.«

Ich wende mich ihr zu und weiß sofort, was ihre Worte mir sagen sollen.

»Ich will dich jeden Tag lächeln sehen.«

»Jeden Tag?«

»Jede Sekunde.«

»Da hast du aber viel vor«, zieht sie mich auf und kichert wie ein kleines Mädchen, als ich mein Gesicht in ihrer Halsbeuge vergrabe und sie dort küsse.

»Lloyd!«, schreit sie lachend auf, als ich sie an der Seite kitzle. Sie versucht, mich von sich wegzuschieben, aber ich bin zu stark und drücke sie mit meinem Körpergewicht ins trockene Gras. Außer Atem starrt sie mich nach wenigen Augenblicken an.

»Danke«, flüstert sie plötzlich und Tränen bilden sich in

ihren Augenwinkeln.

»Wofür?«, frage ich alarmiert nach und rücke ein Stück von ihr ab. Sie fasst aber mein T-Shirt und hindert mich daran.

»Dafür, dass du mir mein Lachen wiedergegeben hast.« Sie lässt mich los und wischt sich unbeholfen mit dem Handrücken über die Augenwinkel, ehe sie beschließt, ihr Gesicht komplett hinter ihren Handinnenflächen zu verstecken. Sanft ziehe ich mit meiner freien Hand ihre Finger vom Gesicht.

»Es ist mir furchtbar egal, wie du eigentlich heißt. Ich liebe dich. Und das bedeutet, dass ich dich lächeln sehen will. Egal wann und egal wie oft. Ich will, dass du keine Angst mehr hast und weißt, dass ich alles in meiner Macht Stehende tun werde, um dich vor dem zu beschützen, was dich jedes Mal in diese unsägliche Panik versetzt hat.«

»Was ist, wenn du das nicht kannst?«

»Ich kann und ich will. Ende der Diskussion. Dir mag es noch nicht aufgefallen sein, aber ich kann sehr besitzergreifend sein.«

»Ich hoffe, du wirst recht behalten«, sagt sie schließlich.

»Womit?«

»Dass du mich jeden Tag lächeln sehen kannst.«

»Ich verspreche es dir hiermit.«

»Sicher, dass du das wagen willst?«

»*Auf immer und ewig.* Ich werde dich auf immer und ewig zum Lächeln bringen«, verspreche ich ihr, bevor ich sie endlich küsse.

24. Kapitel

Abby

Mir geht es gut. So gut, wie seit einer sehr langen Zeit nicht mehr. Als ich heute Nacht neben Lloyd eingeschlafen bin, hielt er meine Hand und ich fühlte mich sicher. Ich fühlte mich frei und sorglos. Die Ängste, die mich bislang begleitet haben, rücken immer weiter in den Hintergrund. Anfangs waren sie mir in jeder Zelle meines Körpers eingebrannt gewesen. Egal in welche Richtung ich blickte – sie waren da.

Seitdem ich Lloyd begegnet bin, rückten sie immer weiter in den Hintergrund, bis sie nur noch ein dumpfes Pochen waren. Etwas, das da ist, mich aber nicht mehr einnimmt. Seit drei Jahren verstecke ich mich und er hat mich nicht gefunden. Wieso sollte er mich ausgerechnet jetzt ausfindig machen? Ich habe niemandem von den Dingen erzählt, die ich weiß. Ich bin keine Gefahr für ihn. Das sollte er wissen. Vielleicht hat er mich längst vergessen ...

Ich puste in die Kaffeetasse in meinen Händen, ehe ich vorsichtig einen Schluck nehme. Vielleicht hat Lloyd recht und es ist vorbei.

Sobald ich an Lloyd denke, kehrt mein Lächeln zurück.

Ich will dich jeden Tag lächeln sehen ...

Die Worte jagen mir nach wie vor einen wohligen Schauer durch den Körper und lösen ein heftiges Flattern in meinem Bauch aus.

Ich werfe einen Blick auf die Uhr. In gut zwanzig Minuten werde ich zum Regenbogenhaus aufbrechen. Lloyd ist bereits in aller Frühe zur *Eastern Westfield* aufgebrochen, um den entsprechenden Leuten mitzuteilen, dass er nicht zurückkehren wird. Solange er noch eine Verbindung dorthin hat, werde ich das ungute Gefühl im Nacken nicht los. Ich schüttle mich, aber es sitzt nach wie vor dort.

Du bist einfach nur paranoid, rede ich mir selbst ein. Sie können ihm nichts bieten, weswegen er seine Entscheidung revidieren würde. Ich habe seinen Blick gesehen, als er darüber gesprochen hat. Der Schmerz von dem Unfall sitzt nach wie vor zu tief, als dass er darüber hinwegsehen kann.

Mein Blick fällt auf den blütenweißen Umschlag, den ich vor zwei Tagen von der Theke gefegt habe, und mein Blick verdüstert sich. Ich stelle die Kaffeetasse ab und gehe auf den Umschlag zu. Als ich ihn in die Hand nehme, sehe ich das Zittern meiner Hände. Ich hole tief Luft, ehe ich es über mich bringen kann, die Unterlagen aus dem Umschlag zu nehmen. Mit beiden Händen lege ich den Stapel Papiere auf den Küchentresen und beginne die Buchstaben zu Worten zusammenzufügen, ehe sie als ganze Sätze Sinn in meinem Kopf ergeben. Seite für Seite lese ich den Vertrag, den Lloyd hätte unterschreiben sollen. Mit jedem Absatz nimmt meine Übelkeit zu. Er darf das auf gar keinen Fall unterschreiben. Wenn er das tut, dann ...

Ich drücke mir die Fingerspitzen an die Schläfen und

kneife die Augen zusammen. Er hat nicht vor, das zu unterschreiben. Er ist zur *Eastern Westfield* gefahren, um einen Schlussstrich unter seine Vergangenheit zu ziehen.

Konzentriert atme ich mehrere Male ein und wieder aus, ehe ich mich dazu imstande fühle, die Augen zu öffnen. Ich sammle die Papiere wieder ein und stecke sie zurück in den Umschlag.

Es ist vorbei.

Ich klammere mich an die Worte wie an die Luft, die ich zum Atmen brauche.

Er sagte, er sei spätestens um zwölf im Regenbogenhaus. Das sind noch knapp vier Stunden, ehe er mich in die Arme schließen wird, um mir zu sagen, dass alles in Ordnung ist.

Vier Stunden.

Zweihundertvierzig Minuten.

Ein kurzer Augenblick im Gegensatz zu den letzten drei Jahren.

Ich nehme meine Kaffeetasse wieder zur Hand und versuche, zu der inneren Ruhe zurückzukehren, die ich vor wenigen Minuten noch tief in mir gespürt habe. Es will mir aber nicht gelingen.

Ich zucke schreckhaft zusammen, als es an der Tür klopft. Erst als es ein zweites Mal klopft, stelle ich die Kaffeetasse ab und gehe zögerlich auf den Eingangsbereich zu. Ich blicke durch den Spion und erkenne einen der Servicemitarbeiter.

»Das wurde für Sie abgegeben«, sagt er mit einem höflichen Lächeln und reicht mir einen Umschlag. Ehe ich nachfragen kann, hat er sich bereits abgewendet.

Mit dem Umschlag in der Hand schließe ich die Tür. Ich will ihn bereits auf den Küchentresen legen, damit Lloyd ihn nachher sofort findet, als mein Blick den Namen auf dem Papier streift.

Abby.

Augenblicklich bleibt mein Herz stehen.

Der Umschlag ist nicht zugeklebt, weswegen ich ihn einfach aufreiße und den Inhalt beim Herausholen leicht zerknittere.

Es ist eine Karte.

Eine Karte mit vier handgeschriebenen Sätzen, die mir den Boden unter den Füßen wegreißen.

Ich weiß, wo du bist.
Ich weiß, wer dir wichtig ist.
Ich weiß, wie ich dir alles nehmen kann.
Es wird Zeit, nach Hause zu kommen.

Ich lese die Worte immer und immer wieder, bis sie sich in meinen Kopf eingebrannt haben. In Dauerschleife laufen sie in meinen Gedanken hin und her.

Wie hat er mich gefunden?

Wusste er schon die ganze Zeit, wo ich bin?

Die Fragen rasen in Lichtgeschwindigkeit durch mein Bewusstsein, ohne dass ich eine Antwort darauf finden kann. Die Tränen beginnen mir über die Wangen zu laufen und ich höre mein Schluchzen durch die Schwere, die ich nicht nur innerlich fühle. Ich bemerke nicht einmal, wie ich auf den Boden sacke. Irgendwann öffne ich die Augen und blicke in den strahlend blauen Himmel über Manhattan.

Ich bin davongelaufen und habe mich versteckt.

Drei Jahre lang.

Ich bin in New York geblieben, weil ich dachte, sie würden mich hier nicht suchen und er würde mich nicht finden.

Wie sehr ich mich getäuscht habe.

Ich beobachte einzelne Schleierwolken, die hoch über mir entlang ziehen. Die Sekunden ticken vorbei. Aus Momenten wird eine Ewigkeit.

Ich dachte, ich hätte alle besiegt. Ich wäre frei. Ich dürfte wieder glücklich sein.

Meine Lider fallen zu und ich spüre die dicken Tränen nach wie vor meine Wangen hinunterlaufen. Ich lausche meinem Herzschlag und wünsche mir für einen Moment, er würde einfach aufhören.

Ich will nicht mehr.

Ich bin es leid.

Ich will das Leben nicht weiterführen, vor dem ich vor drei Jahren geflohen bin.

Ich schlage die Augen auf. Es ist kurz vor zwölf. Ohne es zu merken, muss ich eingeschlafen sein. Oder ich habe jedes Zeitgefühl verloren.

Mein Blick fällt wieder auf den Zettel, der neben mir liegt. Ich ertrage es nicht erneut, die Worte zu lesen. Jeden Moment wird Lloyd im Regenbogenhaus auftauchen und sich fragen, wo ich bin. Er wird sofort hierherkommen. Bis dahin muss ich verschwunden sein.

Mit den Ärmeln meines dünnen Shirts trockne ich mein Gesicht. Ich denke darüber nach, irgendetwas mitzunehmen. Ich weiß aber, dass ich nichts brauchen werde. Lediglich mit dem Zettel in der Hand verlasse ich das Apartment. Vom Concierge lasse ich mir ein Taxi heranwinken. Die Adresse, die ich dem Fahrer nenne, liegt lediglich drei Blocks von Lloyds Wohnung entfernt. Ehe der Fahrer sich jedoch in den Verkehr einreihen kann, habe ich noch eine Bitte. »Haben Sie ein Telefon, das ich kurz benutzen dürfte?« Ich versuche den Fahrer im Rückspiegel anzulächeln. »Es ist wirklich dringend und dauert nicht lange«, versuche ich weiterhin mein Glück, da er zögert. Dann ringt er sich doch durch und reicht mir sein Smartphone.

»Danke«, erwidere ich, als ich es nehme. Ich wähle Hettys Nummer, die ich bereits vor einer Ewigkeit auswendig gelernt habe. Sie geht sofort ran.

»Ich werde nicht wiederkommen.« Die Worte lösen augenblicklich ein Zittern in meinem Innern aus.

Hetty schweigt für einen Moment. Ich weiß, dass sie mit sich kämpft. Ich habe sie damals auf genau diesen Augenblick vorbereitet und ihr das Versprechen abgenommen, in dieser Situation nichts zu unternehmen.

»Geht's dir gut?«, stellt sie die eine Frage, auf die sie keine Antwort braucht. Sie weiß, dass es nicht der Fall ist.

»Ja, mir geht's gut«, lüge ich. »Hör zu ...«, beginne ich,

habe aber keine Ahnung, wie ich den Satz zu Ende bringen soll.

»Ich kümmere mich um ihn«, erspart mir Hetty die Worte.

»Sag ihm, es tut mir leid.« Ich beende das Gespräch, ehe mich die Gefühlslast erdrückt.

»Wir sind da, M'am«, sagt der Taxifahrer.

Ich blicke aus dem Fenster. Ich hatte gehofft, nie wieder hierher zurückzukehren. Und nun bin ich doch wieder da. Gebrochener als damals.

»Der Sicherheitsdienst wird Sie bezahlen.« Ich gebe dem Mann sein handy zurück und steige aus dem Taxi. Nick erkennt mich sofort. Trotz seiner Professionalität kann ich die Verwunderung über mein Auftauchen in seinem Gesicht ablesen. Vor allem über mein Aussehen.

»Bezahl bitte das Taxi«, sage ich, ohne auf seine erstaunte Miene einzugehen. Ich betrete das Foyer und versuche, niemandem Beachtung zu schenken. Es sind fast dieselben Mitarbeiter, wie vor drei Jahren. Ich gehe zu den Fahrstühlen und rufe mir eine Kabine. Sobald sich die Türen öffnen, gebe ich den Sicherheitscode für das Penthouse ein. Es überrascht mich, dass mein Code immer noch funktioniert. Die Türen schließen sich und es kommt mir vor, als wäre jeglicher Sauerstoff aus der Kabine gesaugt worden. Mir fällt das Atmen schwer. Ich verfolge die digitale Anzeige, die mir die einzelnen Stockwerke anzeigt. Mit einem sanften Ruck bleibt der Aufzug stehen und die Türen gleiten auseinander.

Es hat sich nichts verändert. Die gleiche kühle Einrichtung. Die gleichen teuren Gemälde an der Wand. Die gleiche vergiftete Atmosphäre, die jeden Funken Leben aus mir heraussaugt.

Und der gleiche Mann, der mir alles genommen hat.

Er steht vor seinem Schreibtisch, den Blick auf einen der Bildschirme gerichtet, auf dem die aktuellen Wirtschaftsnachrichten laufen. Mit langsamen Schritten gehe ich auf ihn zu. Er ist attraktiv geblieben. Die gleichen markanten Gesichtszüge, das gleiche Auftreten, das mich damals in seinen Bann zog. Er trägt einen seiner maßgeschneiderten Anzüge. Alles an ihm ist perfekt auf sein Auftreten abgestimmt. Er überlässt nichts dem Zufall.

Er hebt den Blick und seine eisblauen Augen durchdringen sofort alle Mauern, die ich in den letzten Sekunden versucht hatte, aufzubauen. Seine Lippen heben sich zu einem Lächeln.

»Willkommen zurück, Abby.«

Ich erwidere nichts. Ich bleibe auf meinem Fleck stehen und wünsche mir nichts sehnlicher, als dass ich in wenigen Augenblicken aufwache und Lloyd mich mit einem sanften Kuss auf den Lippen begrüßt. Die Sekunden ticken jedoch an mir vorbei und nichts dergleichen geschieht.

Das hier ist meine Realität.

Mein Leben.

Mein Gefängnis.

Er kommt auf mich zu und bleibt vor mir stehen. Dann streckt er die Hand aus. Sobald seine Finger meine Wange berühren, zucke ich zusammen.

»Du weißt, dass ich dir nie etwas tun würde«, raunt er mir zu.

Wieder bleibe ich stumm.

»Heute Abend ist ein Dinner, bei dem deine Anwesenheit erforderlich sein wird«, sagt er in der kühlen Tonlage, die ich zur Genüge von ihm kenne. Er tut so, als wären die letzten drei Jahre nicht passiert. Von ihm geht keine Wut, keine Entrüstung, kein Zorn aus.

»Was ist, wenn ich mich weigere?« Meine Stimme ist rau und kratzig und ich wünschte, ich würde mich nicht so hilflos anhören, wie ich mich fühle.

»Ich glaube kaum, dass das eine Option für dich ist. Ein Wagen holt dich um acht ab.« Er beugt sich vor und küsst mich auf die Wange. Als seine Lippen meine Wange berühren, kneife ich die Augen zusammen, bis ich Blitze sehe. Ich wage erst, sie wieder zu öffnen, als die Berührung vorüber ist. »Es ist alles so, wie du es zurückgelassen hast.«

»Wusstest du die ganze Zeit, wo ich bin?«

Er beantwortet mir die Frage nicht. »Ich erwarte ein repräsentatives Auftreten von dir.« Er nimmt meine Hand in die seine und starrt auf meine Fingernägel. Der Schmutz von der gestrigen Gartenarbeit ist nach wie vor zu sehen. »Ich schicke dir Claudia vorbei.« Er lässt meine Hand wieder los und nimmt sein Handy sowie sein Portemonnaie vom Schreibtisch.

»Jetzt, da ich wieder da bin...«, beginne ich die Frage, die meine Hilflosigkeit und Verzweiflung zur Schau stellen wird. Aber mir bleibt keine andere Wahl. Ich muss es wissen. Er wendet sich mir fragend zu und ich schlucke, ehe ich den Satz zu Ende bringe. »Du wirst die Kinder in Ruhe lassen, oder?«

»Du bist hier. Mehr wollte ich nie.«

»Das beantwortet meine Frage nicht.«

»Ja, ich werde die Kinder in Ruhe lassen«, sagt er schließlich. »Wenn du es wünschst, werde ich die Organisation in das Spendenregister aufnehmen.«

»Sie brauchen dein Geld nicht.«

»Ich habe einen Termin. Wenn ich wieder zurück bin, hast du an deiner Haltung gegenüber deinem Ehemann gearbeitet. Du kennst deine Rolle.«

»Du hast mich gezwungen, die Papiere zu unterschreiben.«

»Ich habe dich vor eine Wahl gestellt und du hast eine Entscheidung getroffen. Werde erwachsen und lebe damit.« Sein Blick wird dunkler und für einen Moment erkenne ich die Charakterzüge an ihm, die mich drei Jahre lang in Angst haben leben lassen.

Ich versuche, den Kloß in meinem Hals herunterzuschlucken, es will mir aber nicht gelingen. Eine Sache ist da noch …

»Declan?«, spreche ich seinen Namen endlich aus. »Was ist mit Lloyd?«

»Was soll mit ihm sein?«

Ich schlucke hart. Ich hasse das Gefühl in meiner Brust, ihm ausgeliefert zu sein. Von ihm kontrolliert zu werden und um jeden Atemzug flehen zu müssen.

»Ich habe den Vertragsentwurf gelesen. Ich bin jetzt wieder da. Du hast also keinen Grund, ihm ...« Meine Worte verblassen, als sich sein Blick verändert. Sein Desinteresse ist verschwunden, stattdessen sehe ich eine Spur Belustigung.

»Das ist wirklich zu amüsant.«

Meine Verwirrung lässt seine Mundwinkel nach oben zucken, zu einem Lächeln kann er sich aber nicht durchringen. Er weiß, dass ich nicht den blassesten Schimmer habe, wovon er redet. Und das kostet er vollends aus. Ich will nachfragen, die Worte wollen aber einfach nicht über meine Lippen kommen. Dafür ist die Angst vor der Antwort zu groß. Tief in mir kenne ich sie bereits.

»Du hast dich gut versteckt. Ich hatte keine Ahnung, wo du bist. Bis vor ein paar Tagen.« Mit den Augen hänge ich an seinen Lippen und spreche stumme Gebete, dass er mir nicht das ungute Gefühl in der Brust bestätigt. »Ich hätte dich nicht für so schlau gehalten, in New York unterzutauchen. Ich hätte darauf geschworen, dass du ans andere Ende der Welt geflohen bist. Du hättest nur nicht so dumm sein sollen, irgendjemandem zu vertrauen. Irgendwie ist es amüsant, wie du die Person zu beschützen versuchst, die mich geradewegs zu dir geführt hat.«

Er steckt Handy und Portemonnaie ein und geht ohne ein weiteres Wort an mir vorbei. »Ach, Abby?«, richtet er das Wort doch noch an mich, als er beinahe am Fahrstuhl angekommen ist. Mit einem tränenverhangenen Blick wende ich mich ihm zu. »Zieh das schwarze Kleid von Dior an. Das hat dir immer am besten gestanden.«

Ich bringe ein Kopfnicken zustande, ehe Declan das Penthouse verlässt und mich alleine lässt. Er braucht sich keine Sorgen darüber zu machen, dass ich wieder verschwinde.

Ich habe soeben den einzigen Ort in der Welt verloren, an den ich hätte zurückkehren wollen.

Vorschau

BEAUTIFUL HOPE

Für die Ewigkeit

APRIL 2018

Beautiful Hope

Für die Ewigkeit

Cassidy Davis

Lloyd

Heute ist ein Scheißtag.

Um genau zu sein, ist jeder Tag einfach nur noch scheiße.

Die Sonne brennt auf meiner Haut und das trockene Gras sticht mir in den Nacken. Es könnte ein schöner Tag sein. Wenn da nicht diese eine Sache wäre, die seit guten drei Monaten an mir nagt.

Wo ist sie?

Wieso ist sie ohne ein Wort gegangen?

Was zum Teufel habe ich falsch gemacht?

Mein Gedankenkarussell wird unterbrochen, als mich etwas an der Nase kitzelt. Ich greife mit geschlossenen Augen danach und höre ein Kindergluckſen. Ich öffne ein Auge und blicke direkt Patrick ins Gesicht. Er steht über mir gebeugt und hält einen langen Grashalm in der Hand. Von denen gibt es mittlerweile jede Menge in dem Garten. Es ist schließlich niemand mehr da, der sich um die Pflanzen kümmert.

Ein zufriedenes Grinsen breitet sich über seinem Gesicht aus, sobald er sieht, dass ich ein Auge geöffnet habe. Dann geht er in die Hocke, bis sein Gesicht wenige Zentimeter von meinem entfernt ist.

»Was machst du da?«, fragt er nach.

»Nichts.«

»Warum?«

»Weil mir danach ist.«

»Warum?«

Jetzt starre ich ihn mit beiden Augen an. »Weil ...«, setze ich an, aber mir fällt kein Grund mehr ein. »Heute ist einfach ein blöder Tag.«

»Das sagst du jeden Tag«, stellt er treffend fest.

Ich seufze leise auf. Wo er recht hat, hat er recht.

»Vermisst du Maisie?«

Eine simple Frage. Und ich weiß nicht, was ich darauf antworten soll.

Ja.

Nein.

Vielleicht.

Leseprobe

You make me wanna love

ABRIANNA

Er führt keine Beziehungen mit Frauen. Eine Nacht, eine Frau. Das ist eine seiner Regeln. Er ist die Art von Mann, von der ich die Finger lassen und an die ich nicht im Traum denken sollte. Aber bei mir beschränken sich die Gedanken an ihn nicht auf meine Träume. Er fasziniert mich, er geht mir unter die Haut und setzt meinen Körper in Flammen, wenn ich in seiner Nähe bin. Dabei sollte er mich kalt lassen. Er ist ein Mann, dessen Sphäre ich niemals betreten werde. Das dachte ich zumindest bis zu dem Tag, an dem sich alles für uns veränderte.

PAYTON

Sie ist das, mit dem ich am wenigsten gerechnet habe. Sie führt meine Regeln an eine Grenze, die ich nicht kommen sah, und zwingt mich diese zu überschreiten. Ich habe mir geschworen, nie wieder eine Ausnahme zuzulassen, aber bei ihr habe ich keine Wahl. Sie lässt mich nicht mehr los und stellt meine Lebensphilosophie gänzlich in Frage. Aber es kann nicht funktionieren. Egal was ich versuchen werde. Whitneys Verrat wird für mich niemals zu vergessen sein ...

Abrianna

Ich stelle meinen Kaffee auf den Untersetzer neben die Tastatur und schalte den PC ein. Nervös knibble ich an meinem silbernen Armband herum, das ich heute passend zu meiner Halskette trage, und warte darauf, dass der PC hochfährt. Im Kopf gehe ich das Arbeitspensum durch, welches ich heute schaffen muss. Ich seufze hörbar bei dem Gedanken an die Überstunden, die ich heute machen werde, auf. Unbeholfen streiche ich mir den Rock meines Etuikleides glatt und bereue sogleich, es angezogen zu haben. Es ist für meinen Geschmack viel zu kurz. Wenn ich stehe, reicht es mir gerade mal über die halben Oberschenkel, sobald ich aber sitze, verringert sich die Deckungskraft des Stoffes. Und ich befürchte, dass bei einer ungeschickten Bewegung jeder einen wunderbaren Ausblick auf mein Höschen erhaschen wird.

Ich hätte das blöde Kleid heute Morgen einfach nicht anziehen sollen!

Aber durch die Überstunden bin ich jeden Tag so spät nach Hause gekommen, dass ich es seit zwei Wochen nicht geschafft habe, meine Wäsche zu waschen. Was für ein erbärmlicher Zustand, überlege ich mir, und ziehe mir erneut den Saum soweit es geht über die Oberschenkel. Das ist mein letztes Kleidungsstück. Wenn nicht ein Wunder die Nacht geschieht, werde ich morgen nackt zur Arbeit kommen müssen. Dann wird mein eventueller Höschenblitzer meine geringste Sorge sein. Vielleicht schaffe ich es in der Mittagspause nach Hause, um einige Kleidungsstücke in eine der Londoner Reinigungen zu bringen. Das wird meine einzige Lösungsalternative sein, wenn ich mich morgen nicht krankmelden möchte, um Wäsche zu waschen. Obwohl es mir mehr als widerstrebt, Geld für eine Reinigung auszugeben. Ich muss nach wie vor meinen Studienkredit zurückbezahlen. Und dafür benötige ich jeden Penny.

Mein PC ist endlich hochgefahren und ich rücke mit dem Bürostuhl an den Schreibtisch heran. Das kurze Kleid wird mich den ganzen Tag über paranoid an dem Saum zerren lassen, denke ich, als ich erneut daran ziehe. Doch ich verdränge den Gedanken an meine entblößten Oberschenkel und logge mich in das interne Netzwerk ein. Sofort blinken mir jede Menge unbeantwortete E-Mails entgegen. Wie ich das Internship liebe ...

Ich sollte mich heute über die E-Mails, die es zu beantworten gilt, freuen, da sich damit die Chance verringert, aufstehen zu müssen und den männlichen Kollegen meinen Po zu präsentieren. Hätte ich damals nicht auf eine meiner Studienfreundinnen gehört und statt des knappen Kleides ein ordentliches, alltagstaugliches Stück Stoff gekauft, würde ich mich jetzt nicht in dieser Bredouille befinden. Aber die Vergangenheit kann man nicht ändern und ich bin schon immer gut darin gewesen, das Beste aus meiner Situation zu machen. Das ist wohl meine Stärke. Die Situation kann noch so beschissen sein, Anna findet einen Weg, irgendetwas Positives daran zu finden und sich über ihre Misere zu freuen.

Ich greife nach meiner Tasse Kaffee, während ich die E-Mails überfliege, um sie bereits im Kopf zu priorisieren, als mir der Gedanke kommt, dass Kaffee trinken für meine delikate Situation nicht förderlich ist. Die Toilette befindet sich am anderen Ende meiner Abteilung. Um dort hinzugelangen, muss ich nicht nur an den Chefbüros vorbei, sondern auch an jeder Menge männlicher Kollegen, die bei den Arbeitszeiten alle chronisch untervögelt sein dürften. Unverrichteter Dinge ziehe ich meine Hand wieder zurück und widme mich meiner Arbeit.

Verträge und Anträge drucke ich aus, um sie später an die entsprechenden Bearbeiter weiterzuleiten, wichtige Termine trage ich in die Kalender für die Senior- und Juniorpartner ein und versuche, andere Terminvorschläge zu unterbreiten, wenn die betreffende Person außer Haus ist.

Mein Internship ist fast vorbei und das Einzige, was ich im letzten Jahr gelernt habe, ist, dass ich unter keinen Umständen weiter in der Finanzvermittlungs-Branche arbeiten möchte. Man mag gut Geld verdienen, sehr gutes Geld, um genau zu sein, aber die Überstunden und der ständige Druck werden mich irgendwann kaputtmachen. Ich habe nicht vier Jahre studiert, um mich von einer Firma wie Whitman, Shape & Partner ausnehmen zu lassen. Ich bin sicher, dass sie mir ein mehr als ausreichendes Gehalt zahlen würde, wenn sie mich übernimmt, aber ich habe mich bereits dazu entschieden, das Angebot abzulehnen, sollte sie mir eines unterbreiten. Die Begründung kann ich bereits seit fünf Wochen im Schlaf auswendig aufsagen.

Ich entschließe mich letztendlich doch dazu, meinen Kaffee zu trinken, da ich lieber in dem knappen Kleid in einer ruhigen Minute zu den Toiletten flitze, als an meinem Schreibtisch einzuschlafen. Der fehlende Schlaf der letzten Tage nagt erbittert an mir und ich kann mich kaum auf den Text vor mir auf dem Bildschirm konzentrieren.

Mein PC gibt den obligatorischen Ping von sich, wenn eine neue E-Mail eintrifft und ich unterbreche das Korrektorat eines Vertrages, der noch am Nachmittag unterschrieben werden soll, um die neue E-Mail in Augenschein zu nehmen.

Ich überfliege den Zweizeiler und spüre, wie die Müdigkeit mit einem Mal aus meinem Körper gewichen ist und sich ein wildes Kribbeln in meiner Brust ausbreitet.

Sasha, meine Kollegin, die mir in der Regel gegenübersitzt, ist für zwei Tage nicht da. Sie begleitet zwei der Seniorpartner als Assistentin auf einer Geschäftsreise. Sie bittet mich in der E-Mail, den Anhang auszudrucken und sofort zu einem der Führungskräfte der Firma zu bringen. Ich starre für eine gefühlte Ewigkeit den Bildschirm und insbesondere die letzte Zeile von Sashas E-Mail an ...

... *bitte bring das so schnell wie physikalisch möglich zu Payton Fierce* ...

Meine Augen kleben praktisch an dem Namen.

Payton Fierce, forme ich stumm mit den Lippen.

Das ist gar nicht gut ...

Das ist, verdammt noch mal, alles andere als gut, denke ich, als mir die Tragweite der E-Mail bewusst wird. Mit zitternden Händen drucke ich den Anhang aus und schicke Sasha schnell eine Antwort zurück, damit sie beruhigt sein kann.

Ich höre dem Drucker hinter mir dabei zu, wie der Anhang von Sashas E-Mail gedruckt wird. Mit jedem Blatt, das in dem Ausgabefach landet, beschleunigt sich mein Herzschlag. Als das Gerät hinter mir verstummt, befürchte ich, dass mir mein Herz aus der Brust springen wird, wenn ich noch einen einzigen Gedanken daran fasse, jeden Moment in meinem viel zu kurzen Kleid Payton Fierce gegenüberzustehen. Dem Mann, der mir seit meinem ersten Tag bei Whitman, Shape & Partner nicht mehr aus dem Kopf geht. Er ist die Art von Mann, der keiner Frau einfach wieder aus dem Kopf geht. Er brennt sich mit seiner Erscheinung praktisch in der Netzhaut fest und man wird die Gedanken an ihn nicht mehr los. Zumindest werde ich sie einfach nicht mehr los. Und ich bin nicht der Typ Frau, der schnell anhänglich wird. Vertrauen ist etwas, das ich selten vergebe und schon gar nicht verschenke.

Aber bei Payton Fierce ist alles anders. Der Mann ist anders als alle, denen ich bis jetzt begegnet bin. Er hat diese Aura, die alle Gespräche in einem Raum verstummen lassen, sobald er ihn betritt. Bei aller Liebe kann mir keine Frau erzählen, dass sie zu diesem Mann Nein sagen würde. Reich, mächtig und verdammt attraktiv. Er bringt die High-Profile-Deals der Firma zum Abschluss, die Probleme bereiten. Wenn es kompliziert und schwierig wird, weiß jeder hier, dass Payton Fierce den Deal unter Dach und Fach bringt. Es geht das Gerücht um, dass er sogar mehr verdient als alle Seniorpartner zusammen. Dabei ist er nicht einmal einer von ihnen.

Ich atme tief durch und stehe auf. Sofort ziehe ich mir das Kleid wieder, herunter. Der Illusion nachgebend, dass es weiter über meine Oberschenkel reicht, wenn ich den Bauch einziehe, halte ich die Luft an. Erst als ich die Papiere aus dem Drucker nehme und sie ordentlich zusammengelegt habe, wage ich es, wieder Luft zu holen. Am liebsten würde ich einfach aufhören zu atmen und tot umfallen.

In dem Outfit vor Payton Fierce zu treten, ist die dümmste Sache, die ich je getan haben werde. Aber sollte er mir fristlos kündigen, weil ich zu nuttig herumlaufe, sollte ich dankbar darüber sein, eher von hier wegzukommen. In lediglich vier Wochen wird mein Internship enden, und da ich nicht vorhabe, in der Branche zu bleiben, benötige ich nicht einmal ein Empfehlungsschreiben.

Ich sammle allen mir möglichen Mut zusammen und gehe festen Schrittes auf die Büroräume der Führungskräfte zu. Während ich den langen Gang hinunterlaufe, ist mir heiß und kalt zugleich. Das Kribbeln in meiner Brust hat sich auf meinen gesamten Körper ausgeweitet und ich spüre deutlich den dünnen Schweißfilm, der sich auf meinen Handinnenflächen bildet. Ich hoffe, er gibt mir nicht die Hand.

Warum sollte er dir, verdammt noch mal, die Hand geben?, rufe ich mich selbst zur Ruhe. Du wirst anklopfen, ihm mit einem furchtbar netten Lächeln den Stapel reichen – nein, am besten auf den Tisch legen – und, so schnell es dir Gott erlaubt, aus dem Büro stürmen! Und das alles, ohne dir auch nur im Ansatz anmerken zu lassen, wie heiß du ihn findest und dass er in vielen einsamen Nächten Gegenstand deiner Gedanken gewesen ist ...

Ich schließe kurz die Augen, um meinen aktuellen Gedankengang so schnell wie möglich in den Tiefen meines Bewusstseins zu vergraben und professionell zu wirken.

Als sein Büro in Sichtweite kommt, atme ich erleichtert auf, denn die Tür steht auf. Dies bedeutet normalerweise, dass er momentan nicht da ist. Und wenn er nicht da ist, kann ich ihm die Unterlagen nicht persönlich geben. Ich werde die Sachen einfach auf seinen Schreibtisch legen. Dort sollte er sie finden. Ich verstehe sowieso nicht, warum Sasha ihm die Dokumente nicht direkt geschickt hat. Aber dann wiederum ist er Payton Fierce ... Jemand, der es nicht nötig hat, seine Nachrichten zu lesen und zu beantworten ... Zumindest nicht die, die etwas mit der Arbeit zu tun haben.

Ich will, dass du nackt in dem Hotelzimmer auf mich wartest. Ich will, dass du bereit bist, meinen harten Schwanz in dich aufzunehmen. Ich will, dass du ...

Ich schüttle mich, um den Wortlaut der SMS, die ich niemals hätte lesen dürfen, loszuwerden. Aber diese Worte lassen mich nicht mehr los, seitdem ich sie gelesen habe. Mein Inneres wünscht sich nichts sehnlicher, als dass er die Worte zu mir sagt.

Ich betrete sein Büro. Wie vermutet ist er nicht da und ich beeile mich, die Dokumente auf seinen Schreibtisch zu legen. Ich will mich gerade umdrehen, um zu meinem sicheren Arbeitsplatz zurückzukehren, als ich mir überlege, dass es das Sicherste sein wird, ihm einen Zettel dazulassen. Ansonsten weiß er nicht, was mit den Unterlagen anzufangen ist und wird sie vermutlich ignorieren. Sasha bekommt dann unter Umständen Probleme. Ich beuge mich über seinen Schreibtisch und will nach einem Post-it und Stift greifen, als ich ein Räuspern hinter mir vernehme. Ruckartig drehe ich mich um und blicke geradewegs in diese grünen Augen, die mich nachts nicht schlafen lassen. Zunächst erwidert er meinen erschrockenen Blick, dann wandern seine Augen langsam meinen Körper entlang, bis sie auf meinen Oberschenkeln hängen bleiben. Sofort schießt mir die Röte ins Gesicht, da ich gar nicht wissen will, wie viel er von meinem Höschen gesehen hat, als ich mich über den Schreibtisch gebeugt habe. Ich ziehe mir mit beiden Händen das Kleid wieder herunter. Bei meinem wilden Gezerre wundert es mich, dass das Kleid nicht irgendwo reißt.

»Mr. Fierce ...«, setze ich an, ohne eine Ahnung zu haben, was ich sagen soll. Seine Augen sind wieder geradewegs auf mein Gesicht gerichtet. Ich lasse mein Kleid los und streiche mir eine widerspenstige Strähne aus dem Gesicht. Natürlich kann meine Frisur nicht halten, wenn es wirklich angebracht ist.

Er starrt mich schweigend an und wartet offensichtlich darauf, dass ich meinen Satz zu Ende bringe. Aber das kann ich nicht. Irgendwann in den letzten drei Sekunden ist mir die Luft komplett weggeblieben und ich nehme nichts, außer seinem Blick wahr, der unermüdlich auf mir ruht.

Printed in Poland
by Amazon Fulfillment
Poland Sp. z o.o., Wrocław